조용헌의
봄여름가을겨울

조용헌의

봄
여름
가을
겨울

———— 조용헌 지음

시공사

공간이 시간과 인간을 지배한다

사람 사는 일은 삼간(三間)에서 이루어진다. 시간, 공간, 인간이다. 간(間)은 틈새다. 시간의 틈새, 공간의 틈새, 인간의 틈새에서 우리 한 세상이 씨줄·날줄로 교직되는 셈이다. 이 삼간 가운데 우리의 의지로 바꿀 수 있는 부분이 공간이다. 어떤 공간에 있느냐에 따라 시간의 흐름이 변하고 만나는 인간의 종류도 달라진다.

교도소에서 보내는 시간과 영화관에서 보내는 시간의 흐름이 다를 것이다. 어떤 장소냐에 따라 상대하는 인간도 달라진다. 시간의 흐름을 인간이 거스를 수는 없다. 그러나 공간은 선택할 수 있다.

그렇다면 어떤 공간이어야 하는가? 나는 공간 중에서 영지(靈地)를 귀중하게 생각해왔다. 영기(靈氣)가 느껴지는 공간이 영지다. 몸의 상태가 쾌적해지는 공간이 영지다. 꿈에 예지몽을 꾸는 공간이 영지다. 성경의 구약을 보면 얍복강 나루터에서 야곱이 하느님과 씨름하는 꿈을 꾸었다고 하는데, 그 꿈을 꾼 얍복강 나루터는 영지임에 틀림없다. 그처럼 신령한 꿈은 아무데서나 꾸는 게 아니다. 땅의 기운이 올라오고 하늘의 기운이 내려오는 곳에서 영몽(靈夢)을 꾸는 것이다. 이런 영지를 한자 문화권에서는 무자진경(無字眞經)이라고 부른다. '글자가 없는 참된 경전'이라는 뜻이다. 영지에서 머무르다 보면 경전이 하늘에서 내려온다는 의미로도 해석된다.

살아가면서 가치 있는 일이 무엇이겠는가? 사람마다 생각이 다를 것이다. 나는 영지에 머무르면서 땅의 기운을 느끼고 하늘의 계시를 받는 일이 가장 보람 있고 흥미로운 일이 아닌가 싶다. 영지에 자주 가야 한다. 몸이 쾌적해지고 대자연과 물아일체(物我一體)의 몰입감을 느낄 수 있는 땅, 거기가 영지다. 자연과 하나 되는 순간, 의미가 찾아온다. 권력도 허무하고 돈도 허무하다. 물론 잠깐 필요할 수는 있지만 거기에 함몰되면 행복과 가치에서 멀어진다. 그동안 이런 문제의식을 갖고 여러 곳을 다녔다. 이 땅의 선배 수행자들과 고승, 도사들이 이미 다녀갔던 지역들이다. 후배가 선배들 손을 잡고 따라갔을 뿐이다.

21세기를 살아가는 한국인은 조선 팔도에 남겨진 영지에 무관심하다. 그 포인트를 잘 모르기 때문이다. 어떤 지점에 기운이 뭉쳐 있는가, 그곳을 거쳐 간 인물들은 어떤 사람들인가? 그들은 영지의 기운을 받아서 인물이 되었다. 그리고 이러한 조선의 영지들은 대부분 불교 사찰로 흡수되었다. 그래서 불교 사찰 이야기가 많은 부분을 차지할 수밖에 없다. 영지는 불교가 들어오기 전부터 이 땅에 있어왔다. 불교가 영지를 만들어낸 것이 아니라, 영지가 불교 사찰을 유지하게 했던 것이다. 이런 점들을 염두에 두고 이 책을 썼다. 강호제현(江湖諸賢)의 비판을 감수하고 집필했다.

여름　　　　산중의 물가,　　　99
　　　　　　마음이 절로
　　　　　　걸음을
　　　　　　멈추네

가을

곡식은
무르익는데
잎은
떠날 채비를 하네

겨울

눈 내리는
어느 날
그대를
만나고 싶다

287

봄

여름
가을
겨울

꽃 핀 그 자리가
새로운가,
새로운 자리에
꽃이 오는가

세계 유명 셰프들이 찾는
사찰의 비밀

서울 진관동
진관사

조선 시대 서울의 궁궐을 중심으로 사방 네 군데에 호위 사찰이 있었다. 동쪽에는 불암사, 서쪽에는 진관사(津寬寺), 남쪽에는 삼막사, 북쪽에는 승가사다. 이를 사고사찰(四固寺刹)이라고도 한다. 네 군데서 도성과 궁궐을 지킨다는 의미가 함축되어 있다.

서쪽에 있는 진관사. 근데 이름이 좀 특이하다. 나루 진(津)에 너그러울 관(寬)을 쓴다. 산속에 있는 절 이름에 어찌 나루 진이 들어가는가? 고려 때 진관 대사(津寬大師)의 이름을 따서 절 이름을 지었기 때문이다.

진관은 '너그럽고 넓은 나루'라는 뜻이다. 불교에서 말하는 피안의 세계. 이승에서 저승에 도달하기 위해서는 중간에 물을 건너야 한다. 물을 건널 때는 배가 필요한데 불가에서는 이 배를 반야용선(般若龍船)이라고 한다. 지혜의 용이 이끌어주는 배다. 지혜가 없는 배는 피안에 도착하지 못한다. 그만큼 지혜가 필요하다. '너그러운 나루터'라는 작명에는 피안으로 이끌어줄 배가 많이 접안할 수 있다는 의미가 담겨 있다. 중생을 구제하는 큰 배, 즉 항공 모함처럼 큰 배가 대기하고 있는 나루터, 항구라는 해석이 가능하다.

삼각산의 지기가 타고 내린 곳
:

어찌 진관 대사의 이름을 따서 절 이름을 지었을까? 고려 8대 임금인 현종이 1010년에 진관 대사를 위하여 여기에 절을 지었다. 현종이 유년(대량원군, 大良阮君) 시절에 정치적 반대파의 압박에 의하여 목숨이 위태로웠을 때 진관 대사가 현종을 절에 숨겨서 보호하고 키워주었기 때문이다. 임금의 자리에 오른 현종이 자기 스승이자 왕사(王師)인 진관 대사에게 보답하기 위하여 스승의 이름을 따서 지은 절이 진관사다.

고려 초기 당시에 전국에서 명당으로 꼽히는 세 군데의 절터가 후보에 올랐다고 한다. 지금의 오대산 상원사 터, 진관사 터, 해남 대흥사 터였다. 현종이 제안했다. "스님이 원하시는 장소로 정하십시오." 진관 대사는 서울 삼각산 줄기의 진관사 터를 지목했다. "여기에다 짓고 싶습니다."

서울 삼각산의 큰 줄기가 서남쪽으로 내려와 문수봉이 되었고, 그 주봉이 다시 서남으로 내려가 승가사(僧伽寺)가 되었다. 이 줄기가 다시 남쪽

진관사 뒤로 우뚝 서 있는 삼각산 매봉.
진관사 주지 계호 스님은 매봉의 강한 기운이 대웅전을 관통한다고 말한다.

으로 뻗어 비봉(碑峰)을 이루었다. 문수봉의 다른 한 줄기는 서북으로 꺾어서 기운이 뭉친 봉우리로, 바로 매봉이다. 매봉은 해발 400미터 정도의 높이지만 정상 부근이 단단한 바위로 이루어져 기운이 강하다. 이 매봉의 바위 맥을 타고 떨어진 지기(地氣)가 진관사 '大雄殿(대웅전)' 현판 글씨의 '雄' 자 지점으로 떨어졌다고 주지 스님은 설명한다.

　바위 맥을 타고 흐르는 기운도 줄이 있고 선이 있다. 그 줄에 맞춰서 기도를 하면 기도발을 받는다. 절에 가서 불공을 드릴 때도 이 에너지가 흐

　　　　　　　　　　　　　　　　조용헌의 봄여름가을겨울

르는 전기선을 깔고 앉아서 기도를 하면 효과가 속발한다. 종교 신심은 역시 기도발에 달려 있다. 그리고 그 기도발은 바위를 타고 흐르는 땅의 에너지를 받느냐에 핵심이 있다. 진관사 대웅전은 기운이 강한 매봉을 등 뒤로 하고 있으니 매봉의 기운에 의지하고 있는 셈이다.

계곡의 기운을 감싸 안은 백호등에 새겨진 마애불
:

대웅전 앞으로도 청룡과 백호가 여러 겹 감싸고 있다. 여러 겹을 감쌀수록 좋다. 왜냐하면 기운을 품어주기 때문이다. 추울 때 옷을 한 겹 입는 것보다 여러 겹으로 껴입는 게 보온에 훨씬 도움이 되는 이치와 같다.

진관사 터에서 특히 보기 좋은 점은 백호등(오른쪽 맥)이다. 대웅전의 오른쪽 지맥이 절 가운데를 흐르는 계곡물을 감싸주고 있다. 계곡물이 빠져나가는 것을 그대로 내버려두면 안 된다. 청룡이나 백호의 지맥이 이 물을 감싸 안아야 기가 안 빠진다. 진관사 백호등이 계곡물을 조릿대처럼 감싸 안는 역할을 하고 있다. 그러니 백호등은 풍수적 가치로는 백만 불짜리고, 역대 진관사에 머물렀던 선지식들이 이 백호등을 특히 귀하게 여겼을 것이다.

특히 백호등의 맨 끝은 바위로 되어 있어서 힘이 뭉쳐 있다. 끝에 바위가 있으면 백호의 발톱이 살아 있다는 의미다. 만약 도교의 도관(道觀)이라면 이 바위에 호랑이를 새겨놓았겠지만, 불교 절이니까 백호등 끝자락

진관사의 계곡을 감싸는 백호등 끝자락의 바위에 새겨진 마애불

조용헌의 봄여름가을겨울

의 바위에 마애불을 조각하여 놓았다.

진관사 앞으로 펼쳐지는 풍광은 서울 삼각산 바위산들의 매력과 기세가 적절하게 포진되어 있는 모습이다. 서울 산세의 아름다움을 느낄 수 있는 터라는 점이다. 가장 한국적인 풍광의 매력을 맛볼 수 있는 뷰를 가지고 있다.

미 대통령 영부인 질 바이든도 반한 진관사 밥상
:

근래에는 진관사가 한국 사찰 음식의 본가처럼 주목받고 있다. 주지인 계호 스님이 수십 년 동안 사찰 음식의 전통을 잘 보존해온 결실이다. 알아주든 안 알아주든 수십 년 동안 묵묵히 불가 음식의 전통을 고수한 것도 대단한 수행에 속한다. 그 수행의 결과물이 시절인연을 만나니까 서구의 왕족들과 명사들이 진관사의 사찰 음식을 맛보기 위하여 줄줄이 방문하게 된 것이다. 미국 바이든 대통령의 영부인인 질 바이든 여사가 대표적이다.

바이든이 부통령 시절인 2015년 서울을 방문했을 때 질 바이든 여사는 진관사를 찾았다. 한국 사찰 음식에 대한 소문을 듣고 왔던 것이다. 백악관의 부주방장인 샘 카스로부터 "한국에 가거든 진관사 사찰 음식을 한번 맛보세요"라는 조언을 들었다고 한다. 그 후로 문재인 대통령이 백악관을 방문해 진관사에서 보낸 선물을 질 바이든 여사에게 전달했을 때에도 영부인이 아주 진심으로 기뻐했다고 한다. 부주방장인 샘 카스는 2014년에 진관사에 들러 이미 맛을 본 상태였다. 백악관의 주방을 책임질 정도면 당대의 요리사 반열에 든 수준일 텐데 어떻게 한국의 진관사 사찰 음식에 주목하게 되었을까? 그 대답을 계호 스님 밑에서 요리를 배우고 총무를 맡고 있는 법해 스님은 이렇게 설명한다.

"1940~50년대에 유럽의 학자들이 인도에 가서 동양의 종교와 사상을 연구했다고 해요. 그러다가 불교에 주목하게 되었죠. 그런데 불교를 연구하다 보니까 불교가 인도에서 시작되었지만 뻗어나가기는 동남아시아로 간 것을 알게 되었고, 동남아시아 불교를 연구하다 보니까 다시 한국 불교에까지 관심을 갖게 되었다고 합니다. 그래서 서구 학자들이 1980년대에 한국에도 와서 불교 사찰들을 돌아보았어요. 한국 불교 사찰에서 숙박도 하고 밥도 먹다 보니까 '발우공양'이라는 전통이 이색적이었고, 발우에 담겨 나온 음식들이 채식이라는 점도 흥미로웠다고 해요. 당시 냉장 음식에 대한 부작용, 식재료에 대한 오염, 육식에 대한 반성이 유럽에서 대두되고 있었을 때죠. '이래서는 안 되겠다. 어떤 대안이 없을까' 고민하던 차에 한국 사찰에서 채식 요리를 발견하게 된 것이죠. 사찰 음식은 대부분 나물과 채소 아닙니까? 시래기 같은 것도 냉장이 아니라 말린 것이죠. 말린 시래기에 방부제가 들어간 것은 아니에요. 그리고 된장, 간장, 고추장과 버무려 먹죠. 장독대에서 발효시키는 된장, 간장도 서구인들 시각에서 보면 흥미로웠어요. 방부제가 없는 천연 발효 아닙니까? 그러면서도 나물과 채소에 맛을 내주고요. 유럽 연구자들이 한국의 사찰 음식을 유럽의 실험실에

조용헌의 봄여름가을겨울

가지고 가서 본격적으로 연구를 했다고 하네요. 그 분석 결과들이 2000년대 초반부터 각종 학술지와 논문에 게재되었어요. 데이터로 사찰 음식의 우수성이 입증된 셈이죠. 이 연구 결과 데이터를 보고 세계 유명 셰프들이 한두 명씩 개인적으로 한국의 사찰들을 방문합니다. 유명 셰프들이 왔다 갔다 하면서 차츰 입소문이 유럽과 미국에 납니다. '한국 가면 절에 가서 나무 발우에 담겨 나오는 나물 요리들을 한번 맛봐라. 냉장 음식, 육식 문화에 대한 대안이 거기에 있다'라는 소문 아니었을까요? 유명 셰프 다음에는 유럽의 왕족을 비롯한 상류 사회에까지 소문이 퍼집니다. 오염되지 않고 발효가 잘된 먹거리야말로 삶에서 중요한 가치이니까요. 이런 맥락에서 백악관 부주방장도 한국에 오게 된 것이고, 부통령 시절의 질 바이든 여사도 오게 된 것입니다."

태국 공주와 세계적 자선 사업가로 유명한 니콜라스 베르그루엔, 벨기에 여왕인 마틸드 필리프, 부탄 공주, 리처드 기어와 같은 할리우드 배우, 외국의 정치인들, 외국 건축가, 한국 사람은 그 유명세를 잘 알지 못하는 유명 셰프들이 진관사를 많이 다녀갔다.

진관사가 지닌 장점은 위치에도 있다. 서울에 있다는 점이다. 진관사가 지방에 있었으면 외국 유명 인사들이 인천 공항에 내려 또 몇 시간을 가야 하는 불편함이 있다. 서울 은평구에 있으니까 접근성이 좋다. 거기에다가 삼각산의 풍광이 절을 감싸고 있다. 여기에다가 진관사가 여자 스님들이 사는 비구니 도량이다 보니 사찰이 아주 정갈하게 관리되어 있다. 진관사에 들어서는 순간 매우 깔끔하고 쾌적하며 넓은 자연 정원에 들어왔다

진관사 한 곳에서 발효 중인 각종 장을 담은 항아리들

는 느낌이 든다. 물론 주지인 계호 스님의 내공과 사찰 음식 주방인 향적
당 등이 유기적으로 돌아간다.

"진관사 음식이 좋은 이유를 꼽는다면 어떤 것을 꼽겠습니까?"

"물이 좋다는 점입니다. 비봉과 문수봉, 매봉을 비롯한 여러 골짜기에서
흘러온 물이 진관사 앞으로 모입니다. 팔방에서 내려온 물이 모두 모이는
셈이죠. 이 물은 화강암반을 통과해서 나오는 물이기 때문에 맛이 좋습
니다. 이 물맛이 간장, 된장, 고추장 같은 발효 음식에 영향을 미친다고 봅
니다."

수륙재의 원형이 남아 있는 곳

:

진관사는 고려 때는 진관 대사라는 왕사가 머문 사찰이었지만, 배불(排佛) 정책이 시행되던 조선조에 들어와서도 '수륙사(水陸社)'가 설치된 국립 사찰 역할을 했다. 국가 차원의 수륙재(水陸齋)를 지내던 사찰이었던 것이다. 물과 땅에서 헤매는 영혼들을 천도하는 제사가 수륙재다.

이성계는 이씨 조선 창업 과정에서 고려 왕실의 종친이었던 왕씨들과 귀족들을 많이 살육했다. 살생을 많이 하면 꿈자리가 사납기 마련이다. 인과응보를 강조하는 불교 국가에서 살생을 많이 한 사람은 그 과보를 두려워하게 되어 있다. 이성계도 꿈자리가 사납고 살생에 대한 업보가 두려웠다. 그 업보를 해소하기 위한 방편이 성대한 수륙재를 열어 죽은 왕씨들을 달래는 일이었다. 이성계가 직접 지시하여 저승에 못 가고 헤매는 원혼들을 달래는 수륙재를 지내게 했고, 그 장소를 진관사로 지정했던 것이다. 진관사가 국가적 규모의 수륙재를 지낼 만한 사격(寺格)이 된다고 판단한 셈이다. 이렇게 해서 수륙사가 설치되었다. 조선조가 불교 탄압 정책을 유지했지만 진관사의 수륙재만큼은 국가적으로 예산 지원을 하는 예외적인 행사였다.

진관사는 수륙재의 원형이 남아 있는 사찰이다. 사찰 음식과 수륙재는 한류의 중요한 콘텐츠다.

진관사 경내는 마치 자연 정원에 들어선 듯한 푸근함과 정갈함을 지니고 있다.

뱃길 밝혀준 신의 산,
맥반석의 기운이 뭉친 곳

전 남 영 암
월 출 산

전라도는 무엇인가? 전라도의 기질은 무엇인가? 이는 나의 오래된 화두였다. 선가(禪家)의 화두라는 게 쉽게 풀리는 것이 아니듯이, 이 화두도 쉽게 풀리는 문제가 아니다. 점수돈오(漸修頓惡)의 길을 밟아야 한다고 생각한다. 밑바닥에서부터 하나하나 공부해나가다가 자료와 지식이 쌓이면 어느 순간에 깨달음이 폭발하리라고 짐작해본다.

전라도의 정체성을 드러내는 자료가 음식 맛이 아닌가 싶다. 비석에 새긴 글씨는 세월이 지나면 인멸(湮滅)되고 마모되어 알아볼 수 없지만, 인간의 입에서 입으로 전해진 음식 맛은 인멸되지 않는다. 전라도의 맛 역시긴 시간을 이겨내고 아직 이어지고 있다. 돌아다녀보니 전라도의 개성 있는 음식은 특히 목포, 영암, 영산강 하구, 신안군 일대의 섬에 계승되고 있었다. 서해안에서 남해안으로 꺾어지는 해안가에 전라도의 개성을 드러내는 맛이 유지되고 있었다.

우선 신안군 임자도 일대의 민어탕. 나는 이 세상에서 가장 맛있는 생선탕은 민어탕이라고 고집하는 사람이다. 임자도 전장포의 새우젓(육젓), 법성포의 노릇노릇한 굴비, 덕자 병어를 깻잎에 싸서 마늘과 초장에 찍어 먹는 맛. 영암 일대의 연포탕, 간재미를 쫑쫑 썰어서 식초를 치고 고추를 썰어 넣은 회무침도 기가 막히다. 간재미 회무침을 먹으면 우울증이 줄어든다. 완도 일대에서 나는 전복을 푹 쪄서 먹는 맛도 일품이다.

전라도의 맛은 생선 요리에 있다. 신안군 여러 섬에서 영암 일대까지는 각종 생선의 보고(寶庫)다. 육지에서 나는 대파, 양파, 깨를 비롯한 각종 양념류를 섞어서 생선찌개를 먹는다. 한마디로 말한다면 해양 음식이다. 전라도 맛의 가장 근원에는 시푸드(sea food)가 있다. 전라도 문화의 특징은 해양 문화라는 이야기다. 음식 자체가 해양 민족이 먹던 음식이니 말이다. 해양 문화는 바닷길을 통한 물류의 움직임이 포인트다. 해양 물류의 루트가 어떻게 되었는가? 그 핵심에 영암의 월출산(月出山)이 있다는 이야기로 비약한다.

돈이 흐르는 곳, 해양 물류의 거점
:

고대부터 영산강 하구는 해양 물류의 거점이었다. 영산강 상류로 거슬

조용헌의 봄여름가을겨울

과거 영산강은 전라도의 곡창 지대와 한반도 내륙을 연결하는 중요한 물류 루트였다.

러 올라가면 한 가닥에는 나주가 있고, 다른 가닥에는 월출산이 있다. 내륙의 곡식과 바다의 생선이 이 영산강을 따라 움직였다.

나주와 월출산 일대는 드넓은 곡창 지대다. 이 곡창 지대가 영산강이라는 물길을 따라 서남해안으로 이어졌다. 우선 고려 때는 뱃길을 따라가면 수도인 개성에 3~5일 내로 도착할 수 있었다. 또한 영산강 하구에서 흑산도로 이어진다. 흑산도에서 가거도, 가거도에서 중국 강남의 영파(寧波)로 뱃길이 이어진다. 일본으로도 이어진다. 1970년대에 발굴된 신안군 해저 유물선도 중국에서 화물을 싣고 일본으로 가던 도중에 중간 보급을 위해 신안군 섬에 머물렀던 배였다. 일본으로 가는 루트이기도 했다.

물류라는 게 무엇인가? 돈이 되는 루트다. 고금을 막론하고 돈이 되는 길에 사람과 물자가 모이기 마련이다. 돈이 되는 물류는 비행기가 발명되기 전까지는 선박을 이용하여 바닷길로 통했다.

그리스에서 비롯된 유럽 문명은 해상 무역을 통한 뱃놈의 문화가 기본이었다. 선자천하지대본(船者天下之大本). 뱃놈이 천하의 대본이었던 것이다. 왜? 돈이 되니까! 돈이 문명을 발전시킨다. 인류 문명사는 자본주의사(資本主義史)였다고 해도 과언이 아니다. 자본주의가 아니었던 시대는 없었다.

조선 시대는 주자학(성리학)이 지배했던 나라였고, 주자학은 정책적으로 농자(農者)를 우대하고 뱃놈을 천시하는 이데올로기였다. 농자는 정권 차원에서 통제가 가능하지만 배를 타고 다니면서 바다에 떠다니는 선자(船者)는 통제가 불가능했다. 주자학의 영향으로 해상 무역이 쪼그라들었고,

나라가 가난해지고, 보릿고개에 배를 곯아야 하는 나라가 되어버렸다. 결과는 일본의 식민지였다.

전라도는 농사짓는 벌판도 넓었지만 바닷길을 통한 해상 무역의 거점이기도 했다. 무역의 밑천이 되는 곡식 생산이 받쳐주어야만 해상 무역도 가능하다. 이 해상 무역, 해양 문화가 음식에 남아 있다. 무역은 사라졌지만 그 해상 민족의 입맛만큼은 오늘날까지 전라도의 허름한 시골 음식점에도 전해지고 있다. 영암의 어느 음식점에서 식초를 넣은 간재미 회무침을 먹으면서 전라도는 해상 무역과 문화가 그 핵심 유전자라는 사실을 깨달았다. 그 해상 무역의 중심 거점은 영산강 하구였다. 전라도 내륙 들판의 곡식 물류와 만나는 지점이었기 때문이다.

과거 뱃사람들의 GPS, 월출산

:

그렇다면 이러한 해상 물류와 월출산이 무슨 관계가 있는가? 이 글의 주제는 월출산이 아니던가! 월출산은 하나의 바닷길 이정표였다는 이야기를 하고 싶은 것이다.

옛날에는 GPS가 없었다. 무엇을 보고 뱃사람들이 목표 지점을 가늠할 수 있었을까? 바닷가에 높이 솟아 있는 산이었다. 월출산은 평지에, 그것도 바닷가에 우뚝 솟아 있는 바위산이다. 100여 킬로미터 바깥의 바다에서 보아도 뚜렷하게 보인다. 이러한 뱃길의 이정표가 되기에 너무나도 조건이 잘 맞았던 셈이다. 한라산도 이러한 뱃길의 이정표였고, 중국 동해안에 있는 천태산도 뱃사람들의 이정표가 되는 산이었다. 천태산 밑에 중국에서 첫손가락에 꼽는 거대한 규모의 불교 사찰인 국청사(國淸寺)가 있었다. 국청사는 해상 무역의 정신적 지주였다. 마찬가지로 월출산이 그러한 산이었고, 월출산의 수많은 사찰들이 그러한 용도였다고 짐작한다.

뱃사람들의 최대 관심사는 안전이었다. 풍랑을 만나면 재산도 사라지고 목숨도 잃는다. 한순간에 고기밥이 되는 것이다. 중간에 죽어버리면 아무 소용이 없다. 바다만 건너면 일확천금을 쥘 수 있지만 문제는 살아남아야 한다. 어떻게 죽지 않고 바다를 건널 수 있단 말인가! 바닷길의 이정표였던 월출산은 이정표에서 끝나는 게 아니라 해난 사고로부터 안전을 보장해주는 신(神)의 산이었고, 관세음보살이 상주하는 산이었다.

관세음보살은 눈이 천 개이고 손도 천 개다. 그래서 천수천안(千手千眼)이다. 천수천안관세음보살은 뱃사람들의 신이었다. 해난 사고를 당했을 때 물에 빠진 수많은 사람을 구해주려면 눈도 많아야 하고 손도 천 개쯤은 되어야 하지 않겠는가. 이 천수천안관세음보살이 상주하는 산이 월출산이었다.

왜 월출산이 관세음인가. 그만큼 기도발이 잘 받는 산이다. 온통 바위산이다. 바위산 가운데서도 기가 가장 강한 화강암과 맥반석으로 되어 있는 산이다. 그중에서도 맥반석은 기가 가장 세다. 바위 강도와 뿜어져 나오는 기의 세기는 비례한다. 해발 800미터급의 산이지만, 온통 바위산이라서 산 전체가 하나의 볼텍스(vortex)를 형성하고 있다. 기운이 회오리

조용헌의 봄여름가을겨울

친다.

일본 사람들은 월출산 전체를 하나의 거대한 수석(壽石)으로 보기도 한다. 평지에 우뚝 솟아 있어서 그 존재감이 더욱 두드러진다. 나는 스라소니 같은 산으로 여긴다. 외롭게 독고다이로 혼자 우뚝 서 있다. 지리산은 겹겹이 두꺼운 산이지만, 월출산은 외롭게 홀로 서 있다. 하지만 그 펀치의 강도가 엄청나다. 돌주먹이다. 이런 산에서 일주일만 기도를 드려도 효험이 있다. 그 효험은 꿈에 나타난다. 꿈은 물질세계와 정신세계를 연결하는 끄나풀이다. 끄나풀을 잡아야 정신세계로 들어간다. 그 끄나풀을 잡을 수 있는 산의 기운이 월출산에 있다. 옛날 사람들은 이 사실을 더 확실하게 알고 있었을 것이다.

왜 산 이름에 달이 들어갔을까?
:

월출산은 고대부터, 그러니까 불교가 들어오기 이전부터 영험한 산이자 뱃사람들의 산으로 숭배 받았음이 틀림없다. 이 산은 전라도 해양 민족의 성산(聖山)이라고 해도 과언이 아니다. 전라도의 정체성을 대표하는 산이다. 월출산의 기운을 제대로 구현한 인물이 바로 해상왕 장보고이기도 하다. 장보고는 월출산 근방에서 태어난 것으로 추정된다. 또 하나 드는 의문은 왜 달[月]이 산 이름에 들어갔는가 하는 점이다. 따지고 보면 모든 산 위에는 달이 뜬다. 월출산에만 달이 뜨는 게 아니다.

천황사에서 올려다본 월출산 사자봉

조용헌의 봄여름가을겨울

월출산 사자봉 아래에 있는 허름한 절인 천황사(天皇寺). 안내판을 보니 고려 시대에는 '보월산(寶月山) 사자사(獅子寺)'였다고 나온다. 보월산? 보배 같은 달? 월출산을 고려 시대에는 보월산이라고 불렀다는 이야기다. 그때도 역시 달이 산 이름에 들어갔던 것이다. 왜 월출산에는 계속해서 달이 붙어 다닌단 말인가? 이것도 뱃사람들 입장에서 붙인 이름이라는 것이 나의 잠정적인 결론이다.

영산강 하구에서 배를 타고 가다가 월출산을 바라보면 산 위로 달이 둥그렇게 떠 있는 모습이 장관이었을 것이다. 가로등도 없던 시절에 성스러운 성산 위로 달이 뜨는 모습은 종교적 영감을 불러일으키는 장면이었을 것이다. 〈수월관음도(水月觀音圖)〉 같은 모습이었지 않았을까?

불화는 고려 불화가 최고다. 세계 유명 박물관에 소장되어 있는 한국 불화는 대부분 고려 불화다. 조선 불화가 아니다. 고려 불화라고 한다면 관세음보살을 그린 그림이다. 그런데 이 관세음보살 머리 위에 달이 떠 있다. '수월관음도'인 것이다. 물속에 비친 달을 상징한 것일 수도 있고, 자기 내면의 불성을 달이 상징하기도 한다.

현실적으로 보면 바다와 강을 떠다니는 뱃사람들에게 달은 신령스러운 존재였다. 물에 달이 비친다. 월인천강(月印千江)이다. 하늘에 있는 하나의 달이 천 개의 강물에 비친다. 일즉다(一卽多) 다즉일(多卽一)의 화엄 철학이다. 아울러 〈수월관음도〉가 월출산에서 연출된다. 월출산의 달은 〈수월관음도〉가 현실 세계에 나타난 모습이었다. 월출산 또는 보월산이라는 이름은 고려 시대 〈수월관음도〉의 형상을 지상 세계에 그대로 구현한 장면에

수월관음도

서 유래했다는 게 나의 관점이다.

월출산은 전라도 고대 해상 민족의 종교적 귀의처였던 것이다. 그러려면 달이 산 위에 걸려 있어야 하고, 이 각도로 볼 수 있는 지점은 영산강하구였다. 그 월출산의 강한 바위 기운이 뭉쳐 있는 절이 바로 천황사다. 옛날 이름은 사자사. 법당 뒤로 병풍처럼 펼쳐져 있는 바위 절벽들을 보라! 그 기운은 아직도 쩡쩡하다. 하지만 절의 상태는 지저분하다. 구질구질하다. 산은 명산이고 절터는 영험한데, 사람이 여기에 못 미치는 게 현상황이다.

세 명의 재벌을 낳은 바위

경남 의령
남강 솥바위

돈 싫어하는 사람은 못 봤다. 누구나 돈을 벌려고 노력하지만 돈과 노력
이 항상 비례하는 것은 아니다. 돈은 눈이 아홉 개 달렸다. 노력도 필요하
지만 아이디어, 세상의 흐름을 읽는 눈, 천재지변, 귀인의 도움 등등 여러
가지 변수가 종합적으로 작동한다. 거기에 덧붙여 운도 작용한다. 미국의
록펠러에게 사업 성공의 비결을 물었을 때 록펠러의 대답이 걸작이다. "첫
째도 운, 둘째도 운, 셋째도 운이다."

운은 논리적 분석으로 도달하기 어려운 어떤 지점에 있는 힘이다. 개인
의 사주팔자에 재복(財福)이 있어야 한다. 팔자에 재복 없는 사람이 돈 버
는 것 못 봤다. 개인의 사주팔자도 있지만, 땅이 가지고 있는 기운을 받는
일도 필요하다. 이른바 명당의 덕이다.

유럽에도 돈이 모이고 사람이 모이는 터가 있다. 유럽에도 풍수지리가 적용되었다는 뜻이다. 서양 사람들이 '풍수지리'라는 표현을 안 써서 그렇지, 땅이 가지고 있는 작용에 대해서 몰랐던 것은 아니다. 풍수에 대해서 깡통이 아닌 것이다. 유럽의 인물들이 태어났던 터도 대개 명당이고, 기념비적인 건물이나 비중 있는 성당, 수도원의 터들도 풍수지리에 부합하는 명당에 있다는 점을 나는 확인한 바 있다. 유럽의 도사들도 기운이 솟는 명당을 알았다는 증거라고 이야기할 수밖에 없다.

재물과 물의 상관관계

:

풍수에서 재물과 관련 있는 요소를 꼽는다면 크게 두 가지다. 하나는 물이다. 터에 물이 있어야 한다. 이때의 물은 강물이 될 수도 있고, 호수가 될 수도 있고, 아니면 바다가 될 수도 있다. 가장 일반적인 케이스는 강물이 감아 돌아나가는 형태다. 반원을 그리면서 그 터를 감아 돌아가면 그 터에는 돈이 모인다고 본다. 서울의 한강도 압구정동과 한남동을 감아 돌아 흘러간다. 우연히도 여기가 부촌 아니던가. 물은 기운이 빠져나가는 것을 잡아주는 효과가 있다. 저장하는 효과라고나 할까. 물이 감아 돌지 않으면 땅의 기운이 흩어져버린다.

고대 메소포타미아 문명이 그렇다. 메소포타미아라는 말에는 '두 강의 사이에 있다'라는 뜻이 함축되어 있다. 티그리스강과 유프라테스강이 양

쪽에서 감아주는 곳이 메소포타미아다. 고대 문명의 발상지다. 물론 강물
은 물류에 편리하다는 점도 있다. 배를 타고 물건을 옮길 수 있다. 그 외에
농작물의 농업용수로도 사용되고 인간의 식수로도 사용된다. 아프리카도
강물 옆이 다 명당이다. 여기에 동물이 모여 산다.

　베네치아도 물의 도시다. 바닷물을 끌어들여 운하를 만들었다. 운하가
실핏줄처럼 도시 곳곳을 적셔준다. 도시 전체를 관통하는 대운하는 그 모
양이 S처럼 생겼다. 직선 형태가 아니라는 점을 눈여겨보아야 한다. 직선
이 효율적일 텐데도 일부러 대운하의 모습을 곡선형으로 만들었다. 곡선
으로 감아 돌아야 묘용(妙用)이 생긴다는 것을 감 잡고 있었다는 이야기
다. 이러한 베네치아 운하 설계자들은 도사급들이었다. 도사가 동양에만
있는 게 절대 아니다. 베네치아는 서기 7~8세기부터 돈을 벌기 시작해서
콜럼버스가 아메리카를 발견하기 전까지 지중해 무역을 장악해 엄청난
부를 축적했다. 이게 다 물과 돈의 연관성을 말해준다.

　튀르키예의 이스탄불을 보면 돈과 물의 함수관계를 들여다볼 수 있다.
이스탄불은 두 개의 바다를 연결하는 고리 지점에 자리 잡고 있다. 흑해와
마르마라해다. 크게 보면 흑해와 지중해를 연결하는 지점에 이스탄불이 있
다. 중동과 유럽을 잇는 지점이기도 하다. 이스탄불(당시의 비잔티움)은 324
년에 동로마 제국의 수도가 되면서 중세에 이르기까지 세계 최대의 도시로
서 기능했다. 왜 로마는 이탈리아 땅에 그대로 있지 않고 수도를 이스탄불
로 옮겼을까? 이유가 있었다. 입지 조건이 이탈리아 로마보다 훨씬 좋았기
때문이고, 그 좋은 점은 바로 바다와 바다의 연결 지점이었다는 사실이다.

조선 후기 한 도사가 남긴 예언

:

경남 의령군과 함안군 사이를 남강이 흘러간다. 남강의 다리(정암철교)를 건너가다 보면 중간 지점쯤에 바위가 하나 보인다. 강물 속에 반쯤 잠겨 있다. 이게 '솥바위'다. 밖에서 볼 때 솥단지처럼 보인다고 해서 붙여진 이름이다. 내가 다시 이름을 붙인다면 '재벌바위'다. 삼성, 금성, 효성의 창업자들이 이 솥바위, 재벌바위 근처에서 태어났기 때문이다. 삼성의 이병철, 금성(지금은 LG가 되었다)의 구인회 그리고 효성의 조홍제가 이 바위로부터 반경 이십 리 이내에서 태어났다.

이게 무슨 소리인가? 조선 후기에 어떤 도사가 이 남강을 지나가다가 솥바위를 보았다. 남강의 의령군 쪽에는 정암루(鼎巖樓)라는 누각이 있는데, 이 누각의 풍광이 아주 시원하다. 특히 그 누각이 자리 잡은 바닥은 암반으로 되어 있다. 암반도 시루떡처럼 층층이 쌓여 있다. 쌓여 있는 암반의 높이가 10미터 이상 된다. 이처럼 시루떡처럼 두껍게 쌓인 암반에는 당연히 기운이 짱짱하다. 시루떡처럼 쌓인 암반 터는 그냥 보고 지나칠 일이 아니다. 반드시 그 자리에 서서 20~30분은 시간을 보내야 한다. 그래야 기운이 들어온다. 그 짱짱한 기운을 맛보기 위하여 옛날부터 도사들이 이 암반 터에서 놀았을 것이다. 그 터에 조선 중기부터 누각이 자리 잡고 있었으니 남강을 지나가던 도사라면 반드시 이 누각에 들러 경치를 감상했을 것이다. 망우당(忘憂堂) 곽재우(郭再祐, 1552~1617)도 이 누각 터를 좋아했다. 도가적인 연단술(鍊丹術) 가운데 하나인 벽곡(辟穀, 생식을 하는

경남 의령읍 남강의 강가 절벽에 있는 정암루

조용헌의 봄여름가을겨울

짓)을 직접 수련했던 망우당이 어찌 이런 터를 그냥 지나쳤겠는가.

아무튼 조선 후기에 어떤 도사가 이 솥처럼 생긴 바위 위에 올라가 한 소끔 낮잠을 잔 후에 예언을 남겼다.

"이 솥바위 반경 이십 리 내에서 나라를 먹여 살리는 큰 부자 세 명이 나올 것이다."

왜 하필 세 명인가? 솥의 다리가 세 개인 탓이다. 솥은 다리가 없는 가마솥이 있고, 다리가 있는 솥이 있다. 다리가 세 개 있는 솥을 가리켜 정(鼎)이라고 부른다. 이 솥바위를 한문으로는 정암(鼎巖)이라고 부른다. 솥바위의 다리가 3개 있으니 부자 3명이 나온다고 예언했던 것이다.

솥은 무엇인가? 밥을 찌는 기구다. 고대에는 밥이 돈이다. 중국의 박물관에 가보면 다리가 세 개 달린 크고 작은 사이즈의 정이 전시되어 있다. 정은 황제 권력의 상징이므로 귀물(貴物)이었다. 황제가 다음 후계자에게 권력을 넘겨줄 때는 이 정을 넘겨주었다. 밥을 상징하고 돈을 상징하는 심벌이다. 강물이 바로 돈이고, 그 강물 속에 솥바위가 있으니 금상첨화다. '따따블'로 돈이다. 과연 그 예언 덕이었을까? 솥바위 근처에서 삼성과 LG, 효성이 나왔다.

삼성(三星)이라는 작명도 이 솥바위의 다리 세 개에서 유래했다고 보인다. 아마도 솥바위의 전설을 알고 있었던 이병철이 그 전설을 의식해서 별 성(星) 자를 세 개 넣어서 회사 이름을 지었던 것 같다. 스리 스타. 솥바위가 스리 스타다. 한국의 재벌도 그냥 나온 게 아니다. 신탁과 풍수도참의 지원을 받고 나온 것이다.

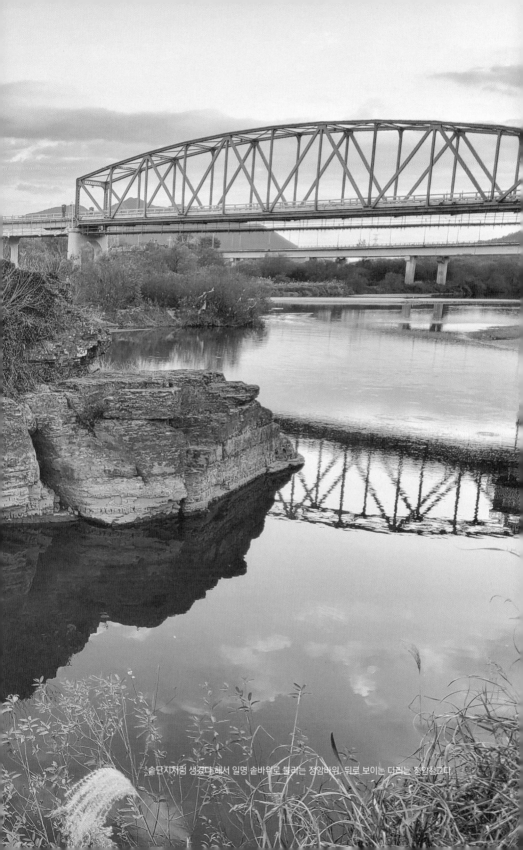

솥단지처럼 생겼다 해서 일명 솥바위로 불리는 정암바위. 뒤로 보이는 다리는 정암철교다.

서산 대사의
스승들이 공부한 곳

경남 함양
벽송사

지리산은 세계에 내놓아도 꿀리지 않는 산이다. 지리산이 내놓을 만한 명산이라는 사실을 세계 여러 나라를 가보고 한참 뒤에야 알았다.

명산으로서의 가장 큰 요소는 어디에서나 사람이 살 수 있다는 점이다. 지리산은 흙으로 뒤덮인 육산(肉山)이다. 나무와 식물이 잘 자란다. 물도 많이 나온다. 산이나 사람이나 물이 많으면 좋다. 그래야 먹을 것이 있다. '인삼 빼고는 다 자란다'는 산이 지리산이다. 텃밭도 가꿀 수 있고, 부분적인 농사도 가능하다. 그만큼 생태계가 풍부하다. 1,000미터 넘어가는 산봉우리가 40여 개. 이 산봉우리 고지대에도 물이 난다. 위에서 물이 나오니까 그 물이 아래까지 흘러내려가면서 동식물에게 영양분을 제공한다. 이렇게 사람과 동식물이 같이 살아갈 수 있는 조건을 갖춘 산은 귀한 산이다.

그다음이 규모다. 가로 40킬로미터, 세로 30킬로미터의 넓은 영역을 자랑한다. 한두 달 다닌다고 파악이 되는 산이 아니다. 이 골짜기 저 골짜기가 복잡해서 갈 때마다 새롭다. 그야말로 만학천봉(萬壑千峰)이다.

골짜기가 많고 봉우리가 많아야 숨을 데가 많다. 산은 숨으러 가는 곳이다. 숨어 있을 곳이 많아야 명산이라고 본다. 숨어 살 만한 최고의 산이 지리산이다. 세상이 싫은 사람은 여기 와서 도를 닦기도 했고, 세상에서 쫓겨나고 갈 곳 없는 사람들이 여기 와서 목숨을 부지하기도 했다. 역사적으로 볼 때 지리산으로 들어와서 목숨을 부지 못한 사례는 빨치산이다. 빨치산의 무덤이 지리산이다. 빨치산 잡는다고 따라 들어와서 같이 죽은 군경 토벌대의 무덤 역시 지리산이다.

지리산에는 절이 아주 많다. 작은 토굴, 암자까지 포함하면 수백 개가 될 것이다. 제대로 조사하면 1,000군데가 넘는다고 본다. 크게 동서남북을 보자. 남쪽 화개 쪽에는 쌍계사, 북쪽 남원 쪽에는 실상사가 있다. 옛날 도인들이 남비청학쌍계사(南飛靑鶴雙溪寺)요, 북래백학실상사(北來白鶴實相寺)라고 했다. '남쪽으로 날아간 청학은 쌍계사가 되었고, 북으로 날아온 백학은 실상사가 되었네.' 지리산 전체를 학으로 본 것이다.

동북 방향은 재물이 생기는 은둔처
:

지리산 남쪽에는 차(茶)가 잘 자라고, 북쪽에서는 한 번 칠을 해놓으면 천년을 간다는 옻이 잘 자란다. 서쪽 구례 쪽에는 화엄사가 있고, 동쪽 산청 쪽에는 대원사가 있다. 연기 조사(緣起祖師, 신라의 고승. 화엄사를 창건했다. 생물 연대는 알려지지 않았다)가 세워놓은 돌탑이 화엄사에도 있고, 대원사 경내에도 있다. 고대의 돌탑이 있는 장소들은 그곳의 기가 세다는 사실을 알려주는 표지석인데 이러한 곳들은 틀림없이 영지(靈地)다.

그러면 동서남북 사이에는 절이 없는가? 물론 있다. 북쪽의 실상사와 동쪽의 대원사 사이에 있는 유서 깊은 절이 바로 벽송사(碧松寺)다. 마천(馬川) 쪽에 있다. 지리산의 동북 방향에 해당한다. 주역에서의 동북 방향을 우리 한민족은 특별하게 주목했다. 바로 간방(艮方)이기 때문이다. 간방이 왜 의미가 있는가? 한반도가 동북 간방에 있다고 보았다. 21세기는 동북 간방에서 인물이 나오고, 이때부터 물이 들어와서 배를 띄울 수 있다고 믿었기 때문이다. '물 들어올 때 배 띄워라!' 고천문학(古天文學)에서 방위마다 특징이 있다고 보았는데, 풍수에서 방향을 정할 때도 고천문학의 상징 코드를 받아들였다.

풍수에서 자리를 정할 때 간방에 있는 자리를 간좌(艮坐)라고 한다. 간좌에 방향을 정하면 하늘의 별자리 가운데 천시원(天市垣, 여름에 남쪽 밤하늘에 보이는 뱀자리를 중심으로 이루어진 별자리)을 향하게 된다. 천시원을 향하게 되면 무엇이 좋은가? 재물이 많이 들어온다고 여겼다. 천시원은 하늘의 시장(市場)을 가리킨다. 물건과 재화가 풍부하다고 여겼다. 그래서 조선시대 체제가 주는 압박감을 피해서 숨어들었던 도사들도 지리산의 동북 방향, 즉 간방에 들어가서 은둔했다. 은둔하더라도 먹을 것은 있어야 한

조용헌의 봄여름가을겨울

벽송사 경내. 산에서 올라온 이내가 감싸고 있어 성스러운 분위기를 연출한다.

다. 기왕이면 재화가 생긴다는 간방에 들어가서 숨어 살면 비교적 풍족하다고 믿었던 것이다. 이 정도 밑그림을 깔고 벽송사를 바라보아야 한다. 맥락을 빼고 단어만 이야기하면 자칫 사이코로 빠질 수 있다.

지리산에서 제일 명당으로 치는 터가 바로 금대(金臺)이고, 두 번째는 상무주(上無住)다. 랭킹 1·2위가 모두 동북 방향에 있다. 금대를 왜 쳐주는가? 멀리서 보면 산봉우리가 말안장처럼 생겼다. 두 개의 둥그런 봉우리가 연달아 붙어 있는데 가운데가 약간 들어가 말의 안장처럼 보인다. 이런 봉우리에서는 귀인이 나온다. 귀인이 말을 타고 다니기 때문이다. 마천에 말 마(馬)가 들어가는 이유도 이와 관련 있다. 금마음수(金馬飮水)의 형국이라서 그렇다고 보인다. 금으로 된 말, 금마(金馬)가 먹는 물이 마천이다.

엄천강, 의중마을 그리고 벽송사

:

마천의 물은 남원 쪽에서 내려오는 달궁의 물, 뱀사골 물, 한신계곡 물, 백무동 물이 합쳐진 것이다. 여기에다가 다시 칠선계곡과 국골에서 내려오는 물이 합쳐져서 엄천강(임천강)이 된다.

엄천강(儼川江)이라는 이름도 그렇다. 중국 후한 시대에 광무제의 동기 동창 중 엄광(儼光)이라는 인물이 있었다. 황제가 된 친구가 좋은 벼슬을 준다고 해도 거절하고 산으로 들어가서 살았다. 항주 근처 부춘산(富

春山)의 동강(桐江)이라는 냇물에서 낚시나 하고 세월을 보냈다. 이 엄광이 2,000년 동안 한자 문화권 식자층들의 롤모델이 되었다. 특히 누구 밑에 있기 싫어하는 조직 생활 부적응자들에게는 거의 교주급 위상을 차지했다. 유교적 베이스의 먹물들은 예수나 부처를 신봉하는 게 아니라 돈과 벼슬, 여자도 마다하고 산으로 들어가서 숨어 산 엄광을 추종했다. 동양 산수화의 최장기 모델이자 성질 까다로운 먹물들의 영원한 우상은 엄광이 아니었을까.

엄천강은 이 엄광이 낚시하고 살았다는 냇물이요, 강물이라는 뜻이다. 냇물 이름을 엄천이라고 지었다는 이야기는 그만큼 이 일대에 엄광을 흠모하고 살았던 은둔자들이 많았다는 사실을 암시한다. 이 은둔자들은 인생 파탄 나서 산으로 들어온 자연인들이 아니다. 나름대로 학문을 하고 먹물이 깊게 들었던 식자층들이고, 어떤 경우는 기본 재산도 있었던 인물들이다. 논 팔고 집 팔아서 들어온 인사도 있었으니까 말이다.

그 은둔일사(隱遁逸士)들이 살았던 마을이 이 엄천강 건너면 맞닥뜨리는 의중마을이다. 근래에 뉴스에 많이 나왔던 이스타 항공 창업자인 이상직 의원의 조부도 이 마을에서 살았던 도사였다. 그는 상당한 급수의 도사였다. 풍수도참을 자신이 제작할 정도의 내공이 있었다. 8·15 광복 날짜도 미리 예견했고, 구한말에 집안 형님이 조선 의병들에게 총을 지원했다고 해서 일본 토벌대 본부가 있었던 실상사에 잡혀가서 거의 죽다 살아나기도 한 사연을 지니고 있다.

이 의중마을을 지나서 더 올라가면 벽송사가 나온다. 벽송사가 그만큼

일곱 명의 신선이 노닐었다는 전설이 내려오는 칠선계곡

오지라는 이야기다. 접근하기 어려운 깊은 산속에 자리 잡은 사찰이 바로 벽송사다. 벽송사 앞을 흐르는 계곡이 험한 계곡으로 유명한 칠선계곡이다. 일곱 신선이 사는 계곡. 그만큼 잡상인들의 접근이 어렵고 깊은 계곡이라는 뜻 아니겠는가.

벽송사는 왜 유명한가? 우선 서산 대사의 선생들이 공부했던 절이기 때문이다. 서산의 스승이 부용 영관(芙蓉靈觀, 1485~1571)이다. 부용 영관이 바로 벽송사에서 공부했다. 공부를 할 때는 혼자 하는 게 아니다. 토대를 잡을 때까지는 스승 밑에서 해야 한다. 저 잘났다고 혼자 하다가 엉뚱한 곳으로 빠지면 귀신이나 들리는 수가 있으므로 조심해야 한다. 혼자 하다가 주화입마(走火入魔)에 빠지는 경우를 많이 보았다. 부용 영관은 혼자 했는가? 스승이 벽송 지엄(碧松智儼, 1464~1534)이다. 벽송사에서 벽송 지엄 밑에서 공부하고 점검받았다. 그러니까 벽송 지엄은 서산 대사의 할아버지 선생에 해당한다. 벽송 지엄은 벽송사에서 공부했다고 해서 붙여진 이름이다.

벽송 지엄 영정. 원본은 합천 해인사 박물관에서 소장 중이다.

조선 선종의 기라성 같은 인물들을 배출한 절

:

벽송 지엄의 스승은 누구인가? 벽계 정심(碧溪正心, 생몰 연대 미상)이다. 고려 말 조선 초기의 스님이다. 태고 보우(太古普愚, 1301~1383)의 법을 전수받았다고 전해진다. 벽송사가 제대로 사찰의 규모를 갖추기 전 조그만 암자 정도로 있을 때 벽계 정심이 여기서 머물렀던 모양이다.

벽송 지엄이 배우기 위해 이곳에 왔다. 3~4년간 벽계 정심 밑에서 마당 청소하고 부엌에서 밥하고 산에 가서 나무하고 냇물에 가서 빨래하는 일을 했다. 그러나 벽계 정심은 배우러 온 벽송 지엄에게 공부의 요체에 대해서는 한마디도 알려주지 않았다. 매일 일만 하다가 짜증이 난 벽송은 "저 이제 그만 하직하겠습니다. 더 이상 못 있겠습니다." 하고 보따리 싸서 벽송사를 떠났다. 보따리 메고 암자를 떠나는 벽송을 향해서 벽계 정심은 주먹 쥔 팔을 번쩍 들어 올리면서 큰소리를 질러댔다. "여기 법(法, 진리) 있다. 이거 받아라." 그 소리를 듣는 순간에 벽송은 번갯불이 번쩍하면서 몸이 두 쪽 나는 체험을 하게 된다. 깨달음을 얻었던 것이다. '여기 법 있다. 이거 받아라'의 의미는 무엇이었을까? 왜 그 소리를 듣고 벽송은 번갯불이 번쩍했을까? 번갯불은 어떤 경우에 번쩍하는 것일까?

조선조는 불교를 탄압한 국가였다. 도시에서 쫓겨났다. 만학천봉의 지리산 천왕봉 자락이 내려온 벽송사야말로 숨어서 도 닦기에 좋은 장소였다. 유생들의 착취도 좀 피해갈 수 있는 위치였다. 불교 암흑기에 하나의 촛불을 켠 인물이 바로 벽송 지엄이다. 벽송은 스승으로부터 깨우침을 얻고, 1520년에 벽송사를 건축했다. 그 밑으로 서산 대사를 비롯한 조선 선종의 기라성 같은 인물들이 배출되었다. 그래서 벽송사를 선불교의 종가라고 한다. 서산 대사를 비롯하여 부휴 선수, 송운 유정(사명 대사), 청매 인오, 환성 지안, 호암 체정, 회암 정혜, 경암 응윤, 서룡 상민 등의 도인들이 여기서 배출되었다.

벽송사 터는 지리산 천왕봉에서 중봉, 하봉, 두류봉을 거쳐 삼십 리를 구불거리면서 산맥이 내려와 뭉친 지점이다. 청학포란(靑鶴抱卵)의 터라고도 불린다. 이 터가 좋은 점은 법당 앞으로 전개된 산세다. 조안(朝案, 조산 朝山과 안산案山)이 병풍처럼 둘러싸고 있다. 가깝게 둘러싸면 답답하다. 약간 멀리 떨어져서 둘러싸야 한다. 툭 터진 맛이 있으면서도 이 터를 둘러싸고 있으니까 공부하기에 좋다.

더 좋은 점은 이 터에 앉아 있어보니까 이마 쪽으로 황금빛 기운이 올라온다는 점이다. 이런 기운이 올라오는 곳에서는 가만히 앉아만 있어도 충전이 된다. 오대산 적멸보궁, 구례 화엄사 각황전도 이런 기운이 올라오는 지점인데, 벽송사도 그에 못지않게 부드러우면서도 짱짱한 기운이 올라오는 영지다.

미륵 신앙 원조
진표 율사가 선택한 터

전북 김제
금산사 1

우리나라에는 지역감정이 존재한다. 그런데 그 지역감정도 한 개가 아
니라 여러 개다. 가장 큰 지역감정은 이북, 즉 북한 지역 사람들이 가졌던
차별 의식이었다. 조선조 500년 동안 이북은 차별당했다. 여기서 차별이
라 하는 것은 그 지역 사람의 고위직 진출이 어려웠다는 사실을 의미한
다. 예를 들면 평양(평안도) 감사(관찰사) 자리다. 이북 출신이 평양 감사 자
리를 차지하는 경우는 극히 드물었다. 대부분 이남 출신이 이 노른자 벼
슬을 차지했다.

조선에서 중국 북경으로 왔다 갔다 하는 사신들이 중간에 반드시 들
르는 지역이 평양이다. 평양 감사는 사신으로 가는 정권 실세들을 후하
게 대접할 수 있는 기회가 있었다. 홍수로 압록강에 물이 불어나면 평양

체류 기간도 길어졌다. 평양 감사는 이 시간에 진수성찬과 여색을 대접했다. '럭셔리' 접대를 제공한 평양 감사가 비리 혐의로 중간에 파직된 경우는 극히 드물었다. 실세들과 끈끈한 인간관계를 맺을 기회가 많았기 때문이다.

지역 차별의 역사
:

이북 지역의 군수 이상 자리는 대부분 이남 출신들이 올라가서 차지했다. 그래서 이북 사람들의 한이 쌓였다. 특히 인재가 많았던 서북 지역(평양과 인근 지역)은 지역감정이 컸다. 서북 차별로 쌓인 한이 폭발한 사건이 바로 홍경래의 난(1811)이다. 왜 이북 사람에게 벼슬을 주지 않았는가? 한양 정부가 볼 때 서울의 서북 지역에 해당하는 평양 일대는 한양을 때리는 살풍(殺風)이 불어오는 위험 지역이었다. 벼슬을 주면 한양이 위험하다고 생각했고, 이북 지역이 무력에 강하다고 여겼던 탓이다.

영남은 어떤가? 영남도 조선 후기 250년 동안 차별을 당했다. 대략 인조반정이 일어난 1623년부터 차별이 시작되었다. 인조반정은 기호 지역인 서인들이 일으킨 정변이었다. 경남 지역에 뿌리를 내리고 있었던 남명학파가 괴멸되다시피 타격을 받았다. 경북 지역인 퇴계학파도 탄압을 받긴 했지만 남명학파보다는 덜 받았다. 임진왜란 때 서애 류성룡 이후로 영남 지역에서 영의정 벼슬이 나온 사례도 드물다. 장관급인 판서 벼슬도 2~3명 정도밖에 없다. 영남 출신 인사가 정3품 당상관 이상 올라가기가 힘들었다. 조령(문경 새재)을 넘어 한양 가기가 그만큼 어려웠던 것이다.

안동의 명문가 종손들이 술자리에서 나에게 했던 말이 기억난다.

"우리가 250년 동안 노론의 칼바람을 맞으며 살았습니다."

그렇다면 '안동 김씨 세도'는 무슨 말인가? 여기서 말하는 안동 김씨는 서울 장동(壯洞, 지금의 청운동 일대)에 살았던 장동 김씨를 가리킨다. 선원 김상용과 청음 김상헌의 후손들이다. 대략 17세기 중반부터 득세하기 시작하여 대원군 때까지 세도를 누렸던 집안이다. 이 사람들의 원적지는 안동이었지만 1500년대 초반부터 서울에 이사 와서 살기 시작하여 계속 서울에 살았던 서울 사람들이었다. 족보가 안동이라고 해서 안동 사람은 아니다. 서울 장동 사람들이었다. 정치적인 노선도 영남의 남인당이 아니라 기호의 노론당을 일관되게 유지했다. 따라서 '세도가 안동 김씨'는 안동 사람들이 세도를 누린 게 아니라 서울의 집권 여당에 속했던 장동 김씨들이 세도를 누린 것이다. 세도의 측면에서 안동과는 상관없다.

안동을 포함해서 영남은 조선 후기 250년 동안 춥고 배고팠다. 안동이 간고등어와 헛제삿밥을 먹어야 했던 배경이다. 250년 춥고 배고팠던 시절을 끝내준 인물이 박정희. 5·16 군사 정변 이후로 영남은 지역 차별의 한을 풀었다. 근래에는 삼성이 반도체로 세계적 기업이 되면서 남명학파의 축적되었던 한이 풀리지 않았나 싶다. 그렇게 보는 이유는 황창규를 비롯한 삼성의 핵심 인재들이 진주를 중심으로 한 지리산권의 경남 지역 출신 인재들이기 때문이다.

그렇다면 호남 차별은 어떻게 되는가? 5·16 이후로 새롭게 시작된 것이다. 그 이전에는 지역 차별이라 할 만큼의 차별은 없었다고 본다. 호남의 지역 차별이 역사적 뿌리가 깊다고 주장하는 사람들은 660년 백제 패망까지 거슬러 올라가 시점을 잡는다. 백제가 나당 연합군에 점령되면서 백제 유민이 패전국 백성이라는 고달픈 삶을 살아야만 했다는 상황은 짐작이 된다. 패전국 식민지 백성들의 한을 풀어준 인물이 바로 8세기 중반에 활동했던 진표 율사(眞表律師, 생몰 연대 미상)다. 백제 패망 후에 100년쯤 지나 나타난 인물이 진표다.

새로운 세상은 차별 없는 세상

:

진표는 어떤 방식으로 백제 식민지 백성의 한을 풀어주었는가? 방식이 중요하다. 미륵 신앙이다. 미륵은 미래에 등장하는 미래불이다. 석가불은 이미 돌아가셨다. 죽은 양반에게 비는 것보다는 앞으로 나타날 미래 부처님이 훨씬 현실적이라고 당대 사람들은 생각했다. 미륵불이 나타나면 어떻게 되는가? 백제 유민의 고달픈 삶이 종식되고 새로운 세상이 온다고 믿었다. 그것이 용화회상(龍華會上)이다. 미륵 부처님이 나와서 다스리는 세상이다.

용화회상이 되면 뭐가 좋아지는가? 돈을 많이 벌게 해주는가? 그것보다는 차별 철폐였다고 생각한다. 식민지 백성이라는 딱지를 뗄 수 있는 시

대가 온다는 것이었다. '평등 세상'의 도래라고 이해하면 된다. 조선조에 들어와서는 미륵불이 양반, 상놈의 차별을 없애주는 부처님으로 인식되었다. 그래서 하층 계급의 민초들이 떠받드는 부처님으로 자리 잡았다. 미륵불이 나오면 상놈 딱지를 뗄 수 있다고 말이다.

한국 미륵 신앙의 원조는 진표 율사다. 진표 율사가 보여준 도력과 감화력 그리고 성자로서의 면모가 미륵 신앙을 한국 땅에 뿌리내리게 만들었다. 외래 사상이 그 땅에 뿌리를 내리는 단계에서는 결정적 계기를 제공하는 인물이 있기 마련이다. 우리나라에서는 그 인물이 진표 율사다. 그리고 그 사찰이 김제 금산사(金山寺)인 것이다.

조용헌의 봄여름가을겨울

진표 뒤에는 꼭 율사(律師)라는 호칭이 따라붙는다. 계율을 철저하게 지키는 스승이라는 뜻이다. 고대 불교의 수행 방법은 우선 계율을 지키는 일이었다. 화두를 잡거나 염불을 하는 방법보다는 우선 가장 기본이 되는 계율을 철저하게 지키는 게 곧 수행이라고 생각했다.

계율이 어떤 것이겠는가? 간단하게 설명하면 살도음(殺盜淫, 살생과 도둑질, 음란한 행위)을 안 하는 것이고, 잡스러운 생각을 안 하는 것이다. 이렇게 계율을 철저하게 지키면 자연스럽게 삼매에 들고, 삼매에 오래 들어가다 보면 신통력이 생기고 특출한 지혜가 생긴다.

진표는 특별한 신통력의 소유자였다. 도력이 없으면 사람들이 어찌 믿겠는가? 예수도 오병이어의 기적을 보여주지 않았던가!

진표는 금강산으로 가면서 강원도 강릉 지역 일대를 통과했는데, 강을 건널 때 다리가 없었다. 이때 자라 떼가 엄청나게 나타나 다리가 되어주었다. 진표가 강을 건널 수 있도록 말이다. 진표가 흙바닥 길을 건너갈 때는 그 지역 사람들이 나와서 머리카락을 잘라 길에다 깔아주었다. 질퍽한 진흙을 밟지 말고 머리카락을 밟고 가라는 의도에서였다. 당시 사람들이 성자에 대한 최대한의 존경을 이런 식으로 표시했던 것 같다.

교황청에서 깔았던 카펫이 레드카펫이라고 들었다. 존경과 성스러움의 의미를 담고 있다. 영화제에서 까는 레드카펫도 로마 교황청에서 유래한 것이다. 고대 서양에서 붉은색은 아주 신성한 색이었다. 양(陽)을 상징하는 색이다. 귀신을 쫓는 색이다. 레드카펫보다 한 차원 더 높은 카펫이 진표 율사의 일화에서 보이는 머리카락 카펫이 아닌가 싶다. 사람들이 자기 머리카락을 잘라서 길바닥에다 깔아놓고 성인이 지나가도록 했다는 사실은 지금 생각해도 의미하는 바가 크다.

진표는 머리카락 카펫만큼의 존경을 받았던 인물이다. 얼마나 그 인품이 고결했고, 얼마나 그 아우라가 성스러웠으면 그랬겠는가. 일연의 『삼국유사』는 내용의 대부분이 신라 중심의 콘텐츠에 해당한다. 일연이 경상도에서 태어나 그 지역에서 주로 활동했으므로 그럴 수밖에 없다. 『삼국유사』에 백제 지역의 일화는 드물다. 그런데도 진표 율사 이야기는 두 편이나 소개되고 있다. 내용도 상당히 자세하다. 진표보다 무려 500년의 시간 격차를 두고 활동한 일연 스님이 자기와는 멀리 떨어진 전라도 동네의 진표 율사 이야기를 『삼국유사』에 입전(入傳)시킨 것은 그만큼 진표의 임팩트가 컸다는 사실을 시사한다.

맥의 기운이 뭉친 곳
:

금산사는 김제 모악산(母岳山, 793미터) 자락의 정기가 뭉쳐 있는 터에 세워진 절이다. 모악산은 전체적으로는 지리산, 오대산과 같이 흙이 많이 덮여 있는 육산의 계보에 속한다. 그런데 악(岳) 자가 붙어 있다. 악은 험한 바위가 있는 산에 붙는 이름이다. 설악산, 개성의 송악산, 원주 치악산, 월악산, 운악산, 관악산 등이다. 모악산은 어머니 품 같은 육산이면서도 속에는 악산(岳山)의 기운이 꿈틀거린다는 뜻이 아닐까? 이리 되면 외유내강이다. 사람도 외유내강이 있지만 산에도 외유내강이 있다.

원래 모악산의 이름이 금산(金山)이었다는 설이 있다. 산 속에 금이 많이 묻혀 있어서 생긴 이름 같다. 일제 강점기 때에도 일본인들이 모악산 이쪽저쪽에서 금을 채굴하려고 시도하곤 했다. 이 금 채굴에 결사반대하다가 금광업자들이 던진 돌에 맞아 돌아가신 스님이 있을 정도다. 금이 많이 묻혀 있는 금산에 있는 절이 금산사가 되는 것은 자연스러운 작명이다.

금산사에서 우선 주목해야 할 부분은 계단(戒壇, 승려에게 계를 주는 의식을 치르던 단)이다. 머리 깎고 스님이 되는 출가식을 거행하는 장소이자 시설이다. 스님이 된다는 것은 우선 계율을 지키겠다고 다짐하는 일이다. 그 출가식을 거행하는 계단은 국내에 두 군데 남아 있다. 하나는 통도사 금강계단(金剛戒壇)이고, 또 하나가 금산사의 방등계단(方等戒壇)이다. 금강계단에 비해 방등계단이 좀 더 평등한 성격을 지니고 있다. 금강계단이 출가자 전용 계단이라고 한다면 방등계단은 사부대중(四部大衆)에게 열려 있다. 출가 제자뿐만 아니라 재가의 남녀 신도를 포함한 사부대중 모두가 계를 받을 수 있다는 점에서 그렇다.

계단은 언덕 주변에 네모지게 돌난간을 만들고 기단은 석축으로 쌓았다. 나를 안내하면서 직접 설명을 해주신 조계종 총무원장 원행(圓行) 스님은 금산사가 머리를 깎은 출가 본사이기 때문에 그 역사를 꿰뚫고 있다.

"모악산에서 맥이 이 금산사 쪽으로 세 군데가 내려옵니다. 모악산에서 왼쪽으로 내려온 줄기는 절의 좌청룡이 되었고, 오른쪽으로 내려온 맥은 우백호가 되었어요. 그 가운데로 내려온 맥이 바로 이 방등계단으로 왔습니다. 가운데 맥의 기운이 뭉친 지점이 계단인 것이죠. 옛날 어른들도 이 사실을 알고 계셨기 때문에 가운데 맥이 떨어진 지점에다 진표 율사가 계단을 설치한 것이죠. 이 지점에 계단을 정식으로 설치한 시기는 신라 경덕왕 21년인 762년입니다."

출가식을 거행하는 금산사의 방등계단

양산 통도사의 금강계단

백제 유민부터
전라도 민초들이
메시아를 기다린 곳

전라도는 한반도 최대의 곡창 지대다. 논밭이 그만큼 많다는 의미다. 특히 쌀농사를 짓는 데에는 물이 절대적으로 필요한데 이 농업용수를 공급하기 위해 전라도에는 고대부터 저수지가 축조되었다.

대표적으로 세 곳의 대규모 저수지가 있다. 익산의 미륵사지 앞에는 둘레 칠십 리(27킬로미터) 크기의 저수지 황등제가 있었고, 김제 금산사 옆에는 벽골제가 있다. 또 고창 선운사 옆에는 눌제가 있었다. '제(堤)'는 물을 가두는 제방(堤防)을 가리킨다. 이 세 곳의 '제' 옆에는 공통적으로 미륵 사찰이 있었다. 쌀농사를 짓는 농부들이 믿는 불교 신앙이 미륵 신앙이었다는 것을 가리킨다. 쌀 수확을 마치고 미륵불 앞에 추수감사제를 올렸다는 의미로도 해석된다.

용이 머물던 늪지대를 메웠다는 이야기가 전해오는 터에 올린 금산사 미륵전

　제방 세 곳 중에서 가장 규모가 큰 곳이 바로 벽골제다. 벽골제라는 이름은 '볏골제'에서 유래된 것으로 보인다. 금산사 일대는 벼가 많이 자라는 '벼의 골', 즉 '볏골'이었다. 전라도에서 가장 많은 쌀을 생산하는 고장의 중심 사찰이 바로 금산사였고, 금산사 미륵불이 전라도 농민이 믿고 의지하는 부처님이었다.

　금산사 미륵전 터는 원래 용이 살던 늪지대였는데, 진표 율사 당대에 숯으로 터를 메우고 법당을 만들었다. 금산사 미륵전과 마찬가지로 경주 황룡사, 양산 통도사, 익산 미륵사도 용이 살던 터였다. 고대에는 용이 살던 터에 법당을 짓는 관습이 있었다. 용을 대체한 것이 미륵불이다.

금산사에는 구룡토수(九龍吐水)의 전설이 전해진다. 이 터에 살던 아홉 마리의 용이 물을 토하면서 미륵불을 지키는 호위 신장으로 역할을 하고 있다는 전설이다. 백제가 망한 뒤에 백제 유민들이 금산사 미륵불을 더욱 의지하지 않았을까 싶다. 갈 곳 없는 망국 백성이 의지할 데는 종교, 신앙일 수밖에 없었다. 미래에 미륵불이 출현하면 좋은 세상 오리라! 탄압에서 벗어나고 모두가 잘사는 좋은 세상. 양반, 상놈 없어지는 평등 세상. 그 희망의 메시지를 전한 인물이 진표 율사이고, 희망의 본산이 금산사 미륵전이었다. 당연히 그 미륵불은 크게 조성할 수밖에 없다.

정유재란의 승병 대장 뇌묵 처영과
백제 유민들의 천년 기도

:

미륵전의 미륵 삼존은 지금 보기에도 크기가 엄청나다. 진표 율사 당대인 8세기 후반에는 더욱 크게 보였을 것이다.

기독교에서는 하늘나라 천당이 한 층이라고 생각한다. 불교는 하늘나라가 33층이다. 삼십삼 천(天)이 있다고 믿는다. 하늘나라 가운데가 미륵불이 계시는 도솔천(天)이다. 도솔천에 사는 천인(天人)들은 모두 키가 크다고 한다. 4~5미터 크기다. 불교 신자들이 꿈에 보는 미륵불이나 도솔천의 천인들은 모두 큰 사이즈로 나온다. 미륵불을 조성하는 석공들은 그러한

조용헌의 봄여름가을겨울

꿈을 직접 꾸거나 아니면 체험담을 듣고 불상을 조성한다. 자기 맘대로 조성하는 게 아니다. 불교의 불상을 조성하는 장인들도 계율을 지키면서 나름대로 수도 생활을 해야만 불상을 제대로 조성할 수 있다. 영험한 꿈이라도 꾸어야 한다. 삼겹살에 소주나 먹고 사는 게 아니다. 아무튼 망국의 백성, 백제 유민들의 메시아가 바로 금산사 미륵불이었고, 이 미륵불이 나타나기를 백제 유민들은 천년이 넘게 기도했다. 전라도민의 정신이 모아진 곳이 바로 금산사 미륵전이었다고 해도 과언이 아니다.

백제에서 전라도로 이어지는 이곳 민초들의 정신이 농축액처럼 모여 있던 금산사는 정유재란 때 일본군의 집중 공격을 받았다. 정유재란 때 왜군은 전라도를 타격하는 데에 목표를 두었다. 임진왜란 때 곡창 지대인 전라도가 보전되는 바람에 전쟁을 못 이겼다고 보고, 도요토미 히데요시가 특별히 전라도를 초토화하라는 명령을 내렸던 것이다. 금산사 출신 승병장이 뇌묵 처영(雷黙處英, 생몰 연대 미상)이다. 승군 총대장이 서산 대사라면 왼팔은 사명 대사이고, 오른팔은 뇌묵 처영이었다. 서산 대사는 당시 노인이었으므로 전쟁터에 나가지는 못했고, 사명과 뇌묵 처영이 실전을 진두지휘했다.

그러나 뇌묵 처영은 별로 알려지지 않았다. 거의 묻혀 있다고 해도 과언이 아니다. 뇌묵(雷黙)은 뇌성벽력 같은 용맹함을 지녔지만 그의 행적은 침묵 속에 묻혀 있다. 그는 정유재란 때 왜군이 진입해오던 구례 석주관 전투, 남원성 전투 그리고 금산사 일대 전투, 전주에서 진안 넘어가는 곰티재 전투, 행주산성 전투를 지휘했던 것으로 전해진다. 서울 근처의 행

금산사 미륵전의 미륵 삼존

조용헌의 봄여름가을겨울

주산성 전투만 하더라도 산성 입구에서 왜군과 직접 육박전을 벌인 부대는 뇌묵 처영이 지휘하던 승군들이었다. 권율은 후방에 있었다. 가장 치열한 최전방에는 승군들이 포진하고 있었고, 이 승군들의 지휘를 뇌묵 처영이 했다.

왜군들은 뇌묵 처영에게 복수하기 위해 뇌묵 처영의 출가 본산지인 금산사로 쳐들어와서 철저하게 불을 지르며 초토화시켰다. 금산사는 넓은 평지에 자리 잡은 절이라서 건물이 수백 칸이었다고 전해진다. 그런데 그 수백 칸이 정유재란 때 모두 불타버렸다. 금산사 인근의 사찰들, 예를 들면 귀신사(歸信寺)도 이때 불탔다. 불에 타고 남은 것은 미륵전의 쇠로 만든 좌대(座臺)뿐이었다. 미륵불 발밑을 받쳐주는 밥솥 형태다. 말하자면 쇠솥 형태다. 지금도 미륵전의 반지하에는 이 좌대가 남아 있다. 인근 전라도 사람들은 좌대를 손으로 만지면 재수가 좋다는 믿음을 가지고 있다. 나도 초등학교 다닐 때 미륵전에 오면 어른들 따라서 이 좌대를 만지곤 했던 기억이 생생하다. 진표 율사 당대에 만들었던 좌대다. 정유재란이 끝나고 좌대 위에 다시 미륵불을 조성했다.

조선 중기 때 환성 지안(喚醒志安, 1664~1729) 법사가 금산사에서 대중 법회를 열었다. 이때 참석한 인원이 1,500명 정도 되었다. 전화가 없고 자동차도 없었던 당시로는 엄청난 인력 동원이었다. 메시아 출현의 신앙이 어려 있는 금산사에 대규모 불교도가 모였다는 소문은 한양 정부를 긴장시켰다. '이러다가 혹시 반란이 일어나는 것 아닌가!' 하는 걱정이었다. 다른 사찰도 아니고 하필 금산사에서 벌어진 집회였기 때문에 정권이 긴장

했다고 보인다.

한양 정권에서는 환성 지안을 제주도로 유배 보낸 다음에 장살(杖殺, 매를 쳐서 죽임)했다. 금산사 집회를 정치 집회로 간주했던 것이다. 환성 지안을 장살했다고 해서 금산사의 미륵불 기운이 사라진 것은 아니었다. 구한말에도 금산사는 후천개벽의 성지로 믿어졌다. 어지러운 세상을 구원할 메시아가 금산사 일대에서 출현한다는 천년이 넘는 믿음이 다시 작동한 셈이다.

강증산과 원불교의 창시자 소태산 박중빈이 금산사와 인연이 깊다. 강증산은 호가 시루 증(甑) 자를 써서 증산(甑山)이다. 시루가 무엇인가? 떡을 찔 때 솥 위에 올려놓는 것이 시루다. 강증산이 자신의 호를 떡시루의 의미가 들어 있는 증산으로 정한 데에는 민중들에게 떡을 주겠다는 의도가 있다. 시루는 밑바탕에 솥이 반드시 필요하다. 금산사 미륵전의 미륵불 좌대를 바로 그 '솥'으로 여겼다. 자신이 미륵불이라는 이야기다. '내가 죽은 후에는 미륵전의 미륵불로 다시 오리라'라고 하는 게 증산의 예언이기도 했다.

신흥 종교의 밑바탕이 된 미륵 신앙

강증산이 여러 가지 신통과 이적을 보여주자 금산사 일대에는 전국에서 사람들이 모여들었다. 일제 강점기 때 특히 그랬다. 경상도에서도 일본

놈 물러가고 좋은 세상이 오면 금산사 용화동 일대가 제일 첫 번째 해방구가 될 것이라고 믿었다. 경상도 사람들까지 집 팔고 논 팔아서 이곳 금산사 밑으로 모여들었다. 1970~80년대 초반까지만 하더라도 금산사 밑의 용화동 일대에는 경상도 말씨를 쓰는 노인들이 많았다. 일제 강점기 때 이주한 경상도 사람들이었던 것이다.

나라는 일본에 망했고, 성질 과격한 극소수는 만주에 가서 총 들고 독립운동을 했지만, 성질이 좀 덜 과격하고 일본놈 밑에서 살기는 싫었던 사람들은 금산사 일대로 이주하여 신흥 종교를 믿었다. 미륵불 메시아가 불교라는 울타리를 넘어 민초들의 신종교를 떠받쳐주는 신앙으로 확대된 것이다.

정읍 입암리에 본부를 두고 있었던 보천교가 일제 강점기 때 대단한 인기를 끌었다. 보천교의 창시자 차경석도 금산사와 강증산 신봉자였다. 탄허 스님의 아버지 김홍규가 바로 차경석의 핵심 참모였다. 보천교 목방주(木方主)를 맡았다. 목방주는 동쪽 방향의 주인이라는 의미인데 해는 동쪽에서 떠오른다. 입암리의 보천교 본부 건물에서 유년 시절을 보냈던 탄허 스님도 출신 배경에는 금산사 미륵 신앙이 깔려 있는 셈이다.

원불교의 소태산도 젊었을 때 금산사의 송대(松臺)라는 건물에 와서 머물렀다. 방등계단 밑의 오른쪽에 있는 집이다. 그래서 원불교 사람들도 금산사 '송대'는 특별한 감정으로 대한다. 익산에 있는 원불교 총본부 내에도 소나무 숲이 우거진 '송대'라는 이름을 가진 공간이 있다. 금산사 송대와 연관이 있다.

'彌勒(미륵)'을 파자하면 '이(爾) 활(弓)로 힘(力)을 키워서 혁명(革)하자'라는 뜻이 나온다. 이 해석은 전북 부안 출신으로 고려 공산당 초대 당수를 지냈던 김철수(金綴洙, 1893~1986)로부터 내가 1980년대 초반에 직접 들었던 이야기다.

마상혈, 일명 벼슬봉이 정면에

:

금산사 터를 보려면 방등계단 위에서 보아야 한다. 정면으로 산봉우리를 바라보면 나지막한 봉우리 형태가 마상혈(馬上穴)로 보인다. 풍수가에서는 일명 '벼슬봉' 또는 '마체(馬體)'라고 부르기도 한다. 둥그스름한 봉우리 두 개가 연이어 붙어 있는데, 하나는 크고 하나는 약간 작은 봉우리가 나란히 포진한 모습이다. 이 모습이 말안장의 모습과 같다. 그래서 이름에 마(馬)가 들어간다.

이 마상혈이 집터나 동네 앞에 있으면 그 터에서 높은 벼슬을 하는 인물이 나온다고 믿는다. 벼슬은 말을 타고 온다. 이렇게 놓고 보니까 금산사에서 조계종단의 책임자인 총무원장이 두 명이나 배출되었다는 사실이 새롭다. 같은 사찰에서 총무원장 두 명이 나온 것도 기록이다. 월주 스님과 원행 스님이다. 월주의 제자가 원행이다. 사제지간에 총무원장이 된 기록(?)을 보유하고 있는 문중이 금산사 문중이다.

미륵전 터는 오공혈(蜈蚣穴)로 알려져 있다. 모악산에서 내려온 산줄기의 모습이 지네[蜈蚣(오공)] 형태다. 지네는 앞에 닭 봉우리가 있어야 격에 맞다. 지네와 닭은 서로 마주 보아야 힘을 받는다. 그런데 금산사 미륵전 앞에 닭 봉우리가 있다. 미륵전 앞에서 바라보이는 봉우리 이름이 계룡봉(鷄龍峰)이다. 계룡산도 있지만 금산사 앞에는 계룡봉이 있다. 계룡봉 아래쪽으로 내려가면 용화동이 있다. 일제 강점기 때 후천개벽의 성지로 믿었던 공간이다. 금산사는 진표 율사 이래로 현재에 이르기까지, 백

금산사 육각 다층 석탑. 고려 시대에 유행한 석탑 양식이다.

제에서 전라도에 이르기까지 압박당하던 민초들의 성지다.

가지 끝의 열매처럼
북한산 기운 뭉친 명당에
흰 부처가…

서울 홍은동
옥천암

풍수적 관점에서 서울의 환경을 평가하자면 A급이다. 산과 강물이 서울
만큼 균형을 이루고 있는 대도시가 드물기 때문이다. 우선 물을 봐야 한
다. 물이 있어야 도시에 수기(水氣)를 공급하고, 수기가 있어야만 대도시에
사는 수백만~수천만 명이 정서적인 윤기를 유지한다. 마치 고층 아파트에
살면서 건조함을 보강하기 위하여 가습기가 필요한 이치와 같다.

도시를 둘러싸거나 관통하는 큰 강물이 없으면 도시가 건조해진다. 특
히 현대 문명이 불의 화기를 에너지로 쓰는 문명이기 때문에 물의 보충이
절실하다. 런던, 파리, 로마, 뉴욕, 도쿄 모두 강물과 바다가 둘러싸고 있다.
큰 강물이 없는 대도시로 중국의 베이징을 꼽을 수 있다. 베이징에 가면
왠지 건조한 느낌을 지울 수 없다. 수기를 보강하기 위하여 청나라 말기

서태후 때 이화원에다 커다란 인공 호수를 조성했지만 이걸로는 턱도 없다. 서울은 한강이 도시를 관통한다. 대단히 아름답고 유리한 풍수적 조건이다.

물 다음에는 산이다. 런던, 파리, 뉴욕, 도쿄에 가보면 주변에 산이 별로 없다. 그러나 서울은 '불수사도북'이 둘러싸고 있다. 불암산, 수락산, 사패산, 도봉산, 북한산이 그것이다. 이 산들도 해발 200~300미터의 야산이 아니다. 대개 500미터가 넘어가는 높이의 중량급 산들이다. 특히 이 산들은 흙으로 덮인 육산이 아니고 바위가 노출된 골산이라는 점에서 나는 서울의 산세를 높이 평가한다. 바위가 노출된 골산에서 기가 세게 나오기 때문이다. 기가 세게 나오면 뭐가 유리한가? 창의력, 영감, 활력이 나온다. 서울을 둘러싼 바위 골산에서 이러한 에너지가 나온다고 나는 확신한다.

도쿄에 가보면 이런 바위산이 없다. 파리에 가도 없다. 런던에 가도 없다. 그런데 서울에 와보면 이런 600~800미터 바위산들이 사방에 포진해 있다. 이건 풍수적으로 엄청난 축복이 아닐 수 없다. 대한민국 서울에 사는 한국 사람들이 결코 간단한 인물들이 아닌 것이다. 그 터가 입증해주고 있다.

다만 그동안은 이런 기를 받은 인물들이 나왔지만 천시(天時)가 도래하지 않았기 때문에 그 역량을 발휘할 수가 없었다. 그러나 이제는 후천개벽의 시대가 왔기 때문에 창의력과 영감을 마음껏 펼칠 수가 있다.

한강이 가진 수기운과 바위산들이 가진 불기운이 서로 뒤섞여 있는 곳이 서울이다. 물대포와 불대포가 터지는 공간이라는 말이다. 이름 하여 수

서울은 큰 강과 높은 산이 어우러진 세계적으로 보기 드문 대도시다.

조용헌의 봄여름가을겨울

화기제(水火旣濟)의 캐피털이다. 이런 대도시는 세계적으로 드물다. 서울의 풍수 조건과 비견할 수 있는 도시를 꼽는다면 튀르키예의 이스탄불 정도가 될 것이다. 그러나 이스탄불은 동로마의 수도로, 비잔틴 제국의 중심으로 1,000년간 영화를 누렸기 때문에 그 기운을 상당수 뽑아 먹었다. 서울은 제국의 수도가 된 적이 없었으므로 그 기운을 뽑아 먹은 적이 없다. 아직 본전이 남아 있는 대도시라고 여겨진다.

삼각산의 지기가 뭉친 터에 앉은 사찰
:

서론이 좀 길었다. 서울의 팔대문 가운데 하나인 창의문(彰義門, 자하문) 밖에 나가서 고갯길을 내려가다보면 옥천암(玉泉庵)이 있다. 옥천암은 홍제천(弘濟川)이 감아 돌아 나가는 바위 끝자락에 자리 잡고 있다. 홍제천을 경계로 인왕산과 북한산이 갈라지는데, 옥천암은 북한산 줄기의 끝자락에 자리 잡고 있는 셈이다. 말하자면 삼각산의 끝자락에 있다. 풍수에서는 끝자락을 중시한다. 호박이 가지의 끝에서 열매를 맺는 것처럼, 바위산의 끝자락에 에너지가 뭉쳐 있다고 본다. 결국(結局)이라는 표현도 풍수용어에 해당한다. 끝자락에 터를 형성했다는 말이기도 하다.

지금은 옥천암 앞으로 고가도로가 지나가고 아파트가 들어서는 바람에 경관이 훼손되었지만 그전에 이곳은 범상한 터가 아니었다. 서울이 지닌 골산의 정기가 뭉쳐 있는 절터였기 때문이다.

서울 홍은동 홍제천 가에 위치한 옥천암 전경

조용헌의 봄여름가을겨울

땅의 정기가 뭉쳐 있다는 가장 확실한 물증은 커다란 바위의 존재다. 높이 6미터 정도 되는 바윗덩어리가 돌출되어 서 있고, 이 통바위에 불상이 새겨져 있다. 이 마애불을 여러 가지 이름으로 불렀다. 해수관음, 백불(白佛), 암불(巖佛) 등이다. 북한산 향로봉의 끝자락이 뭉친 지점이고, 이 뭉친 지점 앞을 홍제천이 감아 돌아 나가므로 이 마애불 터는 예로부터 영험한 기도터였을 것이다. 불교 이전부터 고대인들이 기도를 드리고 소원을 빌었던 바위 절벽이나 선바위, 커다란 암석들이 불교가 들어온 이후로 절터가 되거나 마애불이 새겨지게 되었다.

조선 초기 성현의 『용재총화(慵齋叢話)』를 비롯하여 여러 문헌에 이 옥천암 이야기가 나온다. 특히 옥천암의 약수가 영험했다고 전해진다. 이 약수를 먹으면 여러 가지 병이 나았다고 한다. 위장병, 눈병, 바람병에 효과가 있었다. 바람병? 바람병은 바람피우는 병은 아닐 것이고, 아마도 중풍을 지칭한 것이 아닌가 싶다. 그래서 많은 사람이 이 옥천암 앞에 줄을 서서 약수를 떠서 먹었다. 『한경지략(漢京識略)』에 보면 약수를 많이 먹기 위해서 사전에 짠 음식을 몽땅 먹고 오는 게 좋다고 설명되어 있다. 그래야 약수를 배가 부르도록 많이 먹을 수 있다는 것이다. 많이 마실수록 효과가 좋다고 본 것이다.

구한말의 외국인 눈에 비친 기이한 광경
:

옥천암 마애불은 얼굴과 몸 전체에 흰색 칠이 되어 있어서 일명 백불(白佛, White Buddha)로 불렸다. 특히 구한말에 선교사나 유럽인들이 이 옥천암 마애불을 보고 사진을 많이 찍어서 남겼다. 흰색 칠이 발라져 있으니까 눈에 금방 띄었을 것이다. 구한말 미국 선교사 윌리엄 길모어(1858~?)가 펴낸 책에도 사진이 나와 있다. 미국의 여행가 버튼 홈스(1870~1958)가 1901년에 서울에 머물면서 찍은 서울 명물 사진에도 가장 특이한 광경으로 이 백불이 등장한다. 서울 주재 이탈리아 총영사였던 카를로 로제티(1876~1948)의 사진에도 옥천암 마애불이 등장한다. 여행가 윌리엄 채핀이라는 인물도 1910년 《내셔널지오그래픽》 11월호에 이 백불을 소개했다. 하여간 구한말을 전후하여 서울에 왔던 외국인들에게 가장 인상 깊었던

옥천암을 상징하는 마애불인 해수관음 백불

산신과 호랑이, 동자를 새겨놓은 바위. 산신각에서 창을 통해 볼 수 있다.

풍경이 옥천암과 백불이었던 것 같다.

옥천암 주지를 맡고 있는 원묵 스님에게 물었다.

"마애불에 칠해져 있는 이 하얀색 칠은 이름이 뭡니까?"

"호분(胡粉)이라고 합니다. 전해지기로는 대원군의 부인이 이 부처님을 아주 신봉했다고 합니다. 며느리인 명성황후도 이 백불이 들어선 누각 건물, 즉 보도각(普渡閣)을 지었다고 합니다. 그 즈음에 왕실에서 이 호분을 발랐다고 보죠."

호분(胡粉)은 오랑캐로부터 들어온 분말이니까, 서양에서 들어온 분말이라는 뜻이다. 조개껍데기를 빻아서 만든 분말이다. 흰색이 나온다. 오래전부터 서양에서는 이 호분을 많이 썼다. 대원군이 있던 시절이면 개화기

조용헌의 봄여름가을겨울

니까 당시 서양에서 이러한 호분들이 들어왔던 모양이다. 이렇게 놓고 보면 옥천암은 구한말에 왕실의 안주인들이 신봉했던 왕실 사찰이었던 셈이다. 궁궐에서 그리 먼 거리가 아니었기 때문에 왕후가 왕래하기에 적당하고, 무엇보다도 영험했기 때문이었을 것이다. 종교의 핵심은 영험이고 그 영험은 바위에서 나온다. 더군다나 고질병을 낫게 하는 약수가 백불 옆에서 샘솟고 있었으니 그 영험은 눈으로 볼 수 있는 것이었다.

옥천암에서 또 하나 영험한 장소는 산신각이다. 백불이 있는 바위에서 좌측으로 좀 올라가면 언덕에 있다. 이 산신각 자리도 역시 커다란 바위에 산신 모습을 새겨놓았다. 백불을 새긴 바위보다는 작지만 산신을 새긴 바위도 역시 단독으로 돌출된 바위다. 돌출된 바위에는 기도발이 내장되어 있기 마련이다. 신도들은 이 산신각을 '산신의 집'으로 부르기도 한다. 원래 '山神之家(산신지가)'라고 한문으로 바위에 새겨져 있었으니까 말이다. 큰 바위에는 부처님을 새기고, 작은 바위에는 산신을 새겨놓았다는 게 흥미롭다. 나의 지론인 '종교적으로 영험한 모든 장소에는 반드시 바위가 있다'는 명제를 옥천암처럼 잘 보여주는 곳이 없다. 그것도 서울이라는 수도 중심지에 말이다.

옥천암 백불은 단군?

:

그런데 한 가지, 옥천암 백불의 형태가 약간 특이한 부분이 있다. 머리에 쓴 관(冠)의 모습이다. 관은 위엄, 권위, 신분, 벼슬을 상징한다. 이 백불의 관은 보통의 관음보살 관의 형태와는 다르다. 제왕의 관이라는 느낌이 온다. 불상을 연구한 전문가들 이야기로는 제석천(帝釋天)의 관이라고 한다. 제석천이라면 하늘에 있는 최고신이다. 불교에서는 제석천을 포섭하여 부처님 바로 밑에다가 포진시켰다. 제석천의 부하가 사천왕이다. 절 입구는 사천왕이 지키고 있다. 사천왕 밑에는 다시 팔부중이라고 하는 부하가 있다. 팔부중은 건달바, 비사자, 구반다, 피협타, 용, 부단나, 야차, 나찰이다. 말 안 듣는 놈들은 이 사천왕과 팔부중이 혼을 낸다. 신라 말기에서 고려에 이르기까지 이 제석천 신앙이 유행했다고 한다.

그러니까 이 옥천암 백불은 대략 고려 초기인 11~12세기에 걸쳐 조각한 불상이다. 한국의 전통 신앙에서 보자면 제석천은 환인(桓因)이다. 환인은 단군과도 연결된다. 이렇게 놓고 본다면 옥천암 백불은 우리 고대 신앙인 환인, 단군의 모습을 디자인한 것인지도 모른다. 홍제천(弘濟川) 그리고 인근의 중국 사신들이 서울에 들어오기 전에 묵었던 숙박 시설인 홍제원(弘濟院)에도 홍익인간(弘益人間)의 '홍(弘)'자가 들어간다. 옥천암 백불은 홍익인간의 단군 신앙 자취가 불교적으로 흡수된 흔적일지도 모른다.

옥천암에는 노총각의 영험담이 전해온다. 조선 순조(1819) 때의 일이다. 고양군 신도면에 서른이 넘도록 장가를 못 간 나무꾼이 있었다. 나무꾼은 나무를 팔기 위하여 서울 사대문 안으로 들어와야만 했다. 구파발에서 서대문으로 들어오는 길은 순탄했지만 업자들의 경쟁이 심해서 올 수 없었고, 홍제동에서 왼편으로 개천을 끼고 세검정으로 넘어 다니는 코스

옥천암의 백불은 여느 관음보살상과는 달리 제왕의 관을 쓰고 있다.

가 나무를 팔기가 쉬웠다. 나무꾼이 오가다가 이 옥천암 부처님이 영험하
다는 소리를 듣고 빌게 되었다. '장가들어서 자손을 보고 부자 되게 해서
나무꾼 신세 좀 면하게 해주십시오.' 어느 날 꿈에 거룩하게 생긴 늙은 부
인이 나타나서 계시를 주었다. '첫 새벽에 창의문(자하문) 밖에서 여자를
만나면 그 여자가 색싯감이다.' 과연 다음 날 첫 새벽에 창의문 밖에 나갔
더니 시집갔으나 소박맞아 놀고 있던 부잣집 딸을 만나게 되었다. 이 여자
역시 옥천암 백불이 꿈에 나타나 알려주었기 때문에 창의문 밖에 나와
있었다고 한다. 이 밖에도 많은 영험 설화들이 전해진다.

지리산에서 가장 기가 센
도량에서 벌어진 전투

전 남 구 례
화 엄 사

　정유재란 때 석주관(石柱關) 전투가 있었다. 아주 치열했고 사상자가 엄청났던 전투다. 이 전투로 전라남도 구례의 성인 남자 80퍼센트 이상이 죽음을 맞았다고 전해진다.

　석주관은 하동과 구례 사이에 있는 지점이다. 서출동류(西出東流), 즉 전라도에서 시작하여 경상도 쪽으로 섬진강이 흘러간다. 영호남을 배를 타고 왕래할 수 있도록 해준다는 점에서 섬진강은 독특한 강이다. 또한 섬진강은 양쪽에 지리산과 광양의 백운산을 끼고 있다. 두 개의 거대한 산자락 사이를 흐른다.

　임진년에 전라도를 공략하지 못했던 왜군은 정유재란 때 곡창 지대인 전라도를 박살내기 위해서 진격했다. 왜군이 지나는 길은 함양에서 전주로 넘어가는 코스가 있었고, 섬진강을 따라 하동에서 구례로 넘어와 남원으로 들어가는 코스가 있었다. 하동에서 구례로 몇 만 명의 대부대 병력이 넘어가려면 조그만 배로는 어렵고 육로를 거쳐서 가야 한다. 화개를 지나서 구례 쪽으로 섬진강을 따라가다 보면 조그만 육로가 있었다. 지리산 쪽으로 붙은 산길이다. 지리산과 섬진강이 만나는 지점을 따라서 나 있는 조그만 길. 이 길을 따라서 경상도와 전라도의 보부상이나 민초들이 왕래했다.

구례 남성 80퍼센트가 죽은 석주관 전투

:

구례 쪽으로 들어오면 석주관이라는 관문이 있었다. 이름 그대로 돌로 된 큰 기둥이 서 있는 관문이었다. 옛날부터 산길에는 자연적으로 큰 바위가 양쪽에 서 있어서 관문처럼 보이는 지점들이 있다. 이런 돌기둥이 있는 지점은 특별히 주목했다. 이쪽 세계와 저쪽 세계를 구분 지어주는 징표로 생각했기 때문이다. 한쪽은 지리산 자락이요, 또 다른 쪽은 섬진강 물인데 그 사이에 난 작은 길이 있고 여기에 돌 관문이 있다면 이곳은 유사시에 방어하기에 좋은 조건이 된다.

왜군이 별다른 장애물 없이 섬진강을 따라 구례 쪽으로 들어오다가 이 석주관에서 저항에 부딪혔다. 구례 군민들과 지리산권의 승병들이 목숨을 걸고 왜군의 진입을 저지했던 것이다. 이 전투는 1597년 10월부터 이

듬해 봄까지 계속되었다고 한다. 일주일이나 열흘 하고 끝났던 전투가 아니었다. 적어도 서너 달 동안 지속되었다. 당시 일본군 병력이 적어도 일만 명은 훨씬 넘었을 터인데 어떻게 정규군도 아닌 민간인들이 서너 달 동안이나 방어를 할 수 있었던 것일까?

당시 일본 정규군의 전투 능력은 세계적 수준이었다고 보아야 한다. 일본은 전국 시대에 전국의 다이묘들끼리 백년 넘게 치고받으면서 전쟁 기술자 수준으로 전투력이 향상되어 있었다. 조총과 갑옷을 비롯한 전쟁 무기, 부대별로 꽉 짜인 지휘 체계, 성동격서(聲東擊西)의 전술로 다듬어진 군대였다. 이에 비해 석주관에서 왜군에 맞선 조선 병력은 정규군도 아니고 전투 경험도 없는 일반 농부들과 지리산의 이쪽저쪽 사찰에서 목탁 두드리다가 갑자기 소집된 승병들이었다. 이런 민병대가 어떻게 공수부대를 상대로, 거기에다가 수적으로도 우세한 왜군에게 맞설 수 있었던 것일까? 여기에는 구례 사람들이 보여준 죽기 살기의 결사 항전이 깔려 있었다. 당시 구례 남자가 거의 다 죽었다고 전해지니 말이다. 석주관이 무너지고 나서 구례는 사람이 거의 없는 텅 빈 고을이 되었다고 한다.

왜군에 맞선 부자 가문과 지리산 당취

:

구례는 전통적으로 큰 부자가 있었다. 바로 왕씨(王氏) 집안이다. 조선 시대는 물론 구한말까지도 '구례 왕씨'들은 전국에서 소문난 부자였다.

석주관 전투에서 희생된 이들을 기리기 위해 조성한 사당(왼쪽)과
의로운 죽음을 맞은 일곱 명의 의사를 모신 칠의사묘. 맨 왼쪽은 당시 구례 현감인 이원춘의 묘다.

석주관 전투에서 이 왕씨들이 앞장섰다. 자신들이 가졌던 재물과 목숨을
다 내놓고 싸웠다. 전투에서 중요한 부분이 바로 식량이다. 먹을 식량이 있
어야 몇 달간 싸울 수 있다. 아마도 이 왕씨들이 몇 달간 수천 명의 군량
을 지원했던 것 같다. 왕씨들은 그만한 재력이 있었다.

압도적인 왜군에 대항할 수 있었던 또 하나의 배경은 승군(僧軍)이었다.
지리산은 가로 40킬로미터, 세로 30킬로미터의 큰 산이다. 1,000미터가 넘
는 봉우리만 해도 40여 개에 이른다. 여기에는 수백 개의 크고 작은 사찰
과 암자들이 자리 잡고 있다. 소위 템플 마운틴(Temple mountain)이라고
해도 과언이 아니다. 이 골짜기 저 골짜기, 이 봉우리 저 봉우리에 불교 암
자가 없는 곳이 없다. 그리고 산속 깊이 박혀 있어서 외부인들은 어느 암
자에 누가 있고, 어떻게 살고 있는지 알 수가 없다. 어떻게 보면 치외법권

지대다. 1948년 여순 사건 이후 빨치산들이 최후 저항지로 지리산을 택하여 군경의 압박 속에서도 3~4년을 버틸 수 있었던 배경에는 지리산이 가진 요새 지형과 어느 정도 숨어 살 수 있는 입지 조건이 있었기 때문이다. 현대 무기가 발전한 20세기에도 이처럼 빨치산이 버틸 수 있었던 산인데 16세기, 1597년에 벌어졌던 석주관 전투에서는 지리산의 장점이 더욱 빛을 발하던 시점이었다. 수백 개의 사찰과 암자에 있던 적어도 수천 명의 승려가 이 석주관 전투에 참여했다는 것이 나의 추론이다.

지리산은 당취(黨聚, 숭유억불을 시행했던 조선에서 형성된 승려들의 비밀 결사 조직)들의 큰 거점이었다. 금강산과 함께 조선 당취의 양대 거점이 지리산이었다고 보아야 한다. 그런 만큼 지리산의 당취들이 대거 승군에 가담했다고 보아야 하고, 이 당취 승병이 곳곳에서 게릴라 전투를 했던 것이 아닌가 싶다. 석주관에서 치열한 접전을 벌이고 있는 상황에서 왜군들의 후방을 급습하는 게릴라 전술을 펴기에도 적합한 환경이었던 것이다. 지리산 골짜기에 숨어 있다가 갑자기 나타나 왜군의 후방을 때리는 전술 말이다. 자세한 자료가 남아 있지 않아 확언할 수는 없지만 짐작컨대 석주관 전투는 지리산 당취가 모두 가담한 게릴라 전투였다고 보인다.

화엄사는 승군 지휘 본부

:

전쟁 이전에 지리산 당취들의 본부는 바로 의신사(義神寺)였다. 화개 골짜기 입구에서 삼십 리(12킬로미터)쯤 거슬러 올라가면 그 터가 남아 있다. 의신사 주변으로 포진된 사찰, 암자에서 튀어나온 승군들이 왜군을 향해 총공격을 하지 않았을까? 왜 이런 추론을 하는가 하면 이 근방의 암자들을 대상으로 나중에 왜군이 철저하게 보복했기 때문이다. 골짜기마다 왜병들이 쫓아가서 불을 질렀다고 전해진다. 일본도 불교를 믿었다. 왜 같은 불교 믿는 국가에서 부처님을 모셔놓은 암자들을 훼손한단 말인가. 조선 불교의 승군들이 그만큼 골치 아픈 존재였다는 방증이다.

지리산 영신봉(靈神峰)은 이름 그대로 기도발이 가장 잘 받는 봉우리다. 지금도 영신대(靈神臺)는 영험하기로 유명하다. 영신봉 해발은 1,652미터다. 영신봉 아래의 고지에는 영신암(靈神庵)이 있었는데 정유재란 때 왜병들이 1,000미터 고지까지 올라와서 영신암에 불을 질렀다. 1,000미터 이상에 있는 암자까지 올라와 불을 질렀다는 사실이 참 이례적이다. 그럴 필요까지 있었을까 싶다. 하지만 이러한 사실은 당시의 전투 상황이 그만큼 심각했음을 보여준다. 왜병 측에서는 이런 암자들까지 불 지르지 않으면 안 되는 상황이었다. 의신사 오른쪽 옆으로 보이는 봉우리가 영신봉이다. 영신암까지 왜병들이 불을 질렀다는 정황을 고려해보면 이 일대의 어지간한 암자는 다 찾아가 불을 질렀다는 이야기가 된다.

석주관 전투에 참여했던 승군들이 모였던 집합 사찰은 구례 화엄사였다. 화엄사에 내려오는 구전에 의하면 이때 승병 2,000여 명이 사망했다고 전해진다. 당시 화엄사에 지리산과 호남 일대의 승병들이 총 집결했던 셈이다. 석주관 전투의 사실상 지휘 본부는 화엄사였던 것이다.

조용헌의 봄여름가을겨울

화엄사 경내. 연기 조사가 창건했다고 알려져 있으나,
화엄사 창건 시기는 여러 역사서에 엇갈리게 기록되어 있다.

화엄사와 의신사는 산 고갯길을 통해 연결된다. 의신사에서 내당재를 넘고 다시 외당재를 건넌 다음에 한 번 더 고갯길을 넘으면 화엄사에 도달한다. 아마도 당취 본부인 의신사와 현장 지휘 본부인 화엄사가 양쪽에서 합동하여 치른 전투가 석주관 전투 아니었나 싶다. 이 석주관 전투에 참여했던 승병의 총책임자는 누구였을까? 뇌묵 처영이 아닌가 싶다. 당시 강원도에서 활동했던 사명 대사 밑에는 승병 900명이, 계룡산 갑사에 있었던 영규 대사(靈圭大師, ?~1592) 밑에는 700명의 승병이 있었다. 그리고 김제 금산사를 중심으로 호남 일대를 커버했던 뇌묵 처영 밑에는 1,100명이 있었다. 남원의 교룡산성을 정비했던 뇌묵 처영이니까 아마도 석주관 전투의 주력 승병들도 뇌묵 처영의 부대였을 가능성이 높다.

화엄사는 위치가 특이하다. 지리산의 서쪽인 노고단의 기운이 그대로 내려오는 지점이다. 높이는 지리산 동쪽인 천왕봉이 더 높지만 기운은 서쪽 화엄사가 더 세다. 나의 체험이 그렇다. 화엄사 템플스테이에 가서 한 이틀 잠을 자보면 그 기운을 느낀다. 가만히 누워 있으면 땅바닥에서 쿨렁쿨렁 기운이 몸 안으로 들어오는 것이 느껴진다. 강력한 지기(地氣)는 척추 뼈를 타고 머리까지 올라온다. 이 지기를 받는다는 느낌이 중요하다. 산천을 알려면 기의 맛을 보아야 한다. 기의 맛을 알면 산은 그냥 산이 아니다. 산이 나에게도 들어오고, 내가 산으로 들어간다. 산인불이(山人不二)다.

조용헌의 봄여름가을겨울

화엄사에서 주먹 자랑하지 마라

:

진정한 산꾼은 산에서 올라오는 지기의 맛을 몸으로 느끼는 사람이다. 화엄사에서 2~3일 자고 나면 몸의 컨디션이 확실히 달라진다. 몸이 개운하고, 머릿속이 충만해지며, 아랫배에 힘이 들어간다. 아랫배에 힘이 들어가면 주먹으로도 힘이 들어가기 마련이다. 지리산 둘레의 여러 군데서 잠을 자보았지만 화엄사의 기운이 가장 센 것 같다. 물론 주관적이기는 하지만 말이다. 기의 맛에 익숙한 선수들은 화엄사 경내에 진입하기 1킬로미터 전부터 이 땅에서 올라오는 짱짱한 기운이 느껴진다고 말한다. 화엄사 근방에 오면 정신이 번쩍 난다는 것이다.

그래서 역대로 화엄사 승려들의 주먹이 셌다. 이 도량에 살면 자연히 몸이 건강해지고 주먹이 세질 수밖에 없다. 강한 기운을 계율과 경전 공부를 통해서 녹이면 고승이 되고, 녹이지 못하면 무술승(武術僧)이 된다. 무술승이 못 되어도 주먹은 강해진다. 1960~70년대에 술버릇이 고약한 남자들이 화엄사에 가서 술주정을 하고 행패를 부리면 화엄사 승려들이 조용하게 한마디 했다고 한다. "처사님, 잠깐 대웅전 뒤로 가십시다." 대웅전 뒤로 간 그 처사는 어떻게 되었을까? 정신이 번쩍 나도록 라이트 훅, 레프트 훅을 얻어맞았다. 과거에는 괜히 화엄사에 가서 술주정을 하면 안 된다는 말이 돌았을 정도다. 이렇게 지리산 노고단의 기운이 용솟음치는 화엄사에서 공부한 승려들이 정유재란 때에도 승병으로 앞장섰음은 당연한 일이다. 그 기상이 대단한 절이다. 오늘날에도 화엄사의 각황전(覺皇殿)

에 그 기운이 뭉쳐 있다.

얼마 전에 가니 각황전 옆에 홍매가 피어 있었다. 색깔이 진하고 위용이 당당하다. 정유재란 때 순절한 승병들의 혼이 뭉쳐서 피어난 매화 색깔이다. 매년 초봄이면 전국에서 이 홍매 핀 모습을 보려고 사진작가들이 몰려든다.

화엄사 각황전 부근의 홍매화.
특히나 빛깔이 고와서 매년 초봄이면 숱한 사진작가들을 끌어들인다.

봄

여름

가을

겨울

산중의 물가,
마음이 절로
걸음을
멈추네

이곳에 가면
눈 녹듯 고민이 사라진다

전남 여수
향일암

무속은 모든 종교의 원형이다. 2만~3만 년 전의 원시 상태에서는 초자연적인 힘을 숭배할 수밖에 없었다. 이 무속이 체계를 갖추고 이론을 정비하면 종교가 된다. 종교의 원료는 무속이다. 무속은 못 배우고 투박하지만 파워가 있다. 제도화된 종교로 옮겨가면 영적 파워가 약해진다. 종교가 제도화되고 체계화될수록 영발이 사라진다. 영발이 없는 종교는 식은 감자와 같다. 제도화는 껍데기만 남게 만들 수 있다. 무속은 거친 영발이 남아 있다는 점에서 현대인들에게 물질세계 너머의 그 어떤 힘을 느끼게 해준다.

조용헌의 봄여름가을겨울

무속 신앙의 세 가지 갈래

:

무속을 인수분해하면 세 가지 갈래가 있다. 한민족이 1만 년 전부터 신봉해왔던 무속의 삼지창이 칠성, 용왕, 산신이다.

칠성은 하늘의 별을 숭배하는 전통이다. 용왕은 바다와 강, 호수의 신을 가리킨다. 시베리아 바이칼 호수의 올혼섬이 이 용왕 신앙의 오래된 근거지라고 알려져 있다. 산신은 산악숭배 전통이다. 유대인 모세가 시내산에 가서 신의 음성을 들었다는 것은 한민족의 전통에서 보자면 산신과에 속한다.

영발을 얻기 위해서는 이 세 종류의 계보에서 어느 쪽에 소질이 있는가를 짐작해야 한다. 칠성에 소질이 있는 사람은 칠성 기도를 해야 한다. 물을 보면 이상하게 마음이 가라앉고 자기 내면으로 침잠해 들어가는 것을 느끼는 사람은 용왕이 맞다. 사막이 많은 곳에 사는 아랍 민족은 칠성파가 많고, 배를 타고 다니며 해상 무역을 했던 서유럽은 용왕파가 많다. 꼭 그런 것은 아니지만 한국이나 중국, 티베트처럼 산이 많은 동네는 산신과가 적합하다.

한국 사람은 계곡에 들어가서 소나무 옆 바위에 앉아 휴식하는 것을 좋아한다. 동양 산수화는 대개 산속에 들어가서 쉬는 구도다. 이에 비해 서양의 담배 선전하는 광고를 보면 요트 타고 바다에 나가거나 해안가에서 흰색 의자에 누워 다리 뻗고 쉬는 모습이 자주 나온다. 서양은 바다를 보면서 휴식을 하는 문화다. 산신과와는 좀 다르다.

여수 향일암은 바다를 마주하고 있는 절이다. 원래는 조그만 암자였지만 이제는 어느 정도 규모를 갖추고 있다. 향일암의 장점은 바다와 바위다. 바다에서 수기를 받고 커다란 바위 덩어리에서 화기를 받는다. 수화쌍포(水火雙浦)를 모두 활용할 수 있는 명당이다. 특히 바다가 압권이다. 남해안 일대에서 바다를 마주하고 있는 두 군데의 영지는 남해 보리암과 여수 향일암이다. 남해 보리암은 소문난 기도처다. 거기에 비해 여수 향일암은 덜 알려져 있지만 숨은 고단자가 머무르기에 적합한 도량이 아닐 수 없다.

향일암의 최대 장점은 호수 같은 바다를 마주하고 있다는 점이다. 향일암 법당 앞에 놓여 있는 푸른 바다에는 파도가 없다. 거의 호수같이 잔잔하다. 거기에 햇볕이 반사된다. 바다의 물 위로 은색의 햇볕이 반사되는 풍경은 몽환적인 분위기를 자아낸다. 파도가 거칠면 햇볕의 반사를 감상하기 어렵다. 그런데 파도가 거의 없이 호수 같은 바다에 은비늘 같은 햇볕이 반사되는 풍경이 연출된다. 이 바다를 보면서 근심 걱정 많은 범부중생들은 어떤 느낌을 갖는다. 그 어떤 느낌을 말로 표현하면 무엇인가. '무심(無心)'이 아닐까 싶다. 아무것도 없는 마음, 시간이 정지된 마음. 시간이 정지된 상태는 어떤 상태인가? 멈춰버린 시간이 주는 절대 평화가 있다. 그놈의 시곗바늘이 째깍째깍 돌아가면 불안하다.

향일암 법당 앞의 바다는 마치 커다란 어항 속에 파란 물을 담아놓은 것 같다. 그 평화와 고요. 돈에 시달리고, 인간들로부터 사기당해 고통스

향일암 앞으로 펼쳐진 바다. 멀리 섬들이 방파제 역할을 해서 바다가 호수처럼 잔잔하다.
'원효 스님 좌선대'라고 팻말을 놓은 바위가 눈에 띈다.

럽고, 조직에서 버림받은 월급쟁이의 심정을 달래줄 수 있는 풍광이라는 생각이 든다. 지극히 우울한 상태에서는 인간의 말이 필요 없다. 말이 귀에 들어오지 않는다. 의미가 전달되지 않는다. 오로지 눈에 보이는 풍광만이 인간을 달래줄 수 있다. 그 풍광, 그곳을 알고 있는 게 중요하다.

바다의 용왕은 물로써 인간을 달래주는 신통력을 지니고 있다. 향일암에서 옛날부터 전해오는 전설에 의하면 저 앞 바다 밑에 용궁이 있다고 한다. 옛날 사람들은 바다 밑에 용궁이 있다고 생각했다. 그 용궁도 아무 데나 있는 게 아니다. 있을 만한 곳에 있어야 한다. 그 용궁의 최적 후보지가 바로 향일암 법당 앞의 바다였던 것이다.

내면의 불과 물을 어떻게 다스릴 것인가?

:

평화로운 바다는 신령함을 선사한다. 무심을 느끼게 하는 그 바다를 보고서야 '여수(麗水)'라는 지명이 이해가 되었다. 왜 '고울 여(麗)'를 써서 지명을 지었을까 의문이었는데, 이 법당 앞에서 바다를 바라보며 그 의문이 풀렸다. 너무나 고운 바다였던 것이다. 그 고운 바다를 지금 사람도 느끼는데, 천년 전 사람도 느끼는 것은 너무나 당연하다. 인간사 생로병사와 아름다움과 추함에 대한 감성은 옛날이나 지금이나 똑같다. 변하지 않는 셈이다.

잔잔한 바다가 사람을 침잠하게 만든다면 다른 한편에서는 스파크도 필요하다. 인간사 음양이 모두 작동한다. 불대포를 쏘아서 에너지를 격발시키는 무기가 바로 바위 아닌가. 물과 불이 만나면 충돌하거나 아니면 묘용을 일으킨다. 주역의 수화기제(水火旣濟) 괘. 물이 위에 있고 불이 밑에 있으면 잘 버무려졌다는 의미의 기제(旣濟)로 풀이한다. 결제가 이미 되었으면 '기제'다. 결제가 안 되었으면 '미제(未濟)'다. 주역에서는 화수미제(火水未濟) 괘가 있다. 불이 위에 있고 물이 밑에 있으면 '미제'로 풀이한다.

향일암 터는 바다 옆의 바위 언덕에 아슬아슬하게 붙어 있는 형국이다. 바위가 많다. 바위 절벽을 깔고 앉아 있는 터라고 보아야 한다. 그만큼 바위 기운에서 뿜어져 나오는 불기운이 강하다는 의미다. 바다에서 올라오는 물기운에 충분히 대항할 수 있는 바위 암벽군이 절 주변을 둘러싸고 있다. 즉 물기운과 불기운이 충돌하는 지점이다. 이걸 미제로 만들 것인가, 기제로 만들 것인가는 사람이 하는 일이다. 그 터에서 사는 수행자나 도인의 내공이 좌우한다. 내공이 없으면 충돌하고 내공이 있으면 조화를 이룬다.

그 내공이란 무엇인가? 겸손함과 평정심이 아닌가 싶다. 수행자가 바위의 불기운을 많이 받으면 공격적인 기질로 바뀌게 된다. 그냥 넘어갈 일도 넘어가지 못하고 화를 낼 수 있다. 이걸 경계해야 한다. 바위 기운의 영향이다. 좋은 점은 추진력과 자신감을 준다. 바위는 밀어붙이는 힘을 준다. 아울러 뼛속까지 에너지를 채워준다. 바위산에 사는 도사는 이 불기운을 감당할 수 있어야 한다. 마음의 용량이 커야 되는 것이다. 아무리 불이 들어오더라도 화를 내지 않고 자기를 숙이는 겸손함을 유지하면 불을 다루

바다를 마주한 절벽에 위치한 향일암은 주변 곳곳에 바위가 있어
바다에서 올라오는 물기운과 바위가 뿜어내는 불기운이 조화를 이루고 있다.

조용헌의 봄여름가을겨울

는 대장장이가 된다. 불을 못 다루면 사고를 낸다. 심하면 살인 사건도 난다. 바위가 많은 터에서 간혹 살인 사건이 나는 것은 이러한 불기운을 컨트롤하지 못한 불상사다.

이런 불기운을 잡아주는 역할을 하는 것이 물기운이다. 물기운이 많은 터에 살다 보면 자칫 우울증이 올 수도 있다. 마음이 자꾸 가라앉는다. 자신감도 없어지고 내면세계로 지나치게 침잠할 수 있다. 저녁노을이 좋은, 석양이 보이는 바닷가에 오래 살면 대개 우울증이 오는 게 이런 경우에 해당한다. 하지만 바다나 호수를 마주보는 터에 있으면 치밀어 오른 불기운을 잡아준다. 열 받은 머리를 식혀주는 효과라고나 할까.

거북이 등에 올라탄 절

:

향일암 대웅전 법당에서 좌측 바위 언덕으로 약간 올라가면 관음전이 나온다. 그런데 좌측 바위 언덕이 흥미롭다. 바위 틈새를 통과하도록 되어 있다. 한 사람이 겨우 통과할 수 있는 바위 틈새를 지나 돌계단을 올라가도록 자연스럽게 설계되어 있는 것이다. 자연 석문(石門)이다. 석문은 중요하다. 에너지를 차단하고 공간을 구획 지어주는 효과를 발휘하기 때문이다. 석문 안쪽의 세계는 성스러운 공간이고, 석문 바깥쪽의 공간과 다른 세계를 상징한다. 중국에 가면 도사들이 공부하던 도관(道觀)들이 대개 이런 석문을 끼고 있다. 석문을 지나가면서 에너지 정화가 이루어진다.

그래서 석문이 있느냐 없느냐는 그 수행 터의 급수를 결정할 때 중요한 고려 사항이다. 고대의 수행 터는 석문 안에 있는 바위 동굴을 최고로 꼽았다. 이것이 혈사(穴寺)의 유래다.

향일암 대웅전에서 위쪽의 관음전으로 올라가는 중간 100미터 정도가 구불구불하면서 비좁은 바위 석문을 거치도록 되어 있다는 점이 원시 도사들의 수행 터를 연상케 한다. 이 점도 아주 눈여겨보아야 할 대목이다.

또 하나는 향일암 터 전체가 거북이 등에 올라앉아 있는 형국이라는 점이다. 그래서 향일암을 영구암(靈龜庵)이라고도 불렀다. 신령스러운 거북이 위에 올라타 있는 절인 것이다. 굳이 문자로 표현하면 신령스러운 거북이가 물로 들어가는 영구입수(靈龜入水) 터다. 법당 앞에서 언덕 아래쪽을 내려다보면 거북이 머리가 보인다. 거북이 머리가 바다 쪽으로 뻗어 있다.

주지 스님이 나에게 간곡하게 부탁한다.

"저 거북이 이마 위에다 근래에 새로 지은 군 시설물이 보이죠? 아주 보기에 흉합니다. 군인들이 머무르는 숙소 건물이 거북이 이마 위에 있는 격입니다. 절에 오는 사람마다 저 건물이 보기 싫다고 합니다. 저 건물 좀 어떻게 이전해주었으면 좋겠습니다. 저는 아침저녁으로 예불할 때마다 부처님에게 저거 좀 치워달라고 염원하고 있습니다."

명당의 신령함을 유지하기 위해서는 함부로 건물을 짓는 게 아니다.

조용헌의 봄여름가을겨울

향일암 아래쪽에 바다를 향해 쭉 뻗어 있는 바위섬.
거북이 머리에 해당하는 이곳에 가르마를 내고 군 시설을 지었다.

번 아웃이 왔다면
용이 노는 물을 찾아라

지 리 산
용 유 담

내가 지면을 통해 지리산의 이곳저곳을 많이 소개하는 이유는 '산 중의 산'이기 때문이다. 한국의 산 가운데 지리산만큼 깊고 그윽한 맛을 주는 산은 없다. 도시의 시멘트 건물에서 월급 몇 푼 받는다고 붙잡혀 노비처럼 살고 있는 장삼이사(張三李四)들에게 무위(無爲)의 해방감을 맛보게 해주는 산이다.

출퇴근이 없고 노비처럼 살지 않는 나 같은 문필가는 지리산을 어떻게 보는가? 박물관이요, 이야기책으로 본다. 가로 40킬로미터, 세로 30킬로미터의 뚜껑 없는 박물관이다. 골짜기마다 주저리주저리 신화, 전설, 구전이 박혀 있고 매달려 있다. 그런가 하면 바위 봉우리마다, 계곡마다 영발이 뿜어져 나온다. 세상에 이만한 놀이터가 없다. 이야기와 영발. 나를 구원하는 것은 바로 이야기와 영발이다. 이야기에서 깨달음을 얻고, 영발에서 에너지를 얻는다.

'물의 정수'가 주는 합일의 경지

앞서 밝혔듯, 한국의 토속 영발은 세 가지 축이 있다. 칠성, 산신, 용왕이다. 산신은 산의 바위에서 온다. 바위 속의 철분과 광물질에서 지구의 자기장이 솟아 나온다. 이것을 인간이 받으면 대자연과 합일되는 느낌을 받는다. 산신의 동물적 상징은 범이다. 호랑이가 이 에너지를 표상하는 심벌이기도 하다.

그다음에 용왕이다. 이건 물에서 온다. 고대 그리스의 철학자 탈레스도 생명은 물에서 왔다고 주장했다. 동양의 상수학(象數學)에서도 물은 1로 표시된다. 제일 첫 번째라는 뜻이 담겨 있다. 인간이 매일 먹는 것도 물이고 곡식과 채소도 물을 먹고 자란다. 가뭄 들면 다 죽는다. 물은 이러한 실용적 기능 외에도 그 어떤 근원적 기능이 있는 것 같다. 정신에 미치는 어떤 영향 말이다. 종교적 기능이라고나 할까. 그걸 어떻게 설명해야 할까? 무당들은 이걸 용왕 기도라고 표현한다. 용왕으로부터 오는 어떤 영험이다.

나는 스코틀랜드의 위스키를 마실 때마다 그 향과 맛에 감탄하면서 용왕의 힘을 생각한다. 어느 날 '위스키'가 무슨 뜻이냐고 이 방면의 전문가에게 물어보니 라틴어 어원인 '물의 정수(精髓)'라는 뜻이라고 한다.

스코틀랜드 토속 종교의 사제는 드루이드였고, 이 드루이드들이 마시던 술이 위스키다. 드루이드는 참나무를 숭배했다. 참나무 오크통의 향기가 배어 있는 술이 위스키이므로, 이 위스키에는 켈트족 드루이드의 영발이 담겨 있다고 추측된다. 사람을 취하게 만드는 그 향과 맛. 이것이 물의 정수가 지니는 효과가 아닐까? 마찬가지로 용왕이 주는 영적인 파워도 인간을 취하게 만드는 효과가 있는 것은 아닐까?

취한다는 것은 합일된다는 것이다. 합일은 근심 걱정을 잊게 만들고, 만물과 서로 하나가 되는 느낌을 갖게 한다. 근심 걱정을 잊게 만들려면 그냥 되는 게 아니다. 자기 앞에 닥친 현실의 문제들을 해결해야 한다. 돈 문제, 승진 문제, 건강 문제, 인간관계의 파탄에서 오는 문제들을 해결할 때 마음의 평화가 오고 대자연이 다가온다. '물의 정수'는 이런 문제들을 해결해줄 수 있다고 믿고, 부지런히 용왕에게 빌고 기도하는 무속 신앙이다. 용왕 기도인 셈이다.

용이 헤엄치는 영험한 터

경남 함양군 마천면에서 휴천면 쪽으로 내려가다 보면 엄천(임천)계곡이 흐른다. 이 계곡물의 한 구간을 용유담(龍遊潭)이라고 부른다. 용이 노는 물이라는 뜻이다. 지리산 용유담은 예로부터 성지였다. 용이 살고 있는 연못, 용왕의 힘을 빌릴 수 있는 곳. 지리산 서쪽에는 구룡폭포(九龍瀑

布)가 있다. 아홉 마리의 용이 살고 있는 폭포인데, 전라도 남원 일대의 샤먼들이 모여서 용왕 기도를 드리던 성지였다. 반면 경상도 함양 쪽에는 용유담이 있다. 지리산 용왕 기도의 양대 성지는 구룡과 용유담이었다. 모두 용이 들어간다. 영안이 열린 샤먼들에게 물어보았다.

"요즘도 용유담에 용이 살고 있습니까? 용이 다 죽은 것 아니오?"

"용이 아직 죽지는 않았습니다. 서너 마리 살고 있어요. 그런데 용들이 힘이 없습니다. 상류 쪽에서 흘러오는 물이 오염되어서 용들이 힘이 없고 비실비실해요."

지리산에서는 칠성·산신·용왕을 모두 만날 수 있는데, 용왕을 만날 수 있는 공간이 바로 이 용유담이다. 물이 지닌 에너지를 받을 수 있는 장소라는 말이다. 그래서 천년이 넘는 세월 동안 수많은 기도객과 유람객 그리고 무당들이 이 용유담을 신성시했다.

용유담은 엄천강의 계곡물이 천천히 흐르는 지점이다. 물이 빨리 흐르면 에너지도 빠져 나간다. 천천히 흐르는 지점에 에너지가 고인다. 그리고 물의 색깔도 파랗다. 파랗다는 의미는 블루가 아니다. 연녹색을 동양에서는 파랗다고 표현했다. 블루는 남색이라고 하고 파랗다는 녹색인데 약간 연한 색을 가리킨다. 용유담의 물 빛깔은 파랗다. '청산리 벽계수(青山里 碧溪水)'의 의미를 바로 연상하도록 하는 색깔이다. '벽계수'는 용유담의 물 색깔을 보고 하는 말이다.

용유담은 중간중간에 바위들이 돌출되어 있다. 공룡 이빨 같은 바위들이 곳곳에 포진되어 있다. 공룡 이빨 같은 바위 사이를 계곡물이 흘러가

용유담은 엄천강 상류에 자리 잡고 있다. 지리산에서 흘러내려온 물이 이곳에서 합류한다.

는 셈이다. 그러니 바위와 물이 아주 이상적으로 어우러진 풍광을 연출한
다. 바위만 있고 물이 없으면 건조하다. 물이 없으면 빡빡하고 유머가 없
는 이치와 같다. 바위가 없으면 강강한 파워가 없다. 앙꼬 없는 찐빵과 같
다. 그래서 동양의 식자층들은 바위와 물이 어우러진 지점을 승경으로 여
겼다. 동양의 산수화를 보라. 바위와 물이 어우러진 계곡이 최고의 풍경이
다. 용유담이 그런 곳이다. 그래서 많은 유학자들도 이 용유담을 찾았다.
무당들만의 전용 공간이 아니었다. 산수 유람의 '산수'를 압축적으로 표현
해놓은 장소가 용유담이다.

돈 만지는 직업인들 힐링하기 좋은 곳
:

용유담 이쪽저쪽 바위의 평평한 곳에는 여기에 다녀갔던 많은 유람객
들, 유생들의 글씨가 새겨져 있다. 유불선과 무당들이 공유했던 성지이자
명승지가 용유담이었다. 유생들은 풍광을 즐겼고, 선가의 신선들은 물의
담담함과 상선약수(上善若水), 무위자연(無爲自然)을 느꼈을 것이고, 무당들
은 용왕의 영발을 얻었을 터이다. 불교의 선지식들에게는 화두수행(話頭
修行)의 상기증(上氣症)을 달래주는 좋은 장소였다. 요즘은 금융 기관에서
돈과 숫자를 많이 다루다가 에너지가 방전된 펀드매니저나 애널리스트가
이런 용유담에서 쉬면 힐링이 될 것이다. 금융 기관이 '돈 놀이' 직업이고,
돈 놀이는 숫자가 지배한다. 그 숫자의 지배로부터 벗어나는 방법은 물을

많이 보는 것이다.

물도 아무데서나 보는 게 아니고 용이 놀고 있고, 바위가 공룡 이빨처럼 포진한 용유담 같은 곳에서 보아야 한다. 공황 장애도 일종의 상기증이다. 이런 상기증에 도움이 되는 곳이 물을 볼 수 있는 관수(觀水)의 포인트다. 지리산 영발 순례 코스 중의 하나가 용유담에서 시작하여, 백무동의 백무당(百巫堂), 제석봉의 제석당 그리고 천왕봉의 성모사로 이어지는 코스다. 지리산 동쪽의 샤먼들이 가장 애용했던 코스이기도 하다.

바위에 한자로 새겨놓은 '용유담' 글씨(위)와
용유담 부근의 기도터(아래)

스페인의 산티아고 순례길보다 훨씬 가깝다. 비행기 표 안 끊어도 된다. 내가 자주 가서 영발을 충전 받았던 순례길이기도 했다.

호리병 구멍 속의 숨겨진 명당

왜 지리산을 '방호산(方壺山)'이라고 할까? '壺(호)'는 호리병이라는 뜻이다. 방호산은 '사방이 호리병이다'라는 해석이 가능하다. 왜 지리산을 호리병에 빗대었을까? 물론 도가에서 은둔하는 별천지를 호리병에 비유하는 전통이 있다. 호리병은 세속과 격리된 또 다른 세계를 상징한다. 그렇기는 하지만 지리산의 산세를 호리병으로 볼 수 있는 것인가?

지리산 치밭목 산장에 30년간 상주하면서 지리산의 역사와 유적, 골짜기와 봉우리, 샘물 등을 환히 꿰고 있는 민병태(68) 선생은 나의 이런 질문에 답변을 주었다.

"호리병이라고 충분히 볼 수 있습니다. 왜냐하면 지리산은 외부에서 접근할 때 골짜기를 통해서 접근하도록 되어 있는 지리적 특징을 가지고 있

었어요. 하동 쪽의 화개 골짜기,
남원 쪽의 뱀사골, 함양의 마천,
산청 쪽의 덕산도 그렇습니다. 지
리산에 들어오려면 이들 골짜기
를 타고 들어와야 해요. 골짜기는
양쪽이 암반으로 되어 있습니다.
큰 길을 내기 어려운 구조예요. 그
러니까 골짜기 옆의 자그마한 소
로(小路)를 통해서 왕래를 했어요.

원래 남명 조식이 자연적으로 형성된 석문의 암벽에
새긴 글자였으나, 도로 확장 공사를 하면서
석문이 유실되면서 각자(刻字)를 떼어서 옮긴 것이다.

소로라고 하면 소 한 마리 끌고 갈 수 있는 너비에 해당합니다. 남명(南冥)
조식(曺植, 1501~1572)이 말년에 들어와 살았던 덕산만 해도 그렇습니다. 덕
산에 들어가려면 골짜기를 통해서 들어와야 했습니다. 골짜기 입구에 '入
德門(입덕문)'이라는 돌비석이 서 있어요. 덕산으로 들어오는 입구라는 뜻
이에요. 이 입덕문 글자는 골짜기 옆의 바위벽에 씌어 있던 글자였어요.
골짜기 바위 옆의 소로를 지나가는 사람들이 볼 수 있는 위치였죠. 이 입
덕문에서 덕산 마을까지는 대략 2킬로미터를 더 걸어 들어와야 합니다. 2
킬로미터의 골짜기도 직선이 아닙니다. 구불구불하므로 외부에서는 이 동
네를 한눈에 볼 수 없어요. 밖에서 안을 들여다보기 힘든 구조예요. 덕산
에서 지리산 내부로 들어가려면 역시 또 다른 골짜기를 거슬러 올라가야
합니다. 물론 산 고개를 넘어 들어갈 수도 있지만 골짜기 옆의 길이 고도
가 낮고 훨씬 편하기 때문입니다. 광복 이후로 자동차 도로를 내면서 이러

한 골짜기 옆의 바위들을 화약으로 폭파해 길을 넓혔습니다. 그래서 옛날 길을 짐작하기 어려운 겁니다."

유불선 와이파이가 터지는 곳

:

지리산 사방의 물이 흘러내리는 골짜기들이 호리병의 구멍 역할을 한다. 호리병 구멍을 통해서 들어가야 하는 산. 그러니 그 호리병 산은 인간 세계의 접근이 쉽지 않고, 속세의 사람들에게 쉽게 자기 속을 보여주지도 않는다는 말이다. 이런 특성을 지닌 산을 지칭하는 표현으로 무엇이 적당할까. 호리병 '壺(호)' 자를 써서 '方壺山(방호산)'이라고 하는 게 아주 적절한 명칭이 아닐 수 없다.

외부와 격리된 공간, 호리병 안에 살았던 사람들은 누구인가? 우선 첫째로 신선, 승려, 도사들이었다. 전쟁이 났을 때는 난리를 피해서 들어온 피란민, 패배자들이 살았다. 평상시에는 실패한 반란 가담자, 쫓기는 범죄자들도 있었다. 이 가운데 호리병이 가장 큰 역할을 했던 인간군은 신선, 승려, 도사들이었다. 도를 닦는 공간, 수행 공간으로서 방호산은 최적의 산이었다. 도(道)는 호리병 속에서 익어가는 발효 식품과 비슷한 것이었다.

방호산(지리산)에서 가장 높은 천왕봉은 특별한 위치를 점유하고 있다. 해발 1,915미터의 천왕봉은 유·불·선의 공부인들에게 강력한 전파를 발사하는 송신탑이자 안테나였다. 유·불·선의 와이파이를 발사하는 피라

미드였다고나 할까. 그런데 이 와이파이 전파를 가장 민감하게 수신할 수 있는 수신기는 천민 계급인 무당들이 가지고 있었다.

무속 신앙을 더럽고 천하다고 배척하려고 해도 할 수가 없다. 그 잡초 같은 생명력이 원체 강하기 때문이다. 기득권 종교들이 갖지 못하는 생명력이 있다. 그것은 예언과 치병이었다. 자기 앞일을 예언해주는 예언 능력, 이건 거부하기 어렵다. 기존 종교가 이 예언력에서 무당, 무속 신앙을 이기지 못한다.

병을 고치는 치병 능력은 요즘 종합 병원이 생겨서 많이 대체되었다. 그러나 예언의 영역은 종합 병원이 대체할 수 없는 영역이다. 자기 앞일이 궁금하지 않은 사람도 있던가! 주식 시세를 미리 알면 팔자가 바뀔 수 있다. 돈을 초월할 수 있는 힘도 예언에서 나오고 돈을 벌 수 있는 파워도 예언에서 나온다. 신의 섭리, 팔자가 있다고 한다면 돈에 죽을 둥 살 둥 매달릴 필요가 없다. 초연하게 받아들인다. '道돈不二(도돈불이)'다. 도와 돈이 둘이 아니다. 아무튼 팔자가 바뀌는 예언을 얻기 위해서 인간은 미신이고 나발이고 상관없는 것이다.

영발 발전소와 고소의 사상
:

천왕봉은 아래에서부터 꼭대기까지 영발 발전소로 보는 게 맞다. 그 근거는 천왕봉 밑에서부터 각종 굿당 기도터가 즐비하다는 점이다. 산청군

중산리에서부터 봐도 그렇다. 순두류('여기부터가 진짜 두류산이다'라는 의미)에서 천왕봉을 올라가다 보면 중간중간 큰 바위가 있다. 그 옆에 계곡물이 흐르면 대개는 무당들이 기도를 하던 기도터라고 보면 된다.

바위와 물이 어우러진 곳에서 기도발이 받는다. 바위와 물이야말로 몇만 년 전의 구석기 시대부터 인간이 믿고 의지한 애니미즘, 범신론(汎神論)의 원형이다. 그 원형이 아직까지 사라지지 않고 유지되고 있는 것은 놀라운 일이다.

천왕봉 올라가는 곳곳에 무당 기도터가 산재해 있다. 수십 군데, 수백 군데가 될 것이다. 기도발은 천왕봉 꼭대기에서만 받는 게 아니다. 밑에서도 받는다. 아래에서부터 꼭대기까지 수백 군데의 기도터가 촘촘히 깔려 있다고 한다면 이러한 천왕봉을 어떻게 봐야 할 것인가? 자연 피라미드이자 불교에서 말하는 우주의 중심 산인 수미산이 아닐까. 나의 직설적인 표현으로는 '영발 발전소'에 해당한다.

천왕봉의 7부 능선쯤에 법계사가 자리 잡고 있다. 해발 1,450미터다. '고소(高所)의 사상'이라는 게 있다. 높은 데로 올라가야 사상이 생길 수 있다는 말이다. 높은 곳에 있으면 아래를 내려다본다. 내려다보아야 사상이 생긴다. 전체를 조감할 수 있다. 조감이 되어야 사상이 생기고 인간 삶에 대한 통찰이 온다. 법계사가 이런 지점에 있다. 법계사 법당 뒤의 바위에 앉아 있으면 아래 골짜기에서 백설같이 하얀 운무가 서서히 올라오는 모습을 볼 수 있다. 운무가 서서히 밀려오는 모습이 보인다. 도시에서는 볼 수 없는 풍경이다. 도시에서는 하늘 위로 올려다보아야 하지만 법계사에

서는 내려다본다. 이 시각 차이가 발상의 전환을 가져다준다. '신선이 이런 거 보는 사람이구나!'

법계사는 일단 바위가 몰려 있는 지점에 있다. 기도터가 되려면 일단 바위가 있어야 한다. 두 번째는 물이 나온다. 고지대임에도 불구하고 물이 나온다. 물이 나와야 사람이 거주할 수 있다. 세 번째는 법계사 앞으로 쭉 뻗어 있는 산봉우리다. 이걸 '세존봉'이라고도 부르고 '문창대(文昌臺)'라고도 부른다. 문창성은 하늘의 별자리다. 학문을 관장하는 별자리다. 최치원의 별칭이 문창제군(文昌帝君)이다. 여기에 최치원이 와서 명상도 하고 쉬기도 했다고 해서 붙여진 이름이 문창대다.

이 문창대(세존봉)가 법계사 앞으로 700~800미터 뻗어 있다는 점이 법계사 터의 커다란 장점이다. 문창대는 풍수에서 말하는 전순(前脣)에 해당한다. 순(脣)은 입술이다. 순망치한(脣亡齒寒)이라는 말도 있다. 입술이 없으면 이가 시리다. 터에 입술이 있어야 이를 보호해준다. 법계사가 이라면 이 세존봉이 법계사 입술 역할을 한다. 법계사 터의 탁월함은 이 문창대가 있다는 점이다.

노인성을 세 번 보면 백세까지 산다

도가의 『옥추경(玉樞經)』을 신봉하는 천둥벼락파(派)들은 좀 다른 각도에서 이 문창대를 주목했다. 이른바 '스리쿠션' 이론이다. 천왕봉 정상에

조용헌의 봄여름가을겨울

법계사에서 바라본 세존봉. 세존봉 정상에서 오른쪽 아래에 툭 튀어나온 바위가 문창대다.

번개가 치면 그 번개의 에너지가 곧장 이 문창대로 뻗쳐 내려오고, 문창대에서 다시 법계사로 번개 에너지를 스리쿠션으로 반사해 넣어준다고 믿었던 것이다. 이 얼마나 장쾌한 발상인가! 천왕봉의 번개를 충전하는 도량이라니! 그래서 법계사야말로 천둥벼락 에너지가 충전되는 영발 도량으로 존중되었다. 도가의 도사들은 법계사 법당의 뒤쪽 바위를 옥추봉(玉樞峰)이라 부른다. 법계사는 불교의 사찰이지만 도가 쪽에서 아주 중요시하는 도량이었다.

도가에서 또 하나 법계사를 주목하는 포인트는 별이었다. 별을 바라다볼 수 있는 첨성대(瞻星臺)로 본 점이다. 도가에서는 별의 기운을 받아야지 도가 닦인다는 관점을 가지고 있었다. 도가에서 주목한 별은 노인성(老人星, 남극 부근에 떠 있으며 2월 무렵에 남쪽 지평선에서만 관찰된다)이었다. 이 노인성을 일생에 세 번만 보면 100세까지 살 수 있다는 게 도가와 민간 신앙의 믿음이었다. 그런데 다른 장소에서는 이 노인성을 보기가 어려웠다. 중부 지방에서는 노인성을 볼 수 없다. 남쪽 지방에서만 가능하다. 법계사는 해발이 높으므로 남쪽 수평선상에서 밤에 보이는 노인성을 관찰할 수 있다. 그것도 추운 겨울의 새벽녘에만 보인다는 것이다.

법계사에서는 멀리 남해 바다가 보인다. 바다의 수평선상에 걸려 있는 노인성을 볼 수 있다. 물론 위도가 더 낮은 제주도에서는 노인성을 보다 잘 볼 수 있다. 제주 목사로 부임하면 버킷리스트 가운데 하나가 노인성 보는 일이었다니, 현대인의 시각과 너무나 차이가 있다. 별이 인간의 수명에까지 영향을 미친다고 보느냐, 아니냐는 삶을 살아가는 방식에 있어서

도 큰 차이가 생긴다. 나는 제주도에서 보는 것도 감질이 나서 오키나와까지 가서 노인성을 보았던 경험이 있다. 오키나와에서는 수평선에 보일락 말락 하게 노인성이 떠오르는 게 아니라 머리 위로 뜬다. 시원하게 볼 수 있었던 기억이 난다.

법계사 삼층 석탑 적멸보궁탑이 서 있는 자리에는 집채만 한 바위 덩어리가 따로 독립해서 서 있다. 여기가 별 보는 포인트다. 한 가지 짜증 나는 일은 이 바위 여기저기에 낙서처럼 글자가 새겨져 있다는 점이다. 삐뚤빼뚤 글자가 새겨져 있어서 보기에 아주 좋지 않다. 이러한 낙서 같은 무질서한 암각은 그동안 법계사가 주인 없이 방치되어 민초들 손에 관리되어 왔다는 사실을 암시한다.

법계사는 중간중간에 왜구의 침입과 각종 변란 그리고 빨치산을 겪으면서 그 직격탄을 맞았다. 6·25 전쟁 이후에도 절이 불타버리고 초막 형태로 1980년대 초반까지 이어져왔다. 이때 주인이 없으니 너도나도 와서 경내의 바위에 글자를 새긴 것으로 보인다.

법계사는 서기 500년대에 연기 조사가 창건한, 매우 오래된 사찰이다. 화엄사, 법계사, 대원사가 이때 연기 조사에 의하여 창건된 사찰이라고 전해지는데, 그 공통점은 돌탑이 있다는 점이다. 그러다가 고려 말기에 남원 황산 대첩에서 패배한 왜구 집단, 즉 소년 장수 아지발도(阿只拔都)의 군대가 이성계에게 패배하고 난 뒤에 패잔병들이 지리산으로 들어왔다. 이 왜구 패잔병이 지리산 심장부까지 들어와서 노략질을 한 것으로 보인다. 왜구들이 법계사도 불살랐다고 전해진다.

법계사 삼층 석탑인 적멸보궁탑

적멸보궁탑이 서 있는 바위에 새겨진 어지러운 낙서들.
법계사가 지나온 굴곡 많은 역사를 보여주는 흔적이기도 하다.

　고려 말과 조선 초기에 활동했던 벽계 정심 선사가 여기서 머무르며 도
를 닦았던 모양이다. 벽계 정심은 벽송 지엄의 윗대이다. 서산 대사가 벽송
지엄의 맥이니까 조선 선불교의 맨 앞에 벽계 정심이 있다.

　구한말 의병 활동 때에도 이 절이 의병들의 본거지가 될 수 있다고 보
고 일본 헌병대가 와서 불태웠다. 아무튼 삼층 석탑 옆의 커다란 바위에
는 낙서처럼 새겨진 글자가 보인다. '老人星照(노인성조)' '北斗七星照(북
두칠성조)' '三台星照(삼태성조)' '紫微星照(자미성조)' 등의 별자리가 새겨져
있다. 그리고 '朴治暎(박치영)'이라는 사람의 이름이 좌우와 밑에 새겨져
있다. 새긴 형태는 엉성하고 낙서 같지만 아마도 법계사가 불타고 초막 형
태로 있을 때 여기에 와서 공부하던 도꾼의 흔적으로 보인다. 노인성, 북
두칠성, 삼태성, 자미성이 자기를 비춰주기를 바라는 염원을 담았다. 비록

형식은 삼류 같지만 민초들 저변의 밑바닥에서 면면히 이어져오던 별 신 앙을 보여주는 기록이다. 법계사 여기저기 바위에 낙서처럼 새겨져 있어 얼굴을 찌푸리게 만드는 朴正民(박정민), 朴治映(박치영) 등의 이름은 법계 사가 빨치산 토벌로 불에 타서 무주공산 상태로 있던 1950년대 후반에서 1960년대 후반쯤 사이에 새겨졌던 것으로 추정된다. 이러한 암각들이 경 내를 어지럽히는 것 같아 기분은 나쁘지만 넓은 시각에서 바라보자면 이 것도 당대의 분위기를 보여주는 자료이자 기록이 아닐 수 없다.

사상의 해방구

:

법계사에는 문창대가 또 하나 있다. 법당에서 5분쯤 왼쪽으로 걸어가 면 바위 절벽이 나타난다. 이곳의 평평한 바위 암반이 구(舊) 문창대다. 세 존봉이 신(新) 문창대다. 구 문창대 바위 암반에는 '陸象山(육상산)'이라는 각자(刻字)가 있다. 육상산은 양명학의 시조다. 왕양명의 선생이 육상산 아닌가. 그래서 양명학을 육왕학(陸王學)이라고도 부른다. 조선 시대 양명 학은 이단이었다. 이를 따르면 사문난적으로 몰려서 죽었다. 양명학 신봉 자들은 일종의 국가보안법을 위반한 자들이었다. 그런 양명학의 시조 이 름이 어떻게 이 법계사 구 문창대 바위에 새겨져 있을까? 누가 이런 담대 한 발상을 했을까? 아주 흥미롭다. 구한말 조선이 망해가던 시점에 누가 새겨놓은 게 아닐까? '주자학만 믿다가 나라가 망했다. 양명학을 했더라

법계사 부근에 있는 구 문창대에서 바라본 전경.
왼쪽 바위에 '陸象山(육상산)'이라는 글씨가 새겨져 있다.

면 이렇게까지 조선이 망하지 않았을 것이다'라는 심정으로 새기지 않았
을까?

조선 시대 육상산은 금기어였는데 법계사 문창대에 이렇게 큰 글씨로
새겨져 있다는 게 놀랍다. 이곳은 사상의 해방구였단 말인가? 전국 어느
곳에서도 양명학을 신봉하는 암각 글씨는 발견하기 어려우니까 말이다.
법계사는 불교를 비롯하여 도가의 별자리와 『옥추경』, 무속 신앙 그리고
육상산까지 포용하고 있는 사상의 발원지이자 저수지라는 게 나의 결론
이다.

이천 년 내력을 가진
여산신은 왜 불교 사찰에
둥지를 텄는가?

지리산
법계사 2

지리산 최고봉인 천왕봉의 7부 능선에 자리 잡고 있는 법계사. 이 법계사의 산신은 남자가 아니라 여자, 곧 여산신이다. 그 표시가 절에 들어가는 입구의 기둥에 그려져 있다. '법계사'라고 쓴 현판을 걸어놓은 입구를 받치는 양쪽 기둥의 왼쪽 기둥에 흰옷 입은 중년 여자가 그려져 있고, 오른쪽 기둥에는 호랑이가 그려져 있다. 법계사에 들어가는 사람들은 이 두 기둥에 그려져 있는 여산신과 호랑이의 통과의례를 거쳐야 한다는 의미가 함축되어 있다. 보통 산신은 흰 수염이 난 할아버지의 모습인데 여기는 할아버지가 아니라 중년 여인의 모습이다. 그리고 이 중년 여인이 산신이라는 표시를 하기 위해서 오른쪽에 호랑이를 그려놓았다고 본다.

내 눈에 이 여산신의 모습이 들어오는 순간 원고지 수백 매가 돌아간

법계사로 향하는 입구의 기둥에 그려진 여산신과 호랑이

다. 파노라마처럼 영화 필름이 한참 돌아간다. 할 말이 폭포수처럼 쏟아진다. '구라업종(口羅業種)'에 종사하는 사람에게는 엄청난 고단백질의 콘텐츠다. 이 여산신의 존재가 진짜 있다고 믿는가? 법계사에 기도하러 오는 50~60대 여자 신도들에게 물어보았다.

"흰옷 입은 여산신이 꿈에 나타났습니까?"

"네, 기도를 열심히 하면 흰옷 입고 나타나요. 나만 나타난 게 아니고 다른 보살님들도 꿈에 본 사람이 많아요!"

신앙심은 그냥 생기는 게 아니다. 말로만 되는 것도 아니다. 꿈에 나타나야 믿는다. 뭔가 체험이 있어야 믿는 것이다. 병을 낫거나, 재판에서 이기게 해준다거나, 아니면 합격, 승진 등이다. 신도들의 꿈에 그동안 이 여산신이 쭉 나타났으니까 부처님을 모셔놓은 절에서 여산신을 입구 기둥에까지 표시해놓은 것이다.

지리산과 천왕봉을 주관하는 여신

이 여산신의 계보를 추적해 올라가면 천왕봉의 성모 신앙(聖母信仰)까지 소급된다. 천왕봉을 주관하는 신은 성모(聖母)라는 여신이라고 믿는 신앙이다.

천왕봉에 있는 신은 남신이 아니었다. 이 여산신 신앙은 그 역사가 아마도 2,000년 이상은 되지 않을까 싶다. 기록과 구전으로만 따져보면 고려 시대를 거슬러 올라가 삼국 시대, 가야 시대까지 소급될 수 있다. 천왕봉 밑에는 돌로 만든 성모상(聖母像)이 지금까지 존재한다. 중년 여인이 양손을 가슴에 모으고 쪽진 머리 모습을 한 상반신을 돌로 조각한 형태다. 이 성모상에 대한 이야기는 여러 가지 버전으로 전해진다. 버전 중의 하나는 고려 태조 왕건의 어머니 상이라는 것이다. 고려 시대에도 이 성모, 즉 여산신에 대한 신앙이 존재하고 있었음을 보여주는 증거다. 천왕봉 밑에는 고대부터 성모당(聖母堂), 성모사(聖母祠)라고 하는 건물이 존재하고 있었다. 많은 참배객들이 해발 1,900미터의 산꼭대기까지 올라가서 이 성모당에 참배했다.

그 참배의 순서는 4단계다. 먼저 마천 쪽에 위치하고 있는 용유담(龍遊

潭)이다. 용유담에서 용왕에 대한 기도를 드린다. 두 번째 코스가 백무당(百巫堂)이다. 성모여신의 딸이 100명 있었는데. 이 100명의 딸들이 바로 무당이고, 이 100명의 무당들이 기도를 하던 터가 백무당이다. 백무동계곡 중간쯤에 있다. 현재 추정키로는 느티나무 산장 터가 이 백무당 터가 아닌가 싶다. 느티나무 산장은 백무동계곡의 물소리가 가장 크게 들리고, 집채만 한 바위들이 계곡 중간중간에 버티고 있어서 고대의 기도터로서 조건을 갖추고 있는 점도 눈여겨보아야 한다. 세 번째 코스가 제석당(帝釋堂)이다. 천왕봉 밑의 제석봉에 있었던 기도터다. 백무당에서 기도를 하고 나면 그다음에 올라가는 코스가 제석봉에 있었던 제석당이다. 불교에서는 하늘의 최고신을 제석천왕이라고 부른다. 이 제석천에게 제사 지내고 기도드리는 터가 제석당이다.

조선 중기까지 지리산 유람객들의 기록을 보면 이 제석당 건물은 상당히 큰 규모로 건재했던 것 같다. 그만큼 기도객이 많았다는 증거다. 추정컨대 100여 명 정도의 인원은 수용할 수 있는 건물이 운영되고 있었다. 주된 출입객은 기도를 하던 무당과 박수 그룹이었을 것이다. 제석당에서 기도를 마치면 마지막으로 올라갔던 지점이 천왕봉의 성모당이었다. 파이널 코스였다. 지리산의 최고신이다.

지리산을 여산신이 지배하고 있다는 모든 구전은 이 성모당에서 퍼진 이야기이고, 그 구전은 하루아침에 만들어진 것도 아니다. 국가 지배층이 퍼뜨린 신앙도 아니다. 오직 신앙 체험을 한 민초들에 의해서 형성되고 뿌리를 내린 오랜 토착 신앙으로 보인다. 그만큼 뿌리 깊은 오랜 역사를 가지고 있다.

마천 쪽에서 시작하여 용유담, 백무당, 제석당, 성모당으로 올라가는 코스가 천왕봉 북쪽 방향이라면, 중산리에서 순두류를 거쳐 법계사로 올라가는 코스가 남쪽 방향이다. 천왕봉 남북 양쪽에서 모두 최종 귀결점은 천왕봉 성모였음이 드러난다.

지리산 서쪽은 노고 할머니

천왕봉이 지리산 동쪽이라면 서쪽에는 성모 신앙이 없는가? 서쪽에도 여산신 신앙이 있다고 나는 생각한다. 그 근거는 구례 화엄사에 있는 사사자석탑(四獅子石塔)이다. 네 마리 사자가 탑을 받치고 있는 석탑인데, 그 네 마리 사자 가운데에 여인이 조각되어 있다. 흔히 이 여인상을 화엄사의 개창조인 연기 조사 어머니 상이라고 한다. 연기 조사가 효심에서 자신의 어머니를 돌로 조각해 이 석탑 안에 조성했다는 이야기다. 고려 때 대각국사 의천도 연기 조사 어머니라고 이야기했다.

나는 이 사사자석탑이 받들고 있는 여인상이 연기 조사 어머니가 아니라 지리산 노고단을 주관하고 있던 여산신의 모습이라고 본다. 노고단(老姑壇)이라는 이름 자체가 여자 신을 가리킨다. '노고'는 '마고(麻姑)'와 같은 뜻이라고 간주한다. 늙은 할머니 신. 이 노고 할머니 신을 석탑에다 모신 것이라는 심증을 나는 강하게 가지고 있다. 출가 승려가 속가의 어

머니에 대해 충분히 효심을 가질
수 있지만, 그렇다고 해서 어머니
를 절 안의 신성한 불탑에까지 모
실 수는 없다. 그건 너무 오버다.
집을 떠난 출가 승려가 어떻게 속
가의 어머니를 수행 공간인, 그것
도 불보살이나 모셔놓을 수 있는
석탑 안에까지 조성할 수 있단 말
인가!

화엄사 사사자석탑(위)과 기단부 중앙에 배치된 여신상

　석탑은 신을 모시는 공간이자
구조물이다. 지리산 서쪽의 노고
단에 오래전부터 신앙의 대상이
되어오던 여산신을 불교 사찰에
모셔놓은 것이 석탑 안의 여신상
이다. 뿌리 깊은 토속 신앙인 여
산신 신앙을 불교가 들어오면서
포용한 증거다. 산신각을 사찰 경
내에 끌어들였듯이 토속 신앙의 신격을 불교가 수용한 셈이다. 여신에
대한 민초들의 신앙심이 원체 뿌리가 강하고 깊으니까 그렇게 할 수밖에
없었다.

　티베트 불교도 티베트의 토속 신앙이었던 본교와 불교가 혼합된 모습

을 보인다. 불교는 외래 종교였다. 불교가 들어오기 이전 이 땅의 토착 신앙, 그것이 여산신 신앙이었고, 굴러온 돌인 불교도 박힌 돌이었던 토속 신앙과 전략적 합의 내지는 포용이 이루어질 수밖에 없었던 것이다. 세계 종교사에서 볼 때 모든 외래 종교는 그 나라의 토착 문화와 습합(褶合)이라는 과정을 거치기 마련이다.

만약 습합을 거부하면 '모 아니면 도'의 승부를 걸어야 한다. 기존 종교 신봉자들을 이단으로 몰아 죽여야 한다. 이게 종교 탄압이다. 생명을 살리고 평화를 이루자는 종교가 오히려 사람을 죽이고 인권을 탄압하고 전쟁을 일으키는 모순을 범하게 된다. 종교가 여기까지 오면 종교는 도그마로 전락한다. 도그마는 정신병적 집착에 해당한다. 도그마로부터의 해방이 문명화의 길이 아니던가! 이렇게 놓고 본다면 지리산 동쪽에는 성모당이 있었고, 서쪽에는 노고단이 있었다. 양자 모두 여산신 신앙이다. '聖母(성모)'나 '老姑(노고)'나 그 말이 그 말이다.

여산신은 어떻게 지리산에 똬리를 틀었나?

여기서 한 걸음 더 들어가보자. 이러한 여신들은 언제부터 지리산을 장악하게 되었을까? 삼국 시대, 더 들어가면 가야에서부터 비롯된 것이라는 심증이 든다. 지리산은 가야의 산이었다. '지리'라는 단어가 산스크리트어의 산을 뜻하는 'giri'에서 유래했다고 한다면, 이 산스크리트어를 가지고 온 집단은 가야다.

인도 아유타국에서 배를 타고 바다를 건너왔다는 장유 화상(長游和尙, 속명이 '허보옥'으로 허황후의 남동생)과 허황후가 바로 가야 불교의 시초다. 가야 불교의 종착지는 지리산이었다. 김수로왕의 일곱 왕자가 득도했다는 지리산 칠불암 그리고 가야의 마지막 왕이었던 구형왕이 쌓았다는 피란성인 추성, 박회성 등의 유적이 이를 암시한다. 칠불암의 일곱 왕자가 김해에서 곧바로 지리산에 와서 수도를 한 것은 아니다. 처음에는 김해 신어산이었을 것이고, 그다음에 삼천포(사천)의 와룡산에서 수도했고, 그다음에 창녕 화왕산에서 있었다. 화왕산에서 다시 캠프를 옮겨 합천 가야산으로 이동했다.

가야산은 좀 특별하다. 1,000미터가 넘는 고산인 데다가 산 전체에 날카로운 암벽들이 노출되어 있다. 이런 골산은 수행하기에 적합하다. 날카로운 암벽과 봉우리들은 전부 기도발과 관련되어 있다. 이처럼 높은 암산에서 종교 신앙이 깊어지고 신비 체험을 하고 도인이 나오는 것이다.

고령 지역에 있었던 대가야의 성산이 바로 가야산이었다. '가야'라는 산 이름 자체가 가야국과의 관련성을 시사한다. 그런데 여기서 흥미로운 점이 발견된다. 현재 가야산 해인사는 큰 절이다. 해인사 들어가는 입구에 자그마한 사당 형식으로 지은 건물이 있다. 바로 '정견묘주(正見妙主)'를 모셔놓은 사당이자 산신각 같은 건물이다. 왜 절에 잘 들어보지도 못한 이름인 정견묘주를 모셔놓은 건물이 존재한단 말인가?

정견묘주는 여자다. 가야 김수로왕의 어머니라고 알려져 있다. 왕조 창

합천 해인사를 품고 있는 가야산.
곳곳에 날카로운 암봉이 솟아 있어 신령스러운 분위기를 보여준다.

하동 칠불암(칠불사) 경내와 영지 연못

업주의 어머니를 신격화한 것이다. 말하자면 김수로왕의 어머니는 죽어서 가야산의 여산신으로 모셔진 셈이다. 가야국의 안녕을 책임지는 신이었다고 보아도 무방하다. 이름이 바르게 본다는 뜻의 '正見(정견)'이다. 이를 해석한다면 국가의 앞일을 정확하게 예언해주는 능력이 있다는 말이다.

조용헌의 봄여름가을겨울

칠불암 대웅전 안에 김수로왕의 일곱 왕자를 새긴 금빛 부조가 있다.

앞일이 어떻게 되겠는가? 국가 대사는 한결같이 결정하기 어려운 문제들이 많다. 전쟁을 하면 이길 것인가, 질 것인가에서부터 시작해 국왕이 언제까지 살 수 있는가, 병이 낫겠는가, 천재지변이 언제 사그라질 것인가 등등이다.

고대 그리스에서는 델피 신전(神殿)의 신탁이 이 역할을 담당했다. 지중해 국가들 사이에 거의 1,500년간 가장 영험한 점발로 유명했다. 델피 신전 신탁소에서 하늘로부터 신탁을 받았던 사제들은 모두 여자였다는 점을 참고해야 한다. 나는 수로왕의 어머니였던 정견묘주가 대가야의 신탁소 책임자가 아니었을까 하는 상상을 해본다. 죽어서도 후손들에게 메시지를 주는 묘주(妙主) 할머니였다. 묘한 주인이었다. 가야산의 원래 용도는 정견묘주를 모셔놓은 신전이었고, 나중에 해인사가 들어서면서 불교의 산으로 되지 않았을까? 물론 가야도 가야 불교가 있으니까 불교를 배제할 수는 없지만, 정견묘주의 존재는 불교보다는 토속 신앙의 관점에서 바라보아야 할 것 같다.

일곱 왕자가 가야산을 거쳐 최종 정착한 곳이 지리산이었다. 칠불암은 그 산맥의 줄기로 볼 때 반야봉 자락이다. 반야봉의 반야는 '지혜'를 의미한다. 확실한 불교 작명이다. 반야봉의 좌우로 노고단과 천왕봉이 자리 잡고 있다. 지리산 종주 대간의 중간에 반야봉이 있다. 천왕과 노고는 불교적 작명이 아니다. 가야의 일곱 왕자가 도 닦은 노선은 불교이지 토착 신앙은 아니다. 칠불의 지향점은 지혜이고 반야다. 불교는 반야를 추구하는 종교다. 가야의 일곱 왕자와 칠불암의 관점에서 두고 본다면 반야의 좌우 보처보살(補處菩薩, 다음 생에 부처가 될 보살)이 노고와 성모다. 이 노고와 성모라는 여산신의 모델이 수로왕의 어머니, 즉 할매 신이었던 정견묘주였을 가능성이 높다고 본다. 노고와 성모는 정견묘주의 지리산 버전이었을 가능성이 크다.

조용헌의 봄여름가을겨울

정견묘주는 가야국 시조의 어머니이면서 가야 불교를 가지고 들어온 허황후의 시어머니에 해당한다. 정견묘주는 가야의 입장에서 볼 때 토속 신앙과 불교의 연결 고리이자 접점이다. 중간 연결 고리로서 딱 들어맞는다. 이를 다시 종합하자면 불교 이전부터 존재했던 지리산 토착 신앙의 대상은 여신이었고, 여기에다 가야 불교가 다시 그 위에 자리 잡는다. 그러면서 수로왕의 어머니이자 일곱 왕자의 할머니에 해당하는 정견묘주가 그 토착 여신에 오버랩이 된다. 그 오버랩이 법계사와 천왕봉의 여산신 족보라고 나는 생각한다. 그렇다면 적어도 2,000년 넘게 이어져온 여산신 신앙의 맥이 아직도 끊어지지 않고 현대의 법계사 현판 기둥에 그림으로 그려져 있다는 사실은 놀라운 일이다. 그 끈질긴 생명력이 놀랍다. 그 수많은 전쟁과 방화, 세월의 풍우에도 사라지지 않고 아직도 살아남아서 법계사에 기도하러 가는 민초들의 꿈에 이 할머니가 여전히 나타나고 있으니 말이다. 신화와 종교적 영험 그리고 2,000년의 역사가 집약되어 있는 도상(圖像)이 법계사 여산신이다.

열 많고 성질 급한 사람이
때때로 찾아가야 하는 곳

경북 울진
성류굴

불교, 기독교, 이슬람교 같은 제도화된 종교가 있기 전에는 동굴이 신전 역할을 했다. 원시 종교의 신전은 대부분 동굴이었다는 말이다. 그렇기 때문에 동굴을 볼 때 예사로 보면 안 된다. 원시인들이 도를 닦았던 수도처로 보는 게 합당하다. 예를 들면 3만~4만 년 전 원시인들의 벽화가 남겨진 유럽의 동굴이 이런 장소들이다. 알타미라 동굴, 라스코 동굴, 쇼베 동굴에는 당시 사람들이 남겼던 동물 그림들이 그려져 있다. 대표적으로는 야생 소를 그렸다. 인도네시아 슬라웨시 동굴에서도 4만 년 전으로 추정되는 동굴 벽화가 발견되었다.

원시인들은 왜 동굴에 그림을 남겼을까? 이런 동굴들은 죽음을 초월하는 능력을 얻는 훈련 장소의 역할을 한 것으로 보인다. 동굴 내부는 빛이 없는 암흑의 공간이고, 이런 절대 암흑의 공간에서 인간은 죽음의 공포와 직면한다. 그 공포를 이겨내는 경지에 도달하면 거대한 야생의 맹수들을 포획하는 능력을 가지게 된다. 야생의 맹수 가운데 대표적인 동물이 바로 소다. 지금보다 덩치가 4~5배는 더 컸다고 하는 당시의 야생 소와 동물들은 원시 공동체의 식량이었다. 공동체가 먹고살기 위해 이런 소들을 잡아야만 하고, 이런 소들을 사냥하기 위해서는 엄청난 용기가 필요했다. 그 용기는 죽음을 초월하는 것에서 비롯되었다. 그 초월적 능력을 얻기 위한 훈련소이자 종교적 신전이 바로 동굴이었다.

신전 또는 담력 훈련장으로서의 동굴

신전 역할을 하는 동굴의 특징은 우선 입구가 작아야 한다는 점이다. 왜 작아야 하는가? 빛이 들어오는 입구가 작아야만 내부가 어둡다. 칠흑 같은 어둠의 공간이 필요한 것이다. 그러므로 입구가 너무 크면 안 된다. 사람이 겨우 들어갈 만한 작은 크기여야 한다.

그다음에 굴의 내부로 들어가면 공간이 아주 넓어야 한다. 적어도 수백 미터는 이어져야 한다. 기다란 어둠의 공간을 통과할 때 죽음의 공포와 마주칠 수 있다. 특히 동굴 내부에 절벽 같은 급경사의 지형이 있으면 더욱 적당하다. 동굴 내부의 절벽을 내려갈 때 지하 세계의 심연으로 내려간다는 두려움과 마주한다. 컴컴한 심연으로 내려간다는 느낌이 바로 죽음의 공포와 맞먹는 느낌이기 때문이다. 프랑스의 쇼베 동굴이 바로 이런 구조다. 내부에 절벽이 있다. 랜턴이 없던 3만~4만 년 전에 이런 지점을 내려가다가 많은 사람이 죽기도 했을 것이다. 공포에 질리기도 하지만 절벽에서 미끄러지거나 칡넝쿨이 끊어져서 사망할 수도 있었다. 원시 동굴 내부에 인간의 해골과 뼈가 많은 것도 이런 이유 때문이다.

신전 동굴의 또 다른 조건은 내부가 미로처럼 복잡해야 한다는 점이다. 미로처럼 복잡할 때 안에 든 사람의 두려움이 극대화된다. 내부 구조가 단순하면 파악이 쉽다. 어디에 뭐가 있는지 알게 되면 두려움이 약해진다. 인간은 뭐가 뭔지 모를 때 두려움이 더 커진다. 두려움을 주는 공간일수록 수도(修道)의 효과가 증대되는 것 아니겠는가. 그러기 위해서는 내부 공간이 복잡해야 한다.

마지막 조건은 동굴 내부에 마실 물이 있어야만 한다. 물이 없으면 죽는다. 식수가 없으면 인간은 버티지 못한다. 식량은 미리 마련할 수 있다. 그러나 물은 원시인들이 미리 비축하기 어려웠을 것이다. 그릇이 없었기 때문이다. 따라서 동굴 내부의 어딘가에 식수가 나오는 지점이 있어야만 한다.

경북 울진에 있는 성류굴은 이런 요건을 갖춘 동굴이다. 고대의 도인들이 도를 닦던 신성한 공간이 후대로 내려와서 수학여행 가서 구경하는 관광지가 되었다. 성지가 관광지로 변하는 것은 여기뿐만이 아니다. 모든 성지가 겪는 운명이다.

성류굴 입구. 입구는 한 사람이 겨우 지나다닐 정도로 좁은 반면 안에는 큰 공간이 형성되어 있다.
이런 굴은 거주지보다는 담력을 키우는 훈련 장소 내지는 신전 역할을 했을 가능성이 크다.

고대로부터 이 동굴은 도를 닦던 수도처로 사용되어왔다는 것이 필자의 판단이다. 이 동굴에서 많은 도인이 배출되었음이 틀림없다. 도를 닦기에 적당한 조건을 갖추었다. 이름 자체도 성인이 머문다는 뜻의 '聖留窟(성류굴)'이다. 성인이 머문다[留]는 뜻이 함축되어 있다.

성류굴은 석회암으로 이루어져 있다. 석회암 지대에 동굴이 많다. 화강암 지대는 동굴이 만들어지기 어려운 조건이다. 안내판에 보니 성류굴의 주 통로가 330미터다. 이게 메인 통로다. 여기서 다시 가지치기를 한다. 메인 통로에서 연결된 가지 굴의 길이는 540미터다. 길이를 모두 합치면 870미터가 된다. 이런 정도의 길이라면 공포를 극복하는 훈련에 충분하다. 그리고 여기저기 뻗어간 가지 굴이 있어서 미로와 같은 느낌을 준다.

성류굴 안에 3개의 호수
:

동굴이 고대인들의 수도처로 기능하려면 내부에 물이 있어야 하는데 아니나 다를까, 성류굴 내부에는 호수가 3개나 있다. 깊은 호수는 수심이 30미터나 된다고 하니 규모가 큰 편이다. 호수의 성격을 보자. 물이 항상 고여 있는 호수도 있고, 장마 때 성류굴 밖을 흐르는 왕피천(王避川)으로부터 넘쳐서 동굴로 들어온 물이 고여 있는 호수가 있다. 호수의 물은 유사시에 사람이 먹을 수도 있었을 것이다.

성류굴이 지닌 또 하나의 장점은 '왕피천'이라고 하는 강물이다. 삼국

조용헌의 봄여름가을겨울

시대 이전의 자그마한 고대 왕국의 어떤 왕이 전쟁으로 잠시 이 강물 근처에 피신을 왔다고 해서 붙여진 이름이다. 이 왕피천에는 당연히 물고기가 살고 있다. 고대에는 물고기가 지금보다 훨씬 더 많았다. 성류굴에서 수도하던 도사들이 왕피천의 물고기로 식량을 해결할 수 있다는 것이다. 이슬만 먹고 살 수는 없다. 도를 닦을 때 식량 조달이 문제다. 곡식은 구하기 어려웠을지라도 바로 굴 앞으로 흐르는 왕피천은 풍부한 물고기의 생태계였고, 이 왕피천에서 식사거리를 조달했을 가능성이 높다.

성류굴에 들어가보니 또 하나 감지되는 점은 온도다. 일 년 내내 온도가 항상 일정하다는 점이다. 15도에서 17도 사이를 대체적으로 유지한다고 한다. 겨울에는 따뜻하고, 여름에는 시원하다. 온도가 일정해야만 스트레스가 적다. 이 정도는 일 년 사계절 항상 쾌적하게 생활할 수 있는 온도에 해당한다. 도 닦기에 적당한 공간임을 입증한다.

역사적으로 보면 신라 31대 신문왕의 아들 보천 태자가 이 성류굴에서 수도했다. 보천 태자가 수도한 방법은 주로 주문을 외우는 것이었다고 한다. 주력수행(呪力修行)이었다. 전설에 의하면 보천 태자가 주문을 외우는 소리를 듣고 성류굴 안에서 머무르고 있던 굴의 신이 말했다. "내가 이 굴 안에서 2,000년을 살았지만 그대와 같이 열심히 주문을 외우는 사람은 처음 보았다. 기특하다."

신라의 원효 대사도 이 성류굴에서 수도했다고 전해진다. 원효는 열이 많았던 체질이라 동굴에서 도 닦는 것을 좋아했다. 도인들도 체질에 따라서 선호하는 도량이 다를 수밖에 없다. 성질이 급하고 열이 많은 다혈질의 양인 체질들은 성류굴같이 약간은 습하게 느껴지는 이런 동굴을 선호한다. 열을 가라앉혀주기 때문이다. 성류굴은 고대의 도사들이 도 닦는 전형적인 조건을 갖춘 동굴이다.

흘러내린 종유석이 태고의 시간을 증명한다.
동굴 내의 호수는 도 닦는 이들의 식수원이 되었을 것이다.

노고단의 맥이 내려와 멈춘 곳

전남 구례

용호정

지난 30년간 나는 '필드가 선생이다'라는 신념을 가지고 전국 여러 곳을 답사했다. 책과 자료에는 없는 정보들이 현장에서 많이 발견되었기 때문이다. 전국을 돌아다니면서 등산화 수십 켤레가 닳았다. 그래서 좋은 등산화를 보면 욕심을 낸다.

현장 답사에서 얻고자 하는 정보는 대강 이렇다. 풍수(그 지역 산세가 어떻고, 명당이 어디인가), 족보(명문가 집안의 역사 그리고 계보), 사주, 그 지역이 배출한 인물, 불교 사찰, 도사들이 기도하던 기도터 등이다. 이러한 답사 포인트를 뭉뚱그리면 '강호동양학'이 된다. 강호동양학은 강단동양학에서는 결여된 분야다. 강단(講壇)이 있으면 강호(江湖)도 있는 법이다.

그런데 강호동양학의 장문인이 전라도 지역을 답사할 때 느끼는 소감이 있다. '이야기할 사람이 별로 없다'는 것이다. 그 지역의 역사, 인물, 산세, 유불선을 두고 서로 대화할 사람이 아주 적다는 점이다. 사람이 없다 보니 어떤 때는 적막강산에 서 있는 것 같다. 산천은 남아 있으나 사람이 없구나! 다 어디로 갔나!

이에 대해 내가 내린 결론은 '동학, 6·25 때 다 죽었다'는 것이다. 동학 농민 운동 때 죽은 전라도 사람이 대략 20만 명으로 추정한다. 6·25 전쟁으로도 전라도가 직격탄을 맞았다. 전답이 넓으니 평소 쌓여 있었던 지주와 소작인 간의 투쟁이 심했고, 난리가 나면서 평소 축적되었던 계급 갈등이 폭발하여 서로 죽이고 죽였다. 경상도는 동학과 6·25의 피해가 전라도의 3분의 1이나 될까. 동학, 6·25로 전라도의 식자층과 중산층이 대거 사라졌다. 그렇다 보니 전라도 산천을 다닐 때마다 풍수와 주역, 족보를 이야기할 사람이 없는 것이다.

우두성(禹斗晟, 1952~) 선생은 전라남도 구례에서 문화원장을 지냈고, 1950년대 중반부터 지리산 등산 코스를 개척했던 '지리산 연하반(煙霞伴)'의 리더 우종수(禹鍾秀, 1921~2014) 선생의 아들이다. 구례에 가서 우두성 선생을 만나니 평소 필자가 느끼고 있던 허기의 원인을 재차 확인할 수 있었다.

"정유재란 때 섬진강을 타고 올라오던 왜군들과 구례 사람들이 석주관(石柱關) 전투에서 싸우다가 구례 사람 약 3,000명이 죽었다고 합니다. 3,000명이 몰살당하고 보니 당시 구례가 텅텅 비었다고 하죠. 광복 이후 빨치산 시기에 구례 사람 약 800명이 죽었습니다. 먹물이 든 식자층은 다 죽었다고 봐야죠. 그 이후로 50년간 암흑기에 있었다고 봅니다. 구례의 학문과 역사, 인물을 논할 사람들이 거의 사라졌다가 6·25 이후로 70년이 된 최근 들어서야 역사가 발굴되는 느낌입니다."

매천의 스승 왕석보와 구례의 개성 왕씨
:

"구례의 역사와 인물을 꼽을 때 누구를 꼽겠습니까?"

"매천(梅泉) 황현(黃玹, 1855~1910)입니다. 『매천야록』을 빼놓을 수가 없죠. 그런데 여기서 더 들어갈 부분이 있습니다. 바로 천사(川社) 왕석보(王錫輔, 1816~1868) 선생이죠. 매천은 알아도 매천을 가르쳤던 스승 왕석보 선생에 대해서는 모릅니다. 전남 광양 태생이었던 매천이 십대 초반부터 구례에 와서 공부를 한 이유가 바로 이 왕석보 선생 때문이었습니다. 큰 선생 밑에서 배우기 위해서 나중에는 아예 구례로 이사까지 옵니다. 왕석보의 장남이 왕사각(王師覺, 1836~1895)인데, 이 왕사각도 학문이 대단했습니다. 왕석보가 죽고 난 후 왕사각 밑에서 매천이 본격적인 학문을 연마합니다. 왕석보를 비롯한 왕씨 집안이 구례의 명문가이자 부잣집이었습니다."

구례에서는 개성 왕씨 집안을 빼놓을 수가 없다. 이씨 조선이 창업하면서 왕씨들의 씨를 말렸다고 하는데, 용케도 죽지 않고 살아남은 왕씨들이 이 구례에 터를 잡고 돈과 학문을 유지하고 있었던 것이다. 이 왕씨들은 정유재란의 석주관 전투에서도 돈과 목숨을 바쳐 왜군과 싸웠다. 왕득인(王得仁, 1556~1597)이 그렇다. 왜장 시마즈 요시히로(島津義弘)에 의해 구례성이 함락되자 의병 3,000명을 모집하여 석주관에서 싸우다가 전사했다. 석주관 칠의사(七義士) 가운데 한 명이다.

왕득인의 아들이 왕의성(王義成)이다. 아버지가 전사하자 왕의성도 석주관에 나가서 이정익, 한호성, 양응록, 고정철, 오종 등과 같이 석주관 칠의사의 하나로 싸

구한말의 시인이자 문장가인 황현. 1910년 일제에 나라를 빼앗기자 스스로 목숨을 끊었다.

웠다(이 책의 88~89페이지 참고). 하지만 용케도 살아남아 다시 정유재란 때에도 의병을 모집했다. 이 대목에서 유의할 점이 있다. 돈 문제다. 이 시절에 의병을 모집해서 싸우려면 돈이 있어야 한다. 리더가 장기간 의병들이 먹고살 수 있는 군량미를 대야 한다. 이 군량미를 마련하려면 자기 재산을 털어야 한다. 무기와 갑옷도 마련해야 한다. 이것도 역시 돈이다. 임란이나 조선 후기에 의병장을 했다는 것은 목숨도 바쳐야 하지만 재산도 내놓아야 한다는 의미였다.

목숨과 재산. 쉽지 않은 이 두 가지를 바쳤으니 후세 사가들이 존중해

구례는 산(지리산)과 물(섬진강), 평야가 조화를 이루는 풍요로운 땅이다.

야 함은 마땅하다. 왕씨들은 만석군을 두 번이나 했다. 한 번 하고 난 뒤 좀 시간을 두었다가 다시 한 번 만석군을 했다고 한다. 한 번 할 때는 3만 석까지 재산이 있었다고 한다.

구례는 들판이 넓은 곳이다. 지리산 밑이라서 산골 같지만 의외로 들판이 넓다는 장점을 가지고 있다. 거기에다가 섬진강이 둥그렇게 감아 돈다. 배산임수. 물이 감아 돈다는 것은 벼농사에 엄청 유리한 장점이다.

매천을 가르쳤던 천사 왕석보는 왕득인, 왕의성의 후손이다. 6~7대 후손쯤 된다고 한다. 왕석보도 가지고 있던 전답이 약 130마지기 정도 되는 부자였다. 이 전답을 제자 양성하는 데 거의 썼다고 전해진다. 가난한 제자들이 오면 자기 집에서 공짜로 먹여주고 입혀주며 공부를 시켰던 것이다. 조선 시대 선생은 월사금을 받지 않고 공짜로 가르쳐주는 전통이 있었다. '월사금을 받지 않으면 선생이 되고, 돈을 받으면 훈장이 된다'는 말이 있다.

개성 왕씨 집안의 힘

왕석보 밑에서 공부한 인물 중에 전남 보성 출신으로 대종교를 창시한 홍암(弘巖) 나철(羅喆, 1863~1916)이 있다. 나철도 젊은 시절에 구례의 왕 선생 밑에서 공부했다. 만주에서 독립운동을 했던 대부분의 투사들이 대종교 신자였다고 해도 과언이 아니다. 나철의 대종교 사상은 민족주의 사상의 밑바탕이었던 것이다. 전북 김제 출신의 구한말 실학자 해학(海鶴) 이기(李沂, 1848~1909)도 역시 왕석보 선생 문하에 출입했다. 당대의 기라성 같은 제자들이 왕석보 문하에서 배출된 셈이다. 일제 강점기 때 광주 학생 항일 운동의 선언문을 쓴 인물이 왕재일인데, 이 왕재일 역시 이 집안 후손이다. 광복 이후 전남일보 편집국장을 지내기도 했다

시골 촌놈 매천이 서울에 와서 여러 인연을 맺을 수 있었던 배경에는 왕씨 집안이 있었다. 왕씨들이 다리를 놓아주었다고 한다. 『매천야록』을 읽다 보면 놀라운 점이 신문, 방송도 없었던 시절에 어떻게 지리산 밑의 구례 산골에서 이런 정보를 얻을 수 있었는가 하는 점이다. 그 네트워킹의 저변에는 왕씨들 인맥이 작용했다는 점을 주목해야 한다.

걸출한 학자가 나오기 위해서는 이처럼 선생들의 지도가 있어야 하고, 걸출한 학자가 한 명 나오면 영향력이 전국에 미친다. 그리고 그 영향력의 여진이 오래간다. 매천도 마찬가지다. 매천이 구례에서 나온 덕분에 일제, 6·25가 초토화시켰어도 아직 구례에 그 희미한 묵향과 정신이 남아 있는 것이다.

봉황의 머리 봉성산의 기운

용호정(龍湖亭)은 구례에 수백 년간 내려오는 정신사와 관련이 깊다. 매천이 1910년 '추등엄권회천고 난작인간식자인(秋燈掩卷懷千古 難作人間識字

人, 가을 등불 아래서 책을 덮고 천년 역사를 회고해보니 인간 세상에서 식자층 노릇 하기 힘들구나)'라는 절명시를 남기고 자결했을 때 그 파장이 컸다. 석주관 칠의사 이래로 내려온 구례의 절의 정신과 왕씨 집안의 학문을 전수받은 마지막 계승자였던 매천 황현이 자결한 것이다.

구례의 별칭이 봉성(鳳城)이다. 구례 읍내 중앙에는 봉성산이 있다. 산은 야트막한 동산에 가깝지만 이 모양이 봉의 대가리같이 보인다. 봉성산 뒤로 뻗은 산맥들은 봉황의 날개다. 봉은 대가리에 묘미가 있다. 그래서 구례는 봉과 같은 인물이 나오는 고장인데, 매천도 그 봉황에 속한다. 남원의 별칭이 용성(龍城)이다. 남원에는 교룡산성이 있다. 그래서 용성이고, 구례는 봉성이다.

매천이 죽자 구례의 선비들은 돈을 모아 1916년에 추모 공간을 마련했다. 이게 용호정이다. 구례 읍성은 일본인이 허물었다. 일본 사람들이 식민 지배를 시작하면서 제일 먼저 한 일이 바로 성을 허무는 일이었다. 구례 읍성(봉성)을 허물 때 북을 걸어두었던 고각루(鼓角樓)라는 누각 건물을 해체해서 용호정 건물을 세웠다.

용호정 터가 예사롭지 않다. 구례군 토지면 용두리다. 용의 머리 부분 끄트머리에 위치했다. 이 용은 어디서 왔는가? 지리산 노고단에서 꾸불 꾸불 내려온 맥이다. 용은 지리산에서 평평한 들판으로 내려와 사나운 기운을 누그러뜨린 다음에 그 기운이 섬진강 앞에서 멈췄다. 대개 큰 산에서 내려온 바위 맥이 강이나 호수 앞에서 멈추면 그 자리는 명당이다. 바위의 불기운과 강물의 물기운이 서로 만나서 수화기제(水火旣濟)를 이루기

때문이다. 기제(旣濟)는 잘 배합이 되었다는 뜻이다.

용호정 앞에는 섬진강이 그림처럼 감아 돌고 있다. 섬진강 상류에 댐이 들어서기 전에는 이 정자 앞 일대가 넓은 호수처럼 보였다고 한다. 아울러 흰색의 모래사장이 넓게 깔려 있었다. 지금의 섬진강 수량은 댐이 들어서고 난 후에 3분의 1로 줄어들었다고 하는데, 줄어들었어도 필자가 보기에는 너무나 로맨틱한 풍경이다.

더군다나 이 용호정을 앞에서 받쳐주는 봉우리가 오산(鰲山)이다. 자라

용호정 앞뜰에서 바라본 풍경. 섬진강 건너 보이는 산이 오산이다.

오(鼇) 자 오산이다. 구례구역 앞에서 이 산을 바라다보면 흡사 자라처럼 보인다고 한다. 자라가 섬진강 물을 먹으려 하는 포즈다. 용호정에서 보면 섬진강 바로 건너편에서 이 오산이 받쳐주고 있다. 창고 형태의 창고사(倉庫砂) 같기도 하고, 제왕의 모자 같은 모습이기도 하다. 정자에서 보면 오산은 매우 상서로운 봉우리다. 그 옛날 도선 국사도 구례 사도리(沙圖里)에서 풍수 공부를 하고 용호정 앞의 섬진강을 건너 오산의 오산사(鼇山寺, 현재는 사성암)로 건너갔을 것이라고 추측한다. 용호정 앞에서 섬진강이 흘러

조용헌의 봄여름가을겨울

가는 모습과 오산의 우뚝한 모습 그리고 목가적인 풍경을 바라다보니 구
례를 봉성이라 부를 만하다는 생각이 든다.

삼재도 피해간 명당이 지킨
『조선왕조실록』

전북 무주
안국사

북극의 얼음도 녹고 아프리카 킬리만자로의 만년설도 녹는 온난화의 시대다. 19세기 중반에 이를 예언한 인물이 일부(一夫) 김항(金恒, 1826~1898) 선생이다. 일부 선생은 한평생을 바쳐서 연구한 끝에 『정역(正易)』을 썼다. 『정역』의 요지는 후천개벽이다. 선천(先天) 5만 년의 시대가 끝나고 후천(後天) 5만 년의 시대가 바야흐로 시작된다는 것이다. 이게 뭔 소리인가 했더니 후천 5만 년에는 온난화의 시대가 온다는 말이었다.

온난화는 극지의 얼음이 녹는 사태로 다가왔다. 『정역』에서는 '水汐北地 水潮南天(수석북지 수조남천)'이라고 얼음 녹는 사태를 표현했다. '북극의 물이 빠져서 남쪽 하늘로 흘러가는구나.' 극지의 얼음이 녹으면 바닷물이 넘친다. 탄허 스님이 예언한 '앞으로 일본 열도는 물에 잠기게 된다'는 내

조용헌의 봄여름가을겨울

안국사에 내려다본 풍경. 안국사는 해발 1,000미터에 위치하고 있어 풍광이 시원하다.

용은 『정역』의 이 대목에서 추론한 것이다. 후천개벽이 되어서 일본 열도가 물에 잠기는 일보다 우선 당장 발등에 떨어진 불은 여름의 더위다. 35도가 넘어가는 더위를 어떻게 견딘단 말인가?

이 더위의 시대에 명당을 구하려면 높은 데로 올라가는 수밖에 없다. 고지대로 올라가야 한다. 적어도 해발 700미터는 넘어선 곳이어야 한다. 하지만 1,000미터까지다. 700~1,000미터까지가 후천개벽 온난화 시대에 인간이 살 만한 곳이 아닌가 싶다.

전북 무주 안국사는 해발 1,000미터 고지대에 자리 잡고 있다. 조선 시대 같으면 일반인은 살기 어려웠던 지점이다. 안국사는 무주 적상산(赤裳山) 정상 부근에 있다. 아파트로 가득 찬 도시와는 온도가 거의 10도 차이가 난다. 삼복더위는 없다는 이야기다.

안국사 들어서는 일주문 위에는 '國中第一淨土道場(국중제일정토도장)'이라는 현판 글씨가 씌어 있다. 무학 대사가 적상산의 안국사 터를 가리켜 '國中第一吉地(국중제일길지)'라고 평가한 코멘트에서 유래한 현판 제목이다. 또 무학 대사는 '삼재불입지처(三災不入之處)'라고도 했다. 삼재(三災, 전쟁·기근·역병)가 들어오지 않는 안전한 터라고 예견한 것이다. 그만큼 높고 외진 데에 있다는 말이기도 하다.

전주 사고의 '실록' 피신 작전

안국사가 무주라고 하는 내륙 깊숙한 지점에, 그리고 해발이 높은 데에 자리 잡게 된 연유가 있다. 바로 사고(史庫) 때문이다. 사고는 『조선왕조실록』을 보관하는 창고를 가리킨다. 『조선왕조실록』은 조선의 정신을 기록한 것이다. 따라서 이 왕조실록을 훼손해버리면 조선의 정신과 역사가 사라진다고 여기고 보존에 아주 신경을 썼다. 조선 전체에서 가장 안전한 지대에 보관하고자 했다. 삼재가 들어오지 않는 곳에다 보관해야 한다고 여겼다. 그러다 보니 주로 절터에 자리 잡게 되었다.

조용헌의 봄여름가을겨울

사고는 조선 전기와 후기로 나
뉜다. 조선 초기에는 4대 사고가
있었다. 우선 서울에 내사고(內史
庫)가 있었다. 궁궐의 춘추관에 실
록각(實錄閣)을 짓고 보관했다. 외
사고(外史庫)는 처음에 충주에 두
었다. 충주 사고다. 그러다가 경상
도 성주에 하나 더 지었다. 다시
전라도 전주에 사고를 추가로 지
었다. 이렇게 네 군데에 있었다. 그
런데 임진왜란 때 문제가 생겼다.
춘추관, 충주 사고, 성주 사고가
불타버렸다. 전주 사고에 있던 『조

조선 태조의 어진을 보관했던 전주 경기전(위)과
조선 사고 터에 복원한 실록각(아래)

선왕조실록』은 전북 정읍 내장산의 바위굴로 피신시키는 바람에 살아남
았다. 여기에도 스토리가 있다.

경기전(慶基殿, 전주 풍남동에 있는 전각으로, 조선 태조 이성계의 어진이 봉안되
어 있었다) 참봉 오희길은 난리가 나니까 태조의 초상화와 실록을 어떻게
옮길 것인가를 고민했다. 13대 동안의 임금 기록인 805권 614책 분량이
많아서 말 20여 필과 인부 수십 명이 필요한 작업이었다. 인근의 명망 있
던 선비 손홍록의 도움을 받았다. 손홍록은 친구, 조카, 하인 등 30여 명
의 인력을 동원하여 사고를 옮기는 작업을 필사적으로 진행했다. 전주에

서 정읍 내장산 은봉암으로 옮겼다.

내장산 은봉암도 산속 깊숙한 지점에 있는 암자였다. 하루 뒤에 다시 더 깊숙한 지점에 있는 용굴암(龍窟庵)으로 옮겼다. 용굴암 터도 아주 비상한 지점이었다. 내장산의 최고봉이 신성봉인데 신성봉 아래 절벽에 뚫려 있는 바위굴이 있고 이 바위굴 옆의 암자가 용굴암이다. 여기에 보관한 덕택에 전주 사고의 실록은 보존될 수 있었다. 조선 전기 4대 사고 중에 3대 사고는 불타버리고 전주 사고만 실록을 내장산으로 옮겨서 보존한 덕택에 살아남을 수 있었다. 임란 후에 전주 사고 내용을 저본으로 하여 『조선왕조실록』이 복사되었음은 물론이다.

묘향산 거쳐 무주 적상산으로

전주 사고의 실록은 임란 후에 묘향산 보현사로 옮겨져 보관되었다. 왜병이 남쪽에서 올라오니까 북쪽이 안전하다고 여겨 북쪽에 있는 묘향산으로 자리를 옮긴 것이다. 임란 때 서산 대사가 승군을 총지휘했던 장소가 묘향산이다. 평양성까지는 왜군이 점령했지만 묘향산은 점령 못했다. 전쟁의 피해가 없었던 산이다.

지리산의 장엄함과 금강산의 빼어난 아름다움을 모두 갖추었다고 서산 대사가 평가한 산이 묘향산이다. 서산은 묘향산을 우리나라 최고의 산으로 평가했다. 육산의 장중함과 골산의 날카로운 기세[壯亦秀(장역수)]를 갖

현재 안국사의 천불전 건물은 과거에 실록을 보관한 적상산 사고였다.

첫다는 것이다. 당대에는 묘향산이 그만큼 안전하다고 여겼던 것 같다.

묘향산 보현사에 보관되고 있었던 실록은 이후 무주의 적상산 사고로 옮겨진다. 정묘호란 직전이다. 북쪽에서 여진족이 쳐들어올 기미가 보이니까 오히려 북쪽의 묘향산이 위험하다고 여긴 것이다. 남쪽으로 옮기자! 남쪽 어디로? 무주 적상산이 적합했다. 해발 1,000미터의 고지대인 데다가 내륙 깊숙한 지점이고, 적상산 자체가 요새 지형이었다. 사방이 절벽으로 둘러싸여 있어 외부에서 공격하기가 어려운 지형이었다. 거기에다가 적상산 정상 부근이 비교적 평탄한 평지였기 때문이다. 그래서 일찍부터 적상산은 산성의 적합지로 주목받아왔다. 일찍이 고려 말의 최영 장군도 적상산에 성을 쌓고 창고를 지어야 한다고 건의한 바 있다. 이렇게 해서 정묘호란 직전에 묘향산 보현사에 있던 사고는 적상산 사고로 옮겨졌다.

임진왜란 이후에는 전국에 5대 사고가 설치되었다. 서울 내사고는 춘추관이었고, 외사고는 강화도 정족산의 전등사, 무주 적상산의 안국사(적상산 사고), 태백산의 각화사, 오대산의 월정사에 설치되었다. 이렇게 놓고 보면 『조선왕조실록』은 모두 불교 사찰에서 보관한 셈이다. 불교 절에서 유생들이 기록한 조선 역사를 수호했다.

조선 25대 왕 472년의 기록, 1,893권 888책 분량인 적상산 사고의 실록은 일제 강점기 때 서울로 옮겨졌다. 오대산 월정사 사고에 있던 실록은 일본인들이 도쿄로 가지고 갔다. 태평양 전쟁 때 미군 폭격으로 도쿄에 있던 오대산 사고의 실록은 학자들이 빌려갔던 몇 권을 빼놓고 거의 불타버렸다.

6·25 전쟁이 발발하자 인민군도 『조선왕조실록』에 욕심을 냈다. 서울에 있던 적상산 사고의 실록은 북한 인민군이 이북으로 실어갔다. 현재 김일성대학이 소유하고 있다고 한다. 6·25 이후에 북한이 남한보다 먼저 『조선왕조실록』을 번역했는데, 그게 가능했던 바탕에는 안국사가 보존해왔던 적상산 사고가 있었다. 무주 적상면 사람들은 우파 정권이 들어서면 북한에 대고 '적상산 사고 돌려달라!'는 플래카드를 내건다. 김일성대학에 있는 실록을 돌려달라는 이야기다. 좌파 정권에서는 이북 눈치를 보기 때문에 이런 시위를 못한다.

안국사는 적상산 사고를 관리하고 보존하는 사찰이었다. 적상산성 내에 적상산 사고와 안국사가 있었다고 보면 된다. 보다 정확하게 이야기하면 적상산 사고를 보호하기 위한 두 개의 사찰이 있었다. 적상산 꼭대기의 호국사 그리고 호국사보다 해발 200미터 아래에 있는 안국사였다. 안국사는 큰 절이었고 호국사는 작은 절이었다. 1980년대에 적상산 7부 능선에 양수 발전소가 건설되면서 안국사는 위치를 옮겼다. 위로 올라갔다. 호국사 터에 안국사를 옮긴 것이다. 현재의 안국사 터는 원래 호국사 터였다.

적상산성과 사고를 관리하기 위해 중앙 정부에서 인력을 파견했다. 참봉 2명, 승장 1명, 수복 12명, 군병 84명, 승도 115명 등이었다. 참봉은 조선 시대 종9품의 벼슬이다. 최하급의 말단 공무원이었지만 이 적상산성에서는 전권을 쥐고 있는 계엄 사령관의 위치에 있었다. 참봉 2명은 매달 교대 근무를 했다. 한 달 끝내고 산 아래의 집에 가 있다가 한 달 후에 다시 산꼭대기로 올라오는 방식이었다. 당시 참봉 월급은 얼마나 되었나? 쌀 18두, 콩 6두, 조기 9속, 젓갈 4승, 간장 1두, 된장 2승 등이었다. 두(斗)는 한 말, 두 말 할 때의 단위다. 승(升)은 '되'다. 젓갈은 4되이고 콩은 6말이었다. 참봉 다음에 승장(僧將, 승군의 장수)이 1명 배치되었다고 나온다.

임란 이후에 전국의 산성은 승려들이 상주하며 관리했다. 임란 때 승군이 주력으로 싸웠던 전통이 남아서 이후 국방은 승려들이 책임졌다. 서울

적상산성 성벽. 지금은 성벽을 따라 등산로가 개척되어 있다.

의 북한산성도 승려들이 쌓았다. 산비탈에 돌덩어리를 운반하여 성벽을
쌓는 고된 작업은 승려들의 몫이었다. 산성이 완성된 후에도 문제였다. 산
속의 산성에 머물면서 지켜야 하는데 누가 지키겠는가? 이 책임 역시 승
려들 몫이었다. 산속에 절이 있었기 때문에 가능했다. 지배 계층 유생들
은 다 어디로 가고 불살생을 계율로 하는 승려들이 국방을 책임지는 시스
템이 조선 시대였다. 승도도 115명이면 많은 수다. 유사시 전투 병력이었
다. 이 승려들이 거주하던 사찰이 안국사였다. 이름 붙이자면 '실록보호승
군대(實錄保護僧軍隊)'였다.

여름에 안국사에 가면 시원해서 좋다. 불교는 청량(清凉)이라는 말을 좋아하는데, 안국사에 가보면 이 청량이라는 단어가 떠오른다. 쾌적하다. 주변은 첩첩산중이다. 산봉우리들이 이어지는 '산 너울'의 풍광을 감상하기에는 최적이다. 그리고 정상 부근에는 수백 년 된 참나무 군락지가 있다. 참나무가 풍기는 단단한 기운이 있다. 안국사 주변의 적상산성은 더위의 시대에 산책 코스로는 최고다. 『조선왕조실록』과 한국 불교의 사연이 쌓여 있는 사찰이 안국사이다.

첩첩산중 깊은 곳에 숨은
도인들의 수행 터

지리산
묘향암

    중년 남자의 로망이 있다. 할리 데이비슨 오토바이도 아니고, 오디오도 아니고, 세계 여행도 아니고, 바다낚시도 아니고, 야생화 찍는 것도 아니다. 산 밑에 텃밭 있는 조그만 집 하나 지어놓고 밥 먹고 나서 뒷산 오솔길 산책하며 사는 삶이다.

    남자는 숲에 들어갔을 때 원초적 편안함을 느낀다. 여기서 원초적이라는 의미는 깊은 편안함, 만족감, 평화로움을 뜻한다. 숲이 왜 이렇게 좋은지 모르겠다. 나는 장성 축령산 편백나무 숲 밑에다가 지어놓은 황토집 글방에 많이 머무른다. 15평(50제곱미터) 넓이에 방 2개와 부엌 하나의 단순한 구조다. 아침저녁으로 글방에서 나와 편백나무 숲 사이로 걸어 다니면 편백나무에서 풍기는 피톤치드 냄새가 세포 속으로 스며드는 것 같다. 샤

넬 No.5 향수도 여기에 비할 수 없다. 소나무 숲의 송진 냄새도 기가 막히지만 편백나무의 냄새도 뇌세포를 청소하는 것만 같다.

숲에서 느끼는 원초적 편안함

숲속에서 왜 이리 깊은 만족감을 느낀단 말인가? 그 근원을 생각하다 보니까 진화론이 생각났다. 아프리카에서 유인원이 점차 진화하여 현재의 호모 사피엔스가 되었다는 것 아닌가. 아프리카 시절의 추억, 그것은 숲속의 생활이었을 것이다. 수백만 년 동안 유인원은 숲속에서 생활했을 것이고, 그 숲속의 체험이 DNA에 저장되어 있는 게 아닐까?

현재의 인간이 문자를 쓰고 집단을 이루어 도시에서 살게 된 것은 5,000년의 역사밖에 안 된다. 그 이전 수백만 년 동안 삶의 방식은 숲속 생활이었다. 어떻게 5,000년과 인간이 진화해 온 수백만 년을 비교한단 말인가. 수백만 년의 취향과 생활 습관이 내 몸 안에 축적되어 있을 것이고, 그것이 문명 생활의 추억보다 훨씬 더 강렬하게 작동하면서 나를 숲속으로 끌어당긴다고 분석한다.

한반도는 7할이 산이므로 거의 산악 국가에 가깝다. 산도 히말라야나 스위스처럼 눈이 쌓여 있는 설산이 아니다. 인간이 오르락내리락하기 좋은 높이인 500~1,000미터급 산들이다. 토질도 비옥하고 비가 적당히 와서 동식물이 풍부하다. 한반도에서 이러한 한국 산이 지닌 쾌적함과 풍요

지리산은 3개의 도에 걸쳐 있을 만큼 큰 산이다.
사람의 접근을 쉽게 허락하지 않는 심산유곡은 예부터
무당과 도사들의 기도터와 수행 터가 되어왔다.

로움을 대표하는 산이 지리산이라고 생각한다. 가로 40킬로미터, 세로 30킬로미터에 걸쳐 있는 넓은 산악 지대다. 1,000미터급 봉우리만 해도 40여 개쯤 될까. 더 좋은 점은 1,000미터 이상의 고지대에서도 물이 나온다는 점이다. 지리산은 물이 많은 산이다. 고지대에서 물이 나온다는 것은 동식물의 식생에 아주 유리한 점이다. 나무와 각종 식물이 잘 자라고, 숲이 우거져야만 동물도 살 수 있다. 바꾸어 말하면 지리산은 유인원 시절의 숲속 생활 추억을 환기시켜주는 산이라는 말이다. 깊은 충만함을 주는 산이다.

이 충만감은 도사들에게도 마찬가지로 적용된다. 깊은 숲이 있고 땅에서 올라오는 강력한 지기(地氣)가 어우러져 있어야만 제대로 된 도사가 나온다. 도사는 깊은 충만감을 맛봐야 하고, 항상 깊은 충만감에 사는 사람이 도사이니까 말이다. 지리산은 이런 산이다. 그래서 지리산은 역대로 많은 신선이 배출되었고, 다른 산에서 공부하다가도 이곳으로 들어와 큰 공부를 성취하는 경우가 많았다.

신선이 됐다는 개운 조사

지리산에서 수도했던 도사 중 대표적인 인물이 개운 조사(開雲祖師, 1790~?)다. 출발은 불교 스님이었지만 도달한 경지는 신선이다. 그에 관해 전해지는 이야기가 많은데, 보통 전설과 다른 점은 오늘날까지도 개운 조사가 살아 있다고 믿는 열성 추종자가 500~1,000명은 된다는 점이다. 1970년대 후반에는 지리산 인근의 군부대 책임자가 휘하의 군인들 수백 명을 풀어서 개운 조사의 수도처를 찾으려고 수색까지 했던 일도 있었다. 수도처는 지리산 반야봉 밑에 있다는 금강굴이었다.

나도 1983~84년에 개운 조사 이야기를 듣고 그 자취와 수행의 방법을 추적해왔다. 박사 논문도 개운 조사가 남겼다는 '유가심인능엄경(瑜伽心印楞嚴經)'을 가지고 썼다. 밀교(密敎)적 관점에서 불교의 능엄경을 해석한 책인데, 도교와 불교 그리고 요가의 수행 체계가 서로 녹아들어 통합된다는 밀교적 관점이 아주 매력적인 책이었기 때문이다.

핵심은 항복기심(降伏其心)에 있었다. 마음을 항복받는다는 것은 어떤 경우에도 화를 내지 않고 초조해하지 않는 상태의 마음을 유지해야만 신선 공부를 할 수 있다는 점을 뜻한다. 이렇게 평정심을 유지할 수 있는 상태에서 몸 안에 있는 근원적인 에너지를 쓸 수 있다. 개운 조사는 이를 대력백우(大力白牛)라고 표현한다. 우리의 무의식 안에 있는 에너지 힘이 아주 세므로 소에 비유한 것이다. 이 힘센 흰 소를 잡으면 수백 살까지 사는 신선이 된다고 한다.

경북 상주와 속리산 사이에 십승지(十勝地, 난리를 피할 수 있고 거주 환경이 좋은 열 군데의 장소) 가운데 하나가 있다. 우복동(牛腹洞)이다. 소 뱃속같이 편안한 곳이라 전쟁도 피하고 굶어 죽지 않는다는 한국인의 유토피아다. 우복동 입구에 용유동 계곡이 있는데 그 계곡 옆의 집채만 한 바위에 '洞天(동천)'이라고 초서체로 새겨져 있다. 사람들은 이 바위를 동천바위라고 부른다. 이 글씨는 개운 조사가 주먹으로 썼다고 한다.

　도력이 있는 도인은 바위를 떡 주무르듯이 만진다. 바위에 손을 대니까 물렁물렁해져서 주먹으로 글씨를 쓸 수 있었다고 개운 조사가 쓴 책의 말미에 나온다. 개운 조사는 이 '동천' 글씨를 쓰고 우복동 근처의 심원사에 있다가 지리산 반야봉 밑으로 수도처를 옮겼다.

지리산으로 사라진 개운 조사

:

　1980년대 초던가, 우복동 근처에 효창선원이라고 하는 조그마한 수행처가 있었고 이곳에 개운 조사의 제자였던 양성 스님이 살았다. 어느 날 효창선원에 개운 조사가 왔다. 밥해주던 공양주 보살의 증언에 의하면 언덕길을 공중에서 나는 듯이 올라오더라는 것이다. 개운 조사가 양성에게 "지리산으로 가자."고 했지만 우매한 양성은 "제가 속가의 딸에게 간다는 말만 하고 가겠습니다." 하고 머뭇거렸다. 이 말을 듣고 개운 조사는 "지금 보니까 저녁 석양이 한 자쯤 남아 있어서 지리산에 충분히 갈 수 있겠구나." 하면서 공중을 나는 듯이 축지법을 써서 남쪽 산으로 사라졌다고 전해진다. 공양주 보살의 목격담에 의하면 개운 조사는 키가 그리 크지 않은 중키 정도의 체격에 옥양목으로 만든 한복을 입고 있었다고 한다. 나이는 40대 중반 정도로 깔끔한 얼굴이었다고 한다.

　스승이 지리산으로 가자고 하는데 머뭇거리다가 티켓을 놓친 제자 양성

바위 절벽을 등진 채 숲에 파묻혀 있는 묘향암(위)과 묘향암에서 바라본 풍경(아래).
사방 어디로 눈길을 주어도 인공적으로 만든 것은 하나도 눈에 띄지 않는다.

은 백 살을 조금 더 살다가 돌아가셨다. 양성은 일생일대의 후회스러운 일이 이때 스승을 따라 지리산에 못 간 일이라고 여러 번 이야기했다. 이 양성이 나중에 계룡산에 와서 스승이 집필한 필사본 '유가심인능엄경'을 책으로 출판한다. 출판 비용을 함양의 박 도사, 즉 이병철과 박태준의 장자방(張子房, 한나라 고조를 도운 건국 공신) 역할을 했던 제산 박재현이 부담했다. 필자도 이 계룡산에서 출판한 책을 당시에 구할 수 있었다. 계룡산 법정사에서 책을 펴낼 때의 제목은 '선불가진수어록(仙佛家眞修語錄)'이었다.

상주 우복동에서 해가 뉘엿뉘엿 질 무렵에 지리산으로 사라진 개운 조사. 지리산 어디로 갔을까? 추종자들에 의하면 반야봉 밑의 묘향대(妙香臺)와 금강굴(金剛窟)이라고 한다. 그래서 여러 마니아가 반야봉 밑을 찾으러 다녔다. 이 중 묘향대는 현재 묘향암이 되어 있다. 그러나 금강굴이 어디인지는 도통 알 수 없었다. 지리산 반야봉 일대에는 5개의 대(臺)가 있다. 묘향대, 우번대(牛翻臺), 서산대(西山臺), 무착대(無着臺), 문수대(文殊臺)다.

지리산 산꾼들은 여러 봉우리 가운데서도 특히 반야봉을 중시했다. 이 일대에 수도할 만한 명당이 많다는 의미다. 반야봉이 지리산의 중심 위치에 있기 때문일 것이다. 가운데에 있으면 주변 봉우리들이 반야봉을 둘러싸고 호위를 하기 마련이다. 그 터를 둘러싸야만 기운이 사방에서 집중이 된다. 연꽃의 가운데 있는 형국이나 부용의 가운데 있는 터를 명당이라고 하는 이유다.

반야 5대는 모두 1,000미터 이상에 위치해 있다. 고지대다. 대(臺)는 바위 언덕이 대부분이다. 밑바닥에도 암반이 깔려 있고, 뒤쪽에도 바위 절벽이 자리 잡고 있어야만 수행 터가 된다. 그러면서도 앞이 어느 정도 터져 있어야 한다. 5대는 다 이런 공통점이 있다.

봉우리들이 겹겹이 포진한 터
:

수행 터의 또 하나 조건은 물이 있어야 한다는 점이다. 아무리 도를 닦는다 해도 매일 물은 마셔야 한다. 바위틈에서 솟아나는 샘물이 하나 있으면 수행 터가 완성된다. 석회암 지대의 물은 좋지 않다. 화강암 지대에서 나오는 물이 좋다. 유럽은 석회암이 많아 물맛이 떨어진다. 한국은 화강암이 대부분이라 미네랄이 풍부한 약수가 나온다. 이 화강암 약수야말로 최고의 물이다. 미네랄 보충에 더할 나위 없이 좋다.

요즘은 지리산 서쪽 끄트머리 고개 정상인 성삼재에다 차를 세워놓고 걸어서 묘향암(묘향대)까지 가야 한다. 산꾼들에게는 다섯 시간 거리지만 나는 여덟 시간이 걸렸다. 산길로 11킬로미터. 개운 조사가 수도했다는 묘향암을 보니까 감탄이 나왔다. 해발 1,500미터 높이의 고지대 암자인데 좌청룡, 우백호, 안산을 골고루 갖추었다. 천왕봉 밑의 법계사가 1,450미터인데, 묘향암은 이보다 더 높다.

묘향암으로 들어가는 입구도 석문(石門)으로 되어 있다. 바윗돌 틈 사이를 통과해서 암자로 들어간다. 신선이 사는 수행 터는 반드시 돌문이 있어야 한다. 그래야 기운이 짱짱하게 받쳐준다. 그리고 이 석문 밑에서 약

묘향암으로 들어서기 위해서는 좁은 바위 사이(석문)를 지나야 한다.
대개의 영험한 수행 터는 이와 같은 석문을 통과해야 하는 곳에 위치해 있다.

조용헌의 봄여름가을겨울

수가 나온다. 한 바가지 먹어보니까 물맛도 범상치 않다.

묘향암 터의 압권은 앞에 포진한 산세다. 바로 앞에는 명선봉과 토끼봉이 감싸고 있다. 앞에 산이 없고 너무 터져 있으면 기운이 빠져나간다. 1,500미터 고지대인데도 불구하고 앞이 너무 터져 있지 않고 봉우리들이 감싸고 있는 점이 대단히 독특했다.

바로 앞의 명선봉, 토끼봉 뒤로 또 봉우리들이 포진해 있다. 영신봉, 칠선봉, 덕평봉이다. 그 뒤로 다시 또 포진이다. 영랑대, 중봉, 천왕봉, 제석봉, 연하선경, 촛대봉이 멀리서 묘향암 터를 감싸고 있는 것이다. 앞에서 삼중으로 터를 둘러싸고 있는 셈이다. 나는 이 터를 보고 우리나라 풍수의 최고단자가 선호했던 터의 조건이 이런 것이구나 하고 확인할 수 있었다. 앞산이 겹겹이 포진해 있는 터를 중시했다는 점이다. 뒤도 바위 맥이 중요하지만 앞산이 두껍게 감싸는 게 중요하구나 생각했다.

삼복더위에 갔는데, 밤이 되니까 기온이 20도 밑으로 떨어지는 것 같다. 긴팔 입고 이불 덮고 잤다. 1790년에 태어나 이백 살 넘게 살아온 개운조사. 그 신선이 살았던 터 묘향암. 도계의 고단자가 어떤 터를 선호했는지를 파악한 것은 큰 공부가 되었다.

절에서 더부살이하는
산신각이 왜 대웅전보다
높은 곳에 있을까?

고고학은 땅속에서 유물을 발굴한다. 땅속의 유물을 통해서 고대인의 생활양식을 발견하고 추론해낸다. 고고학 전문가들 이야기를 들어보면 3,000년 전이나 지금이나 인간이 사는 것은 별반 다를 게 없다고 한다. 구석기 시대나 지금이나 인간의 생로병사는 변한 게 없기 때문이다. 1만 년 전에도 늙고 병들어 죽고 억울하게도 죽고 생존의 압박에 시달리며 살았다. 그때라고 편하게 산 것이 아니다. 이 압박과 고통은 변한 게 하나도 없다. 변한 것이라고는 포장지와 디자인뿐이다.

수천 년 전 조상들의 삶이 우리와 비슷하다고 확인하는 순간 거기에서 어떤 안도감이라고나 할까, 그 어떤 항심(恒心)이 발생한다. 현세의 고통을 초월적인 입장에서 바라보게 하는 힘을 길러준다. 과거와의 대화에서 우러나는 힘이라 하겠다. 그래서 고고학은 사람을 편안하게 해주는 학문이기도 하다.

고고학에는 유물을 중시하는 학파도 있지만 정신의 고고학도 있다. 정신의 고고학이란? 인간의 정신, 신념 체계 내지는 종교 신앙의 뿌리를 탐색하는 작업이다. 뿌리를 알아서 무엇 하게? 뿌리를 알면 좋은 점이, 줄기와 이파리 그리고 더 나아가서는 열매까지도 파악할 수 있기 때문이다. 뿌리의 모양에 따라 줄기와 이파리가 결정된다. '떡잎부터 알아본다'는 말도 있지만 더 나아가면 '뿌리를 보면 안다'가 더 확실하다. 근기(根機)라는 말이 이래서 있다. 근원적인 기틀, 즉 '뿌리의 형태 또는 모양새'라는 뜻이다. 그 사람을 평가할 때 하는 '근기가 어떠냐' '상근기다' '하근기다'라는 말이 그것이다. 문제는 이 근기를 파악하기 위해서는 뿌리를 눈으로 봐야 하는데, 이게 어렵다는 점이다. 뿌리는 땅속에 묻혀 있어서 보이지 않는다. 삽으로 땅을 파보아야 뿌리의 형태가 보인다.

절을 지을 때 산신각을 가장 먼저 짓는 이유

한국 사람의 종교·신앙적 뿌리는 무엇인가? 이걸 이야기하기 위해서 정신의 고고학까지 들먹이게 되었다. 결론을 이야기하면 산신령(山神靈) 신앙이다. 한국인의 고유 신앙은 산신령교다. 대략 1만 년의 뿌리를 가지고 있다.

산신령 위에다 시루떡을 쌓았다. 불교가 들어왔
고, 유교가 들어왔고, 기독교가 들어왔다. 불교는
들어오면서 기존의 잡다한 토속 신앙을 전부 몰아
내버렸다. 몰아내는 와중에서 유일하게 살려둔 것
이 산신령이다. 절의 한쪽에다가 조그마하게 산신
각을 만들어놓았다. 흥미로운 점은 보통 부처님 모
셔놓은 대웅전 법당 위에다가 산신각을 두었다는
점이다. 건물의 이름에 붙는 전각(殿閣)에서 위계를
보면 '전(殿)'이 더 높다. 그다음이 '각(閣)'이다. 대
웅전, 관음전, 문수전, 미륵전 등 불교 신격의 건물
명칭에는 '전'이 붙지만, 산신령은 '각' 자를 붙여서
산신각이다. 토착 신앙인 산신 신앙의 뿌리가 원체
깊어서 완전히 쫓아낼 수는 없고 절 한쪽에 셋방
살이를 들이도록 했던 것이다.

그러나 주의 깊게 보아야 할 대목은 셋방살이의
위치가 법당의 터보다도 더 높은 곳에 자리 잡고
있다는 점이다. 셋방살이니까 문간 쪽에 자리 잡아
야 할 것 아닌가? 그러나 대개 산신각은 법당 뒤로
계단을 올라가서 커다란 바위 밑에 있다. 산신각에
서 보면 다른 법당 건물들이 아래로 보인다. 이건
무엇을 의미하는가? 산신령의 비중을 의미한다. 절

조용헌의 봄여름가을겨울

충남 천안 성불사의 산령각.
사찰에 귀속된 산신각은 대체로 절 전체를 조망할 수 있는 가장 높은 곳에 위치한다.

에서 건물을 짓는 불사를 할 때 산신각을 가장 먼저 짓는 것이 순서다.

왜 대웅전부터 짓지 않고 산신각을 먼저 짓느냐고 물어본 적이 있다. 30년 전쯤 불사를 지휘하던 80대 노장 스님께 내가 했던 질문이다.

"산신이 자기 건물을 먼저 짓지 않으면 굉장히 기분 나빠 하지. 산신이 삐딱하게 틀어버리면 절의 불사(佛事)가 안 돼요. 산신이 먼저 결재를 해야 절을 짓는 공사가 순조롭게 이어지고, 절을 지어놓아도 절이 잘돼요. 그러려면 산신각을 제일 높은 지점에 짓고, 다른 건물보다도 먼저 지어놓아야지. 불사는 산신각부터 시작하는 거여."

당시 이 말을 듣고 나는 상당히 놀랐다. 불교 속에 감추어져 있는 산신의 파워를 확인한 순간이라고나 할까. 겉으로는 별 볼일 없는 건물에 모셔져 있는 것 같지만, 내부적으로는 산신 파워가 강하게 작동하고 있었던 것이다.

불교와 유교에서 산신이 차지하는 위치

산신각을 새로 신축할 때도 타이밍이 비상하다. 십이지 가운데 호랑이 해에 맞춰서 짓는 경우가 많다. 기왕이면 다홍치마다. 호랑이는 산신을 상징하는 동물이기도 하다. 그러니까 호랑이해에 건물을 짓는 게 격에 맞는다고 본다. 그리고 짓는 달도 음력 정월인 인(寅)월이다. 인(寅)은 호랑이다. 그리고 공사 첫 삽을 뜨는 날짜도 육십갑자 중에서 인일(寅日)에 잡고,

공사 시작하는 시간도 새벽 5시 반쯤인 인시(寅時)에 잡는 모습을 보았다. 연월일시를 모두 인(寅)에 맞춘다. 호랑이 시간대에 맞추는 셈이다.

주술적 파워를 증강시키는 방법 가운데 하나가 바로 이러한 방식이다. 터의 좌향(坐向)도 인좌(寅坐)에 놓는다. 인좌는 풍수 패철상으로 놓고 보면 정남쪽에서 서쪽으로 기울어진 방향이다. 남서향을 가리킨다. 그 터의 풍수적인 물형도 복호혈(伏虎穴)이면 더욱 좋을 것이다. 호랑이가 엎드려 있는 터의 앞발에 해당하는 지점에 산신각 터를 잡고, 그 좌향도 인좌이고 인년, 인월, 인일, 인시에 공사를 착공함으로써 천·지·인 삼재를 일렬로 맞추는 셈이다.

불교는 그렇다 치고 유교에서 산신은 어떤 위치를 차지하는가? 유교의 핵심 의례는 제사다. 제사와 산소, 이것이 양대 축이다. 조상의 묘에 가서 제물을 차려놓고 인사를 드리는 게 유교가 지닌 특성이다. 그런데 묫자리 위쪽에는 보통 조그만 반석이나 넓적한 돌이 있다. 여기에 약간의 제물을 떼어다가 놓는다. 조상에게 인사드리는 제물이 주 종목이지만 부차적으로 약간의 제물을 따로 마련해서 이 돌 위에 놓는 것이다. 이 돌 위의 제물은 산신령 몫이다. 산신에게도 인사를 드려야 한다고 여긴 셈이다. 암암리에 산신을 인정하고 산신의 파워에 순응한다는 징표다.

명당의 기운을 관장하는 주신은 산신이다. 이 산신에게 인사를 잘 드려야만 조상 묫자리에도 좋은 기운이 들어온다고 믿었다. 조상 묫자리가 좋아야 그 혜택이 후손들에게도 미친다. 유교의 핵심 의례가 풍수지리에 바탕을 둔 묫자리 점지다. 죽은 자의 묘를 음택(陰宅)이라고 불렀다. 죽은 자의 집이다. 집은 양택만 있는 것이 아니었다. 죽은 자의 집에서 나오는 기운이 산 자의 출세에도 영향을 미친다고 보는 것이 조선 시대 유교의 못자리관(觀)이었다. 이 비중 있는 못자리관에 영향을 미치는 요소가 바로 산신이었던 것이다.

못자리를 잡는 지관들이 숭배하는 신격도 역시 산신이다. 영험한 명당터를 잡을 때는 마른 명태와 술을 들고 가서 그 자리에서 반드시 간단한 제사를 지낸다. 이를 치표(置標)라고 한다. 치표할 때 지관들이 드리는 인사의 대상은 산신이다. 산신이 허락을 해야만 명당을 쓸 수 있다고 믿었다.

묘를 이장할 때 공(空)달(윤달)에 하는 풍습이 있다. '공달'은 왜 공(空)자가 들어가는가? 공달에는 산의 산신령이 다른 데로 출장을 간다. 옥황상제에게 인사드리기 위하여 자리를 비우는 달이다. 산신령이 출장 갔을 때 묘를 쓰면 부작용이 없다고 본다. 산신령이 주재하고 있으면 결재를 받아야 하는 까다로운 과정이 기다리고 있다.

산신이 된 사람들

:

우리나라 상고사를 보면 단군이 죽어서 산신이 되었다고 나온다. 단군이 '당골(주로 호남 지역의 세습 무당과 그 신도 집단)'로 변했다고도 한다. 애국자도 죽어서 산신이 된다고 믿었다. 이 나라 국토에 대한 지극한 사랑과 애착이 있는 임금과 대감이 죽으면 산신이 되었다. 고려 최영 장군도 산신이 되었고, 전북의 운장산에는 송구봉이 산신이 되어 있고, 충남 서대산에는 송시열이 산신이 되어 있다고 한다. 계룡산 등운암의 산신각에는 여자 산신이 그려져 있다. 그 여자 산신 밑에 갓을 쓴 유생이 손가락만 하게 그려져 있다. 여자 산신 밑에서 갓을 쓴 유생이 공손하게 경배하는 모습이다.

사찰의 산신각에 가면 대개 수염이 하얀 할아버지가 호랑이 옆에 있는 모습이 그려져 있다. 그런데 그 모습이 큰 틀은 같으면서도 부분적으로는 산신각마다 모두 다르다. 이 산신도를 그린 화공들은 자기 생각대로 대강 그린 게 아니다. 목욕재계하고 그린 산신도들이다. 그 절에서 기도를 열심히 하면 꿈에 산신령이 나타난다. 그들이 그린 산신도는 꿈에 나타난 산신령의 모습을 보고 그린 그림들이라고 보아야 한다. 꿈에 나타나지 않았는데도 화공이 임의대로 산신도를 그려버리면 그런 산신각은 효험이 없다. 꿈이 약간씩 차이가 있으므로 산신령의 모양과 포즈 그리고 호랑이 모습도 약간씩 다르다. 산신도를 그리는 화공들도 보통 사람들이 아니었던 것이다.

내가 근래에 본 산신각 가운데 가장 인상 깊었던 곳은 고치령 정상에 아담하게 홀로 서 있는 산령각(山靈閣)이었다. 고치령은 강원도 영월과 경북 영주 사이에 있는 고개다. 조선은 산길을 타고 고갯길을 넘어 다녀야만 하는 나라였다. 고치령은 수많은 고갯길 가운데 터널이 뚫리지 않아 아직도 남아 있다. 조금 왼쪽으로 더 가면 또 하나의 고개인 마구령(810미터)도 있다.

고치령은 해발 760미터. 태백산과 소백산을 연결하는 중간 지점의 고

고치령 고갯길의 정상 부근에 자리 잡은 산신각.
사찰에 예속되지 않고 독립적으로 유지되고 있는 보기 드문 산신각이다.

조용헌의 봄여름가을겨울

개다. 이 고개 정상에 산신각(산령각)이 독립적으로 자리 잡고 있었다. 불교 사찰에 끝까지 흡수되지도 않고 원래 그 신격을 그대로 유지하고 있다는 점이 감동적이었다. 건물 크기는 한 칸 집 정도나 될까. 산신각 안에는 소백산 산신과 태백산 산신을 같이 모셔놓았다. 양백지간(兩白之間)의 산신인 셈이다. 굴러온 돌이 박힌 돌을 뽑는 형세인 한반도에서 원래 자기 모습 그대로 원형을 유지한다는 것은 얼마나 어려운 일인가. 간난신고(艱難辛苦)의 길이었다. 그 천대를 받고 멸시와 풍파를 겪으면서도 자기 정체성을 유지한 모습을 보니 뭉클한 감정이 올라왔다. 아마도 양백지간의 고치령고개를 넘나들었던 보따리장수, 약초꾼들, 송이버섯 캐서 팔던 화전민들, 떠돌이 산적들이 숭배했던 산신령이었을 것이다. 고치령의 고갯길 정상에 자리 잡고 있다는 점이 인상적이었다.

산신각이 아직까지 없어지지 않고 남아 있다는 것은 그만큼 민초들 사이에서 영험이 있다고 소문났기 때문이리라. 무거운 짐을 메고 이 높은 고갯길을 넘나들었던 수많은 조선의 민초들, 우리 조상들은 이 고개 정상에 오면 한숨 돌리면서 여기에 정좌하고 있는 산신령에게 자기 인생의 애로사항도 호소하고, 탈 없이 고갯길 넘어가게 해달라고 빌었을 것이다.

봄 여름

가을

겨울

곡식은
무르익는데
잎은
떠날 채비를 하네

이성계가 왕의 '금척'을 받은 곳

전북 마이산
금당사

전북의 진안고원. 해발 300~400미터 높이에 있다. 고원이니까 시원하다. 그래서 인삼이 잘 자란다. 일교차가 큰 곳에서 농작물의 약효가 발생한다. 이런 고원 지대는 도 닦기에도 좋다. 여름에 시원하기 때문이다.

이 진안고원에 높이 솟은 산이 마이산(馬耳山)이다. 바위 봉우리 두 개가 흡사 말 귀 같은 형상으로 뾰쪽 솟았다고 해서 붙여진 이름이다. 거대한 암봉 두 개가 나란히 솟아 있는 모습은 다른 곳에서는 볼 수 없는 매우 이채로운 모습이다. 암마이봉과 수마이봉이다. 높이도 거의 같다. 바위가 있는 곳에 지령(地靈)이 있고, 지령이 있는 곳에 수도 도량이 있고 도인이 나온다.

유럽을 여행하다가도 만약 마이산처럼 바위 봉우리가 나란히 우뚝 솟

조용헌의 봄여름가을겨울

은 곳이 있으면 이런 곳에는 틀림없이 유명한 수도원이 있거나 기독교 이전의 고대 신전 터가 있다. 이집트나 이스라엘 일대의 산들도 바위산이 많은데, 바위산이면서 물이 나오면 대개 초기 기독교의 교부(敎父)들이 수행하던 곳이라고 보면 된다.

『열반경』의 대가 보덕 화상의 망명
:

마이산의 암마이봉에서 맥이 내려와 봉황의 머리와 같이 생긴 봉두산으로 갔다가, 이 봉두산에서 다시 내려온 맥이 뭉친 지점에 금당사(金堂寺/金塘寺)가 자리 잡고 있다.

금당사는 오래된 절이다. 고구려에서 백제로 650년에 망명해온 보덕 화상(普德和尙, 생몰 연대 미상)이 있고, 보덕 화상의 제자 무상(無上)이 그의 제자 금취(金趣)와 함께 세운 절이니까 말이다.

보덕 화상은 고구려의 비중 있는 고승이었다. 그러나 연개소문의 도교 우대 정책과 충돌했던 모양이다. 연개소문은 고구려 영류왕을 죽이고 정권을 잡았다. 연개소문이 정권을 잡으면서 도교를 내세우자 기존의 주류 종교였던 불교는 찬밥을 먹어야 했던 모양이다.

연개소문은 강화도 출신으로 무술에 뛰어난 고단자로 알려져 있다. 전통 무예를 연마하는 '기천문'에서는 연개소문이 기천문의 무술을 연마했던 고단자라고 이야기한다. 기천문의 고급 과정인 상박권(上膊拳)까지 도

전북 진안에 있는 마이산. 왼쪽이 수마이봉이고 오른쪽이 암마이봉이다.

달한 무공을 갖추었다는 것이다. 엎드려 있다가 튀어 오르면서 팔뚝으로 상대방의 관자놀이를 타격하는 기술이 상박권인데, 이 상박권을 한 대 맞으면 상대방은 사망하거나 기절한다고 한다.

무공의 고단자였던 연개소문은 자신의 무술 뿌리를 한민족 고유의 선가(仙家)에 두고 있었고, 선가와 비슷한 중국 도교에 호감을 보였던 듯하다. 아울러 기존 귀족 세력이 불교에 뿌리를 두고 있었으므로 새로 정권을 잡은 연개소문은 불교를 통제할 수밖에 없었을 것이다. 고구려, 백제, 신라 가운데 왕의 이름이 불교식으로 지어진 사례가 많다. 흥미롭게도 백제, 신라보다 불교식 왕명이 가장 적은 나라가 고구려다. 신라가 불교식 왕명이 가장 많다. 그다음이 백제이고, 고구려는 불교적 맥락의 이름이 적다. 이것이 시사하는 바가 있다.

하여튼 연개소문의 이러한 불교 소외 정책에 순응할 수 없었던 불교계의 고승 보덕 화상은 백제 지역, 지금의 전주 외곽 고덕산(高德山)으로 이주했다. 망명이었다. 고덕산에 있었던 보덕 화상의 거처는 비래방장(飛來方丈)이었다. '고구려에서 날아온 암자'라는 뜻이다. 날아왔다는 의미의 비래(飛來)가 붙은 이유는 보덕의 망명이 그만큼 전광석화처럼 신속하게 이루어졌다는 의미를 함축하고 있다. 현재 고덕산에 가보면 비래방장은 터만 남아 있다.

언뜻 보기에 고덕산은 한 종파의 본산을 형성할 만한 산세를 가지고 있는 산은 아니다. 깊은 골짜기와 높은 암봉을 지닌 산세가 아니다. 그런데도 보덕은 여기에 터를 잡았다. 아마도 전주와 익산이 가깝다는 위치를 고려한 것이 아닌가 싶다.

보덕 사후에 고구려가 망하고 고구려 유민들이 세운 임시 망명 정부가 익산의 금마에 세워졌다. 이름은 보덕국이었다. 고구려 유민들이 세운 망명 국가 이름을 '보덕국'이라고 지은 것도 고덕산에 비래방장을 세웠던 보덕 화상과 관련이 있다. 보덕은 고구려 멸망 이후의 상황을 미리 내다보고 이 고덕산에다 비래방장을 옮겨왔던 것일까? 급하니까 임시로 머무를 만한 터로 옮겨오지 않았나 싶다.

그런데 보덕 화상은 '열반 사상'의 대가였다. 대승 경전 중에『열반경(涅槃經)』이 있다. 부처님이 돌아가실 무렵에 설법한 내용을 정리한 책이『열반경』이라고 한다. 요지는 일체 중생이 모두 불성을 지니고 있다는 것이다. 일체중생실유불성(一切衆生悉有佛性)이라고 한다. 이 부분이 대승 불교 특유의 사상이다. 평등사상이다. 고대 신분제 사회에서 노예 계급, 천민들에게도 불성이 있다는 이야기 아닌가. 이건 파격적인 생각이다.

원효와 의상으로 이어진 '열반방등경'

:

『열반경』의 평등사상이 원효에게 계승된 것이 아닌가 싶다. 왜냐하면 원효의 저술 중에 중요한 부분을 차지하는『열반종요(涅槃宗要)』가 있기 때문이다. 모든 사람이 가지고 있는 불성을 여섯 가지 측면에서 논의하고 있다.

원효가 『열반종요』를 저술할 수 있었던 사상적 바탕은 보덕 화상에게서 배웠다고 본다. 선생도 없이 갑자기 하늘에서 뚝 떨어지는 사상은 없다. 연반종의 대가인 보덕 화상이 백제로 망명해왔을 때 원효가 여기로 와서 공부를 했을 가능성이 높다. 고려 시대 대각 국사 의천은 원효와 의상이 보덕 화상에게서 『열반방등경』을 전수받았다고 했다. 의천 정도 되는 인물이 이러한 이야기를 근거 없이 하지는 않았을 것이다. 최치원도 보덕의 전기를 남겼다. 보덕이 당대와 그 이후 수백 년 동안 대단한 사상가요, 고승으로 인구에 회자되었다는 증거다. 원효가 말년에 '무애가(無碍歌)'를 부르면서 시장바닥을 돌며 민초들에게 불법을 이야기하고 다닌 것은 『열반경』의 '빈부귀천 없이 모든 사람에게 불성이 있다'는 평등사상이 밑바탕에 깔려 있어서 가능했다고 보아야 한다.

백제로 망명하여 '열반경' 사상을 전파했던 보덕 화상 문파는 이후로 어떻게 되었는가. 보덕 이후로 그 제자들이 여기저기에 사찰을 짓는다. 대표적인 것이 계룡산 신원사. 계룡산에서 바위 맥이 가장 세게 내려간 곳이 남쪽으로 간 지맥이고 여기에 신원사가 자리 잡고 있다. 문경의 대승사도 보덕의 제자가 세운 절이다. 모악산의 대원사도 역시 마찬가지다.

마이산의 금당사는 보덕 화상 이후로 열반종의 중심 사찰로 기능한 것 같다. 우선 산세가 범상치 않다. 마이산의 정기가 뭉친 지점에 자리 잡았다. 비래방장이 있었던 고덕산이 육산이고 산의 규모가 좀 작은 편인데 금당사가 자리 잡은 터는 사방이 바위 봉우리로 둘러싸여 있다.

절이 바위 봉우리로 둘러싸여 있으면 사방에서 기가 전해진다. 마치 압

금당사 경내 모습

럭밥솥에서 찌는 것 같다. 그러나 이런 사방 바위 터는 주변 봉우리가 너무 높지 않아야 한다. 높으면 답답하다. 절을 누른다. 마치 감옥에 들어와 있는 것 같은 느낌을 주기 때문이다. 그런데 금당사 터는 답답한 느낌이 들 정도로 암봉들이 절을 누르지는 않는다. 적당하게 둘러싸면서도 압박감은 들지 않는 터에다 절을 잡았다. 고단자의 택지법(擇地法)이라 아니 할 수 없다. 이렇게 사방이 바위 봉우리로 둘러싸인 곳은 대개 수행 터로서 일급이다. 그러니까 보덕 이후로 열반종의 본찰로 기능했던 것이 아닌가 싶다.

　　　　　　　　　　　조용헌의 봄여름가을겨울

바위 옆에는 연못이 있어야

:

금당사 법당에서 바라다보면 전방 500미터 앞의 바위 봉우리 중간에 고금당이 있다. 고금당은 바위굴이 중심이다. 보통 나옹굴이라고 한다. 고려 나옹 대사(懶翁大師, 1320~1376)가 이 굴에서 수행했다. 나옹 대사의 「토굴가」는 이 나옹굴에서 수행한 뒤에 나온 오도송(도를 깨닫고 지은 선시)이기도 하다. 나옹굴은 바위 절벽 7부 능선쯤에 있는 자연 동굴이다. 아마도 이 바위 동굴에서 먼저 도인들이 수행을 하다가 차츰 추종자가 생기고 제자들이 왕래를 하게 되니까 그 밑에 위치한 평평한 지점에 금당사를 세웠을 것이다. 금당사가 본찰이라면 나옹굴(현재 고금당)은 조실 스님이 머무르는 곳이 되거나, 아니면 혼자서 수행을 세게 밀어붙일 때 머무르던 특별한 수행 터로 역할을 했을 것이다.

왜 절 이름을 금당(金堂)이라 했을까? 오행에서 서쪽은 금(金)의 방향에 해당한다. 동쪽은 목(木)이다. 금당사는 서향이다. 서쪽을 바라다보고 있으니까 아미타 도량이다. 불교에서는 서쪽에 극락이 있다고 믿는다. 그래서 본당 건물 이름이 극락보전(極樂寶殿)이다. 서향으로 되어 있는 불교 법당에는 극락보전이라는 이름을 붙인다. 금당사는 서향으로 되어 있어서 절 이름을 금당사라고 했던 것이 아닐까 짐작해본다.

어떤 문헌에서는 당(塘)이라고 나온다. '塘'은 작은 연못을 가리킨다. 절 마당의 미륵전 앞에는 조그마한 연못이 있다. 바위 틈새로 흘러나온 물이 고여서 된 연못이다. 여름에는 연잎이 가득 차 있다. 금당(金塘)이라는 이

금당사 경내의 연못

름은 이 연못으로 인해서 붙여진 이름 같다.

그 터에 바위가 많으면 반드시 물이 있어야 한다. 바위는 불이다. 불만 있으면 너무 건조하다. 물기가 있어야 촉촉함이 있다. 그리고 금생수(金生水)의 이치가 있다. 바위는 금이다. 바위는 물을 만나면 그 기운이 좀 빠진다. 기운이 적당히 빠지고 수기가 보충되어야만 터가 오래간다. 그러려면 반드시 물이 있어야 하고, 주변에 연못이나 냇물이 감아 돌아야 한다. 금당사 경내의 이 연못은 아주 중요한 기능을 하고 있는 셈이다. 이 연못이

　　　　　　　　　　　　　조용헌의 봄여름가을겨울

있음으로써 금당사가 존재할 수 있는 것이다. 이런 의미에서 '金塘(금당)'이라고 이름 붙여도 충분히 일리가 있고, 과한 표현이 아니다. 금처럼 귀한 연못인 것이다.

오행으로 보면 마이산의 바위 봉우리 두 개를 금체(金體)로 본다. 이씨 조선(李氏 朝鮮)은 자신들을 목(木)으로 보았다. 금극목(金克木)이다. 마이산은 이씨 왕조를 친다고 여겼다. 그래서 이름을 속금산(束金山)으로 부르기도 했다. 금기를 묶어놓는다는 뜻이다.

그러나 이성계가 마이산 덕을 보았다는 점에서 아이러니하다. 고려 말기에 마이산에서 멀지 않은 남원 근처의 황산에서 왜구를 크게 물리쳤다. 그 왜구와의 전투에서 지형지물을 섬세하게 살폈으며, 그때 이 마이산에 와서 기도를 올려 꿈에 새로운 왕이 될 수 있는 금척(金尺)을 받았다고 한다. 금으로 된 잣대가 금척이다. 금척은 만물을 재고 평가할 수 있는 권력을 상징한다.

마이산은 유달리 금(金) 자가 들어가는 내력이 많은 산이다. 그 금이 많은 마이산의 중심에 금당사가 있다.

용서하기 힘든 사람이 있다면
이곳으로 가라

달마산
도솔암

　사람은 조명(照明)을 받을 때 존재감을 느낀다. 조명에도 여러 종류가 있다. 전기 불빛을 내는 스튜디오 조명도 있지만 하늘에 떠 있는 커다란 조명에 비하면 아무것도 아니다. 해와 달 그리고 별이 하늘에 떠 있는 조명이다. 시인 윤동주는 별빛의 조명을 느낄 때 시상이 떠올랐다. '별을 노래하는 마음'이다.

　나는 태양의 조명, 즉 장엄한 낙조를 볼 때마다 위로를 받는다. 보름달은 떠오르기 시작하는 단계가 장엄한 조명이라고 한다면, 태양은 수평선 너머로 사라져가는 단계에서 충만감을 준다. 낙조를 볼 때마다 위로받는 대목이 이것이다. '제대로 놀아보지도 못하고 한 세상 다 간 것 아닌가' 하는 한탄에 석양은 답변을 해준다. '아니다. 그만하면 된 것이다. 뭘 더 이상 바라느냐. 지금부터라도 붙잡지 말고 유유자적하게 살다 가면 된다'고 말이다.

우리나라에서 석양의 붉은 노을을 감상할 수 있는 장소는 여러 군데가 있다. 나의 주관적인 최고의 포인트는 전라남도 해남의 미황사(美黃寺)다. 미황사 응진전에서 저 멀리 여러 개의 섬 사이로 사라지는 낙조는 천하일 품이다. 낙조는 육지의 지평선보다는 바다의 수평선 사이로 사라지는 게 훨씬 멋지다. 바다에 노을이 비치기 때문이다. 바다도 밋밋한 바다가 아니고 섬이 여러 개 놓여 있는 게 훨씬 극적인 연출감을 준다.

섬들은 바다의 등장인물 격이다. 미황사 응진전에서 바라보는 낙조가 그렇다. 절 이름을 미황사라 한 것도 낙조가 아름답기 때문이다. 아름다울 미(美)에 누런 황(黃)이다. 여기에서 '황'은 석양의 색깔을 가리킨다고 생각한다. 석양이 아름답다는 뜻이다.

그런데 미황사 낙조보다 높은 점수를 줄 수 있는 뷰포인트가 있다. 거기가 도솔암 낙조다. 미황사는 달마산 아래에 있고 도솔암은 같은 달마산의 정상 부근에 자리 잡고 있다. 200~300미터 더 높은 곳에서 감상하는 낙조는 훨씬 웅장하다. 그래서 나는 진이 빠졌다고 느낄 때나 인생이 허하다고 느낄 때는 도솔암 낙조를 보러 간다.

공룡 갈기 같은 바위 기운이 뼛속으로

:

도솔암은 온통 바위로 이루어진 달마산 끄트머리쯤의 바위 절벽 위에

미황사에서 올려다본 달마산. 공룡의 척추를 타고 솟아난 뿔 같은 바위 능선이 이어져 있다.

조용헌의 봄여름가을겨울

걸터앉아 있는 암자다. 달마산은 정상이 489미터다. 그리 높은 산이 아니다. 그러나 산 전체가 암봉이다. 공룡의 등짝처럼 울퉁불퉁, 공룡의 갈기처럼 날카로운 바위들이 솟아 있다. 달마산의 정상 부위 능선 길이만 대강 잰다면 5킬로미터나 될까. 십 리가 조금 넘을 것 같은 크기를 가진 거대한 공룡 느낌의 산이다.

설악산에도 공룡 능선이 있지만 해남의 달마산도 공룡 능선의 느낌을 준다. 산의 골수는 바위에 있지만, 어떤 바위냐에 따라 그 기운도 각기 차이가 있다. 바위가 단단할수록 기운도 강하고 인체의 뼛속 깊이까지 침투한다. 바위가 물렁하면 기운도 물렁하다. UFC(종합 격투기 대회)의 하드펀처는 단단한 바위산에서 양성된다고나 할까.

히말라야 안나푸르나 트레킹을 가보니 히말라야 산들의 바위는 한옥의 구들장을 놓을 때 사용하는 장판돌과 비슷하게 생겼다. 기운이 강하다는 뜻이다. 히말라야 바윗돌은 상단전, 중단전, 하단전을 모두 자극한다. 미국 애리조나주 세도나에 있는 벨록이라는 산을 가보니 이쪽 산들은 모두 불그스름한 사암(砂岩)으로 되어 있다. 바위가 단단하지는 않은데, 문제는 붉은색이다. 붉은색은 철분 함량이 많다는 것을 의미한다. 전기 에너지는 철분으로 전도된다. 세도나는 철분 함량이 많은 사암이었다. 강도는 약한데 전기 에너지가 빵빵하다. 이렇게 되면 기도발이 풍부해진다.

중국의 오악(伍岳) 중에서 북악인 항산(恒山)에 가서는 조금 실망했던 기억이 난다. 왜냐하면 바위가 푸석돌이었기 때문이다. 강도마저 푸석푸석했다. 이렇게 되면 별것이 없다. 그런데도 중국의 오악 가운데 하나에 포함되었다는 점이 약간 의문이었다. 항산은 아마도 산이 차지한 위치가 군사적 요충지였기 때문에 전략·전술적인 측면에서 중요했을 것이다. 북쪽의 유목민들 공격을 막아낸다는 군사적인 의미가 강했다. 영발 자체는 크게 대수로운 산이 아니었다.

해남 달마산의 돌은 어떤 돌인가? 규암(硅岩)이다. 약간 흰빛을 띤다. 사암이 열과 압력을 받아 변성 작용을 거치면 규암이 된다고 사전에 나온다. 모래로 이루어진 사암의 표면은 거칠지만 규암은 변성 작용으로 성질이 변하여 표면이 매끈하다. 이 규암에서 유리를 뽑아낸다. 유리 성분이 들어 있다는 말이다. 용광로의 쇠를 녹이는 고로의 내화 벽돌도 규암으로 만든다고 한다.

규암은 매끌매끌하고 단단하니까 바위에 글자를 새길 수가 없다. 마애불도 새길 수 없다. 멀리서 달마산을 바라보면 곳곳에 선 바위들이 날카롭게 보인다. 창검을 든 무사처럼 보일 수도 있고, 기도발을 주는 신장으로 볼 수도 있다. 이러한 규암 바위들은 그 안에 유리 성분이 들어 있어서 그어떤 치유의 효과가 있지 않나 싶다. 유리는 투명하다. 사람의 마음을 투명하게 해주는 효과를 준다. 마음이 투명해진다는 것은 마음이 밝아진다는 의미 아닌가.

도솔암은 정유재란 때 파괴되었다고 한다. 진도 앞바다인 울둘목에서 명량해전이 벌어졌고, 여기에서 패한 일본 수군의 패잔병들이 달마산으로 올라왔다. 왜군들이 달마산으로 피신하면서 여기에 있던 도솔암에 불을 질렀다. 도솔암 터는 날카로운 바위틈에 자리 잡고 있다. 공룡의 이빨 사이에 있는 것과 같다. 그래서 절을 짓기 쉬운 터가 아니었다. 왜군들이 불을 지르고 수백 년 동안 이 터는 비어 있었다. 그 빈터는 무속인들의 기도터가 되었다. 정유재란 이후로 수많은 무속인이 이 터에 와서 굿을 하고 공을 들였다.

꿈속에 나타난 계시

:

2003년 무렵 오대산의 월정사에서 기도를 하던 법조(法照, 62) 스님이 신비한 꿈을 꾸었다. 꿈에 스님이 칡넝쿨이 엉켜 있는 절벽에서 잠복근무를 하는 군인처럼 엎드려 있는데, 절벽 밑의 호수에서 살던 시커먼 이무기가 올라와 스님의 어깨에 턱 걸치는 꿈이었다. 이 꿈을 꾸고 월정사에 있던 법조 스님은 도솔암 터에 찾아오게 되었다. 그리고 바위 절벽 사이 축대가 쌓여 있는 빈터에 법당을 짓기 시작했다. 법당을 짓고 몇 년이 지난 어느 날 새벽 예불을 끝내고 돌계단을 내려오는데, 돌계단에서 웅크리고 있던 커다란 뱀이 계단 밑의 돌 축대 사이로 사라지는 장면을 보았다. 새벽의 여명 속에서 본 그 뱀은 귀가 달려 있었다고 한다. 뱀이 귀가 달리려면 수백 년은 묵은 뱀이어야 한다.

"그렇게 귀가 달린 뱀이 있었다는 것은 무엇을 의미하는 겁니까?"

"아마도 수백 년 동안 이 돌 축대 밑에서 살던 뱀이었을 겁니다. 법당에서 예불 소리를 듣고 비로소 뱀의 허물을 벗었을 겁니다. 축생(畜生)의 과보를 벗어난 것이죠. 아마 수백 년 동안 예불 소리 듣기를 기다렸을 겁니다."

법조는 달마산 남쪽 봉우리 끄트머리에 법당을 짓고 춥고 배고프게 살았다. 전라도 불교 사찰은 배가 고프다. 경상도는 불심이 깊어서 불교 신도가 많지만 전라도는 기독교도들이 많다. 경상도 불교 신도들이 전라도 사찰까지 원정 와서 밥을 주고 간다. 전라도에는 시주할 만한 불교 신도가 드물다. 더군다나 경치는 좋지만 먹을 것은 없는 황량한 달마산 끄트머리의 신생 암자 도솔암에는 이렇다 할 신도도 없었다. 전기도 들어오지 않으니 겨울에는 얼음을 깨고 찬물에 세수를 해야만 하는 생활이었다.

기한(飢寒)에 발도심(發道心)이라 했던가! 춥고 배고파야만 도심이 생긴다고, 춥고 배고픈 상태에서 약 5년 동안 열심히 법당에 마지(摩旨, 부처에게 올리는 밥)를 올리고 기도를 하니까 어느 날 또 꿈을 꿨다. 법당 앞의 마당에 새끼를 꼬아서 만든 오방색의 줄이 쳐 있었는데, 흰색 소복을 입은 남녀가 나타나 이 오색 새끼줄을 걷어가는 꿈이었다.

"이 꿈은 어떤 의미였던 겁니까?"

"이 터가 수백 년 동안 무속인들의 터였습니다. 수백 년 동안 허공에 쌓여 있던 무속의 기운이 걷혔다는 의미인 거죠. 불교 승려인 저는 법당에 새벽 예불을 올릴 때 찬물 한 그릇을 놓고 예불을 했습니다. 오직 찬물 한 그릇이었죠. 정성스러운 마음이 중요하다는 것을 알았습니다."

강력한 조명발은 사람을 변화시킨다

:

도솔암에서 보면 법당 오른쪽으로 완도가 지척에 보인다. 암자 밑으로 가면 해남의 땅끝마을이 나타나는 형국이다. 왼쪽으로는 멀리 섬들이 여러 개 보이고 거기에 진도가 보인다. 완도는 동쪽이고 진도는 서쪽이다. 아침에는 완도 쪽에서 올라오는 일출을 볼 수 있고, 저녁에는 진도 쪽으로 저물어가는 석양을 볼 수 있는 지점이다. 달도 뜬다. 보름달은 완도 쪽에서 뜬다. 완도 쪽은 월출을 감상하고 진도 쪽은 일몰을 감상하는 구조다. 두 개의 조명을 집중적으로 받는 위치다.

월출과 일몰이라는 가장 강력한 두 개의 조명을 집중적으로 받으면 어

달마산 정산 부근의 가파른 바위 절벽에 조성한 도솔암 법당

떤 상태가 될까? 아무리 둔감한 인간일지라도 어떤 변화가 있지 않을까? 강력한 조명발은 사람을 변화시키고야 만다. 불교의 『관무량수경』에 의하면 인간은 일몰관(日沒觀)을 많이 해야 평화가 온다고 설파한다.

저녁 석양을 많이 보면 그 자체로 수행이 된다. 어떤 수행? 분노 조절 장애가 어느 정도 극복된다. 섬 사이의 바다로 떨어지는 붉은 노을을 보면서 어떻게 분노가 일겠는가. 그 노을 앞에서 붙들어 잡아야 할 것이 다 부질없다는 것을 느끼고야 말 것이다. 그 붉은 노을 앞에서 용서 못할 인간

조용헌의 봄여름가을겨울

도솔암에서 내려다본 풍경. 저녁 무렵에는 달이 뜨고 해가 지는 풍경을 동시에 감상할 수 있다.

이 어디에 있겠는가. 눈부신 태양도 결국은 저 바다 밑으로 사라져가는 것 아닌가. 인간사에 영원한 것이 어디에 있는가. 저녁 석양의 장엄함은 인간을 치유해준다. 그 포인트가 달마산 도솔암이다.

때로는 고독을 벗 삼아야 하리라

지리산의 전설이 3명 있다. 고운 최치원, 남명 조식 그리고 우천(宇天) 허만수(許萬壽, 1916~1976)다. 신라 말기의 인물인 최치원은 지리산의 신선이 되었다. 조식은 조선 4대 학파 가운데 하나인 남명학파의 수장이다. 현대의 인물인 우천 허만수는 이들에 필적할 만한 업적이나 내공을 갖고 있을까? 최치원과 남명에게 비유하는 것은 좀 과대포장 아닌가?

하지만 21세기 지리산을 좋아하고 주말에 시간을 내서 지리산을 등산하는 등산 마니아들에게는 아득한 시대의 전설인 고운이나 남명보다는 우천 허만수가 훨씬 더 실감나게 다가온다. 우리와 같은 보통 사람인데 처자식을 버리고 지리산에 들어왔다는 사실도 남다르다. 그는 지리산에서 춥고 배고프고 고독을 겪으면서도 입산(入山) 생활을 더 높은 가치로 여겼다. 지리산 입산을 위해 자신의 모든 것을 버렸기 때문이다.

보통 사람은 처자식과 회사 조직, 월급의 속박에서 벗어날 수 없다. 회사와 월급은 2센티미터 굵기의 쇠사슬보다도 더 질긴 속박이다. 그런데 우천은 이걸 떨쳐버리고 산으로 들어갔다. 바로 이 점을 지리산 마니아들은 높이 친다. 우천은 지리산에 들어와 지리산을 사랑했다. 등산로를 내고, 이정표를 만들고, 조난당한 등산객들을 구조하는 데 마음을 다했다.

대개 입산하는 사람은 팔자가 세서 들어오는 경우가 많다. 사업이 파탄 나서, 죽을병이 걸려서, 아니면 범죄를 저지르고 숨어 들어온 경우도 있다. 그러나 우천은 진주의 부잣집 아들이었다. 1916년생인 그는 10대 중반 무렵에 일본에 유학 가서 중학교를 다니고, 교토의 전문대학을 다녔다고 한다. 일제 강점기 때 일찍부터 일본 유학을 보낼 수 있는 집은 최소한 천석 이상의 재산은 있어야만 했다. 천석이면 요즘 수백억대 부자다.

이념보다 산에 빠지다
:

자료를 보니까 우천은 일본의 입명관(立命館) 중학교에 다녔다고 한다. 중학교에 다니면서 등산에 취미를 붙였던 모양이다. 일본의 명산들을 여기저기 다녀보았을 것이다. 그 시대에 다른 학생들은 좌파 사상에 경도되는 경우가 많았지만, 우천은 등산에 경도되었다는 점이 좀 다르게 보인다. 우천을 사로잡은 것은 이데올로기보다는 산이었던 것이다.

『지리산』을 쓴 소설가 이병주가 1921년생이다. 우천보다 5년 아래지만 같은 진주(하동) 출신이다. 『지리산』을 보면 이병주 세대가 겪은 이념의 갈등이 강하게 다가온다. 해방 정국에서 미군의 감시망을 피해 다니는 남로당 박헌영의 비서 박갑동, 그가 1919년생이다. 와세다 대학교를 졸업한 후 박헌영 비서를 맡아 지하 조직을 총괄하면서 그가 겪은 살벌한 고생이 『통곡의 언덕에서』라는 그의 자서전에 잘 나온다. 우천의 3년 아래다.

이 박갑동이 산청 태생이다. 산청은 진주 문화권에 속한다. 초등학교, 중학교 동창들끼리 한두 다리 건너면 서로 다 알 만한 관계다. 그러나 우천은 이러한 동시대 선후배들의 취향과는 아주 달랐던 것 같다. 우천은 광복 후 고향 진주에 돌아와 서점을 운영했다고 한다. 서점이 돈 되는 사업은 아니다. 물론 이미 결혼을 해서 부인과 딸자식이 있었다. 외견상으로 우천은 해방 정국의 좌우 갈등, 6·25 전쟁이라는 살육을 피해 간 것으로 보인다. 그 시대 일본 유학 인텔리라면 여기에 한두 코씩 걸려 곤욕을 치렀을 판인데, 우천은 별다른 큰 액운은 없지 않았나 싶다. 아니면 산을 좋아했던 도가적(道家的) 취향의 우천은 당시의 이념 갈등과 서로 죽고 죽이는 살육의 현장을 목격하면서 인생에 대해 커다란 환멸을 느꼈는지도 모른다. '참으로 살벌한 세상이다! 이런 세상에서 오래 있다가는 개죽음이나 하겠구나! 이렇게 살기보다는 차라리 산에서 살다가 죽자'는 환멸과 다짐 아니었을까.

산을 좋아하는 도가적 취향은 우도 아니고 좌도 아닐 수가 있다. 싸움판에서 이쪽도 저쪽도 아니면 결국은 외롭다. 갈 데는 산밖에 없다! 이렇게 해서 지리산에 입산한 것 같다. 그때가 우천의 나이 40세 무렵인 1956년이 아닌가 싶다. 1976년 6월 지리산 어느 골짜기에서 죽을 때까지 20년 동안 산 생활이 계속되었다.

우천의 지리산 움막집은 세석평전에 있었다. 해발 1,500미터. 1862년 일어난 진주 민란의 연루자 일부가 추적을 피해 세석평전으로 숨어들어 살았던 적이 있다. 땅이 평평하고 물이 많아서 비교적 사람이 살 만하다. 조선 시대의 기록들을 보면 매를 잡아서 관청에 바치는 매사냥꾼들이 움막집을 짓고 살았다는 기록도 보인다.

자유의 대가는 고독
:

우천도 이 세석평전에서 움막집을 짓고 살았다. 1960년대 초반 조선대학교 약대생이 우천의 집을 찍은 사진이 있다. 사진을 보면 움막집이다. 지붕은 억새로 엮은 것 같기도 하다. 지리산 토박이들 이야기를 들어보면 산죽(山竹)으로도 지붕을 많이 엮었다고 한다. 지리산 산죽은 키가 유달리 커서 2~3미터 되는 게 많았다. 지붕을 엮기에 안성맞춤이다. 산죽과 억새를 서로 섞어서 지붕을 이었을 수도 있다. 벽은 통나무를 대고 중간 틈새에 흙을 바른 형태로 불을 때는 구들을 깔았을 것이다. 여기에서 밤이 되면 산봉우리 위로 떠오른 보름달을 감상했을 것이다. 멀리 섬진강에서 피어오르는 흰색의 허리띠 같은 모습의 물안개도 가만히 지켜보았을 것이다. 비가 온 후에 중산리 골짜기에서 올라오는 운무도 아주 장관이라고 여겼을 것이다.

그는 아무도 없는 산속의 움막집에서 배를 곯고 누워서 무슨 생각을 했을까? 진주에 두고 온 아내와 딸들 생각이 나지 않았을까? 친구들과 막 걸리집 파전 먹던 생각도 나지 않았을까? '왜 나는 이런 산속에 이렇게 혼자 누워 있는 걸까? 이게 팔자란 말인가? 아니다. 그래도 나는 이 밤에 골짜기를 진동하는 소쩍새 소리가 좋다. 아궁이에 불 때놓고 피어오르는 장작 타는 냄새와 윗목에 따다 놓은 산과일들 맛이 좋다.' 이런 생각들을 하지 않았을까. '삼시세끼 밥 먹고 산다고 서로 물어뜯고, 고발하고, 고생하다 보면 한세상 다 흘러가는데, 나는 이렇게 구름 속에서 새소리 듣고 있으니 이 또한 신선 팔자 아닌가!' 이런 생각도 했을 법하다.

동양의 제자백가 가운데 개인의 생활, 개인의 자유를 가장 중시하는 노선이 바로 도가다. 도가는 그 대신 대가를 치러야 한다. 첫째는 고독이다. 혼자 있는 생활. 이걸 감내하고 즐겁게 여겨야 한다. 인간들이 모여 있을 때 필연적으로 발생하기 마련인 소음과 다툼을 경멸해야 한다. 둘째는 배고픔이다. 산에서 나는 약초나 풀, 열매를 따먹어야 한다. 가끔 지나가는 등산객들이 남겨준 음식을 먹기도 했을 것이다.

이제는 우천 허만수의 움막집은 사라지고 터만 남아 있다. 그 집터 뒤에는 평평한 마당바위에 돌무더기가 쌓여 있다. 지리산 민초들의 기도터다. 마당바위에 쌓아놓은 입석들이 우천의 자취를 전해주고 있다. 우천도 아마 이 집 뒤의 마당바위에서 아침저녁으로 기도를 드리지 않았을까.

조용헌의 봄여름가을겨울

허만수의 집터 부근에 있는 기도터. 지리산에는 허만수가 조성한 기도터가 여러 군데 있다.
이곳 역시 그런 장소 중 하나인 것으로 추정된다.

패배한 자의 산,
그러나 목숨을 살리는 산

서양 중세 시대 전쟁 영화를 자주 보는데, 압권은 공성전이다. 예를 들어 성안에는 5,000명의 수비 병력밖에 없는데 성 밖에선 적군 5만 명이 포위하고 있다. 절대적으로 불리한 상황에서 어떻게 할 것인가. 마지막에는 성을 탈출해야 한다. 지하로 땅굴이 파여 있어서 성 밖으로 아무도 모르게 피신할 수 있는가. 나는 공성전 영화를 볼 때마다 최후의 피신처, 즉 적군이 눈치 채지 못하게 탈출할 수 있는 지하 통로가 있는가 여부를 아주 눈여겨본다. 인생도 마찬가지이기 때문이다. 포위된 인생이 어떻게 탈출할 수 있는가? 삼십육계를 생각해놓아야 한다. 탈출 못하면 죽는 수밖에 없다. 중국 현대사에서 마오쩌둥의 홍군은 대장정이라는 삼십육계를 놓았다. 국토가 넓으니까 도망갈 수 있는 공간이 있었던 것이다. 『초한지』

의 장량은 장가계로 튀었다. 엄청난 오지였던 장가계를 평소에 생각해놓 았기 때문에 장량은 결정적인 순간에 탈출이 가능했다.

서부 영화를 보면 은행을 털어서 목돈을 손에 넣은 총잡이들이 도망가 는 곳이 있다. 텍사스나 멕시코다. 주인공이 죽지 않고 살아남아야 대하소 설이 완성된다. 조금 도망가다가 죽어버리면 소설이 끊긴다. 10권짜리 대 하소설의 가능 여부는 주인공이 죽지 않고 도망갈 수 있는 공간이 있느냐 없느냐에 달렸다. 한국은 국토가 좁아서 도망갈 곳이 크게 많지는 않았지 만 그렇다고 전혀 없었던 것은 아니다. 역사적으로 보면 지리산이 그 도피 처 역할을 했다. 요즘 지리산을 심도 있게 조사해보니까 지리산은 도망자 의 산이었다는 생각이 든다. 문학적 상상력을 가동해보면 지리산은 패자 (敗者)의 산이었다. 승자가 머무는 산은 아니었다. 패자는 도망가야 한다. 숨어야 한다. 숨을 수 있는 지형을 갖춘 곳이 그나마 지리산이었다. 보통 산의 열 배는 크기 때문이다.

빨치산들의 마지막 은신처

:

지리산이 도망자의 산이고 패자의 산이었기 때문에 이야기가 많을 수 있다. 승자의 이야기는 공식적인 역사가 되지만 패자의 이야기는 달빛에 물들어 소설이 될 수밖에 없다. 그런 의미에서 지리산은 소설가를 위한 산으로서는 최적의 산이다. 추적자들에게 쫓기는 자를 숨겨주고 목숨을 연명하게 해주는 산이 최고의 영지(靈地)이기도 하다. 목숨 부지만큼 큰 게 어디 있는가. 그런 의미에서 지리산 전체가 영지에 해당한다고 해도 과언이 아니다.

지리산으로 피신해왔던 도피자, 은둔자, 패배자들이 선호했던 은신처는 각기 시대별로 다르다. 삼국 시대, 고려 시대, 조선 시대 그리고 근세의 의병 활동과 빨치산의 은신처가 약간 다르다. 세상을 피해서 숨을 수 있는 지리산의 은신처를 상징하는 개념이 청학동(靑鶴洞)이다. 청학동에 가면 산다고 믿었다. 이 청학동이 시대별로 상황별로 각기 달랐다는 이야기다.

청학동이 한 군데는 아니었던 것으로 보인다. 아마 여러 군데였을 것이다. 가야, 신라, 백제가 대립했던 삼국 시대의 청학동은 내가 보기에 세석평전인 것 같다. 고려 때는 지금 하동의 악양이 청학동이었고, 조선 시대는 쌍계사 뒷길로 올라가면 나타나는 불일평전과 불일폭포 일대가 유생들이 찍었던 청학동이었다. 1894년의 동학군과 1907년의 조선 의병들이 마지막으로 숨었던 요새이자 아지트는 함양군 마천면 칠선계곡과 박회성 일대. 박회성은 가야 시대부터 주목했던 요새 지형이었다. 1907년의 의병들도 일본 헌병대의 공격을 방어할 수 있는 요새로 꼽았던 지형이다. 빨치산의 원조인 하준수, 즉 남도부가 광복되기 이전부터 은신해 있었던 장소 역시 이 박회성 근방이었다. 빨치산의 대장 이현상이 죽기 전까지 숨어 있었던 곳은 빗점골이다. 바로 하동 의신사 일대에 해당하는 지역이다.

조용헌의 봄여름가을겨울

지리산의 세 권역

:

내가 보기에는 삼국 시대의 청학동은 세석평전이다. 세석평전이 왜 청학동이란 말인가? 세석평전은 우선 해발이 1,500미터급이다. 이건 만만한 높이가 아니다. 지리산이 수목과 계곡 그리고 험난한 경사 지역으로 둘러싸인 산이라는 점을 감안하면 1,500미터의 높이는 쉽게 접근하기 어려운 요새 지형이다.

세석의 첫 번째 이점은 군사 공격으로부터 방어가 유리하다는 점을 꼽고 싶다. 높이가 주는 이점이다. 가야 시대부터 군사 방어 시설로 사용된 흔적이 있다. 지리산은 가야의 산이었기 때문이다.

지리산은 가야국의 중심 산이었다. 인도의 산스크리트어로 '꿋꿋따 빠따 기리'가 계족산(鷄足山)이라고 한다. '꿋꿋따'는 닭이고, '빠따'는 다리이고, '기리'는 산(山)이라는 뜻이다. 산스크리트어의 '기리'가 한반도에 들어와 입에서 발음하다 보니까 '지리'가 된 것 같다. '지리'를 군이 한국 사람 발음대로 표기하면서 '智異(지이)'가 된 것이다. 한자 '智異'를 풀다 보면 '지혜가 특별하다'이고, 이걸 다시 불교적 맥락에서 해석하면 지혜가 수승한 '문수보살의 도량'이 된다. 지리산이라는 이름은 인도 불교를 직수입했던 가야 불교의 유산이라는 이야기가 된다. 그러니까 지리산 곳곳의 최초 작명의 장본인은 가야국이라고 추측할 수 있다. 가야라는 밑그림을 깔고 지리산을 보아야 한다는 말이기도 하다.

지리산 치밭목 산장에서 밤에는 빨치산·토벌대 귀신들과 씨름하고 낮

세석평전. 해발 1,500미터에 위치한 넓은 구릉 지대다.
고도가 높은 곳에 이처럼 평평한 지형이 있다는 사실이 지리산의 커다란 규모를 가늠하게 한다.

에는 등산객들을 수발하면서 30년을 머물렀던 민병태 선생은 현재 지리산의 수많은 샛길과 골짜기 통로, 역사, 생태를 가장 잘 알고 있는 인물이다. 민병태 선생의 지론에 의하면 지리산은 세 구역으로 나눠볼 수 있다.

하나는 반야봉 라인이다. 이쪽은 불교권이고 반야(지혜)를 강조하는 불교적 색깔이 가장 농후한 구역이다. 화엄사, 문수사(현재는 폐사), 연곡사, 칠불사 라인이라 할 수 있다. 또 하나는 천왕봉 라인이다. 여기는 유교권과 국가 권력의 영역이다. 조선 시대 남명학파의 공간이기도 했다. 마지막으로 세석과 영신대 영역이다. 이쪽은 가야 불교의 영역이라는 것이다.

화엄사, 연곡사가 속해 있는 반야봉 라인은 기운이 거칠고 강하다. 아

조용헌의 봄여름가을겨울

주 센 기운이 도는 라인이고, 세석과 영신대를 포함한 가야 불교 라인은 반야봉과는 또 다른 기운을 뿜는다. 강하면서도 그 기운이 섬세하여 뼛속까지 지기가 들어오는 라인이 영신대 라인이라는 것이다. 반야봉 기운이 가장 강하게 드러나는 화엄사의 승려들이 역대로 주먹이 세고 무술이 강했으며, 영신대는 영발(靈發)로 명성을 휘날렸다. 기운이 주먹으로 가느냐, 영발로 가느냐의 차이가 있다고 한다면 지나치게 단순화한 주장이 될까? 이는 땅 기운상으로 볼 때 그렇다는 것이지, 전개된 역사에 의해 따로 구역이 나뉜다는 주장은 아니다.

지리산은 가야의 산이었다
:

칠불사가 가야 김수로왕의 일곱 왕자가 성불했다고 해서 붙여진 이름이라는 것을 감안하면 가야 초기부터 지리산은 가야 왕실과 귀족층들이 들락날락했던 산임을 짐작할 수 있다. 함양 마천의 추성(樞城)과 대궐터(박회성)를 가야 마지막 왕인 구형왕 대에 쌓았다는 설이 있다는 점도 '지리산은 가야의 산이었다'는 주장을 뒷받침한다. 추(樞) 자는 북두칠성의 제일 첫 번째 별을 가리킨다. 북두칠성은 매일 밤 회전하며 시곗바늘 역할을 한다. 칠성이 회전할 때 국자 주둥이의 첫 번째 별인 추성은 돌지 않고 가만히 있다. 원을 그릴 때 가운데 꼭짓점이다. 이는 제왕을 가리킨다. 추성을 쌓고 박회성이라는 피란성을 쌓았던 가야의 구형왕 정권은 구형왕을 추성(樞星)으로 생각했다. '樞'는 돌쩌귀 추 자이기도 하다. 문의 경첩 부위다. 가톨릭 추기경의 추도 같은 글자를 쓴다. 가야 일곱 왕자의 칠불사 그리고 함양 마천의 추성이 있었다면 산청 지역의 세석도 가야 망명 정권의 활동 영역일 가능성이 충분하다.

세석평전은 지리산으로 피란했던 피란 정권 또는 망명 정권의 주둔지였다고 생각된다. 1,500미터라는 높이가 우선 그렇고, 넓은 평전(平田)이라는 점이 또한 그러하다. 세석을 우리말로는 '잔돌밭'이라고 불렀다. 세석평전은 큰 돌이 아닌 잔돌이 많은 평평한 지역이라는 뜻이다. 최소한의 농사가 가능한 지형이기도 하다. 평평하니까. 거기에다가 물이 많다. 작물이 자라려면 물이 있어야 하는데 세석은 이곳저곳 다녀보면 물이 질척질척한 땅이다. 여름에는 충분히 여러 작물이 자랄 수 있는 조건에 해당한다. 고도가 높아서 논농사는 어렵겠지만 먹을 수 있는 몇 가지 작물은 농사가 가능한 기후가 아닌가 싶다.

영발이 발생하는 지점

:

세석은 촛대봉과 영신봉 사이에 있다. 두 봉우리 모두 1,600미터를 넘는 고도다. 촛대봉에서 밑으로 약간 횡선으로 내려오면 커다란 바위가 하나 있고, 그 바위 밑에 연못이 있다. 지리산은 고지대에서 물이 나온다는 특징이 있는 산이다. 이 바위를 보통 만경대라고 부른다. 지리산의 서남쪽 방면 경치를 감상하기에 좋은 위치다. 그 바위 밑의 연못을 근자에 청학연(青鶴淵)이라고 이름 붙여서 부르고 있다. 이 연못은 그 주변에 석축을 1미터 50센티미터 높이로 쌓아서 물을 가두어놓았다. 석축이 있으니까 연못 넓이가 제법 된다. 가로가 60~70미터, 세로가 30미터쯤 될까. 원래 바위 밑에서 샘물이 용출했는데, 이 샘물을 가두기 위해 인공으로 석축을 쌓아 제법 물이 고인 연못이 된 것이다. 연못 수위는 1~2미터쯤 되어 보이지만 그 밑으로는 진흙과 뻘이 켜켜이 쌓여 있다.

민병태 선생 이야기로는 연못의 뻘을 파내서 연대 측정을 해보니 1,000년 이상으로 올라간다고 한다. 적어도 고려 시대 이전, 가야 시대부터 이 연못지는 특별하게 주목받았던 성소임을 추측하게 한다. 왜냐하면 고지대의 연못은 대단한 기도처가 되기 때문이다. 말하자면 영발이 발생하는 지점이다. 백두산의 천지, 한라산의 백록담도 산꼭대기의 연못이자 저수지라는 사실을 유념해야 한다. 고구려의 초창기 산성이었던 산동 지역의 오녀산성도 정상 부근에 연못이 있다.

산 정상 부근에 연못이 있는 지역을 종교적 성지로 여기는 한민족의 전통은 2,000년이 넘는다. 주역으로 이런 지형을 풀면 수화기제(水火旣濟)가 된다. 물은 위에 있고 아래에는 불이 있다. 머리는 시원하고 발바닥은 따뜻한 형국에도 비유된다. 산 밑은 암반이니까 여기에는 불기운이 올라온다고 본다. 풍수적으로 보면 촛대봉은 꼭대기가 울툭불툭 솟은 바위들이다. 멀리서 보면 촛불로 보인다. 촛대봉의 불기운을 식혀주는 물이 바로 이 청학연이라고 근래에 이름 붙은 연못인 것이다. 유사시에는 사람이 먹

세석평전을 내려다보고 있는 촛대봉(위)과 만경대라는 바위 아래에 고여 있는 연못인 청학연(아래)

조용헌의 봄여름가을겨울

는 식수로도 사용하고 농사짓는 물로 사용할 수도 있다. 기도를 할 때는 기도발을 모아주는 기능을 하기도 한다. 군사적·실용적·종교적 기능 3가지를 동시에 감당하는 것이 이 연못의 물이다. 우리 어머니들이 장독대에서 기도를 드릴 때 정한수를 떠놓고 했는데, 산 위의 정한수가 바로 이 연못의 물이다. 바위 위나 밑에 물이 있어야 생각의 염파(念波)를 모아주고 붙잡아놓는 기능을 한다.

이 연못 위의 바위에 올라가니 '鶴洞壬(학동임)'이라는 글자가 새겨져 있다. 여기가 청학동이라는 뜻인가? 아마도 조선 후기에 새겨진 글자 같다. 1862년 진주 민란이 발생했을 때에도 민란에 가담했다가 쫓기던 사람들이 이 세석에 들어와서 숨어 살았다. 그 팀들이 학동 연못 주위에도 거주했던 것으로 전해진다. 이 진주 민란 팀들이 새겼던 글씨일까? '壬'은 오행으로 보면 물이라는 뜻도 있다. 이 연못이 학동의 '물'이라는 의미로 새겼을까? 청학이 먹는 물 말이다. 아니면 청학동 임좌(壬坐)라는 뜻일까. '壬坐'는 풍수에서 따지는 방향이다. 정남향에서 약간 동쪽으로 기운 방향을 가리킨다.

세석에 삶을 묻은 지리산의 전설들

:

조선 중기에 지리산의 청학동을 찾기 위해 다녀간 인물 가운데 겸암(謙菴) 류운룡(柳雲龍, 1539~1601)이 있었다. 명재상 류성룡의 형이다. 류운

룡은 겉으로는 유학자였지만 내면으로는 거의 도사급이었다. 특히 풍수 도참의 전문가였다. 풍수 지관들이 애용하는 『비결록』에 '류운룡 비결'이 있을 정도다. 겸암이 지리산에 와서 남긴 기록에 청학동의 방향이 임좌병향(壬坐丙向)이라고 기록되어 있다. 아마도 악양에서 그 앞 봉우리들의 위치를 가리키는 표현으로 보인다.

조선 시대 유람기를 남긴 유학자들은 대개 성리학에 깊이 빠져 있어서 하나의 유람으로 지리산을 묘사하고 문학적인 시문에 집중했다. 그러나 겸암 정도 되는 인물은 단순한 유람객이 아니다. 도가에 심취했던 인물이고 풍수도참의 프로였다. 아마추어가 아니다. 겸암이 프로라는 사실을 아는 조선 후기의 낭인과들은 다른 사람들의 유람기보다도 겸암의 기록을 가장 중시했을 가능성이 높다. 풍수도참 선수가 남긴 기록이니까.

겸암 기록에 나오는 풍수의 방향을 가리키는 표현이 바로 '임좌병향'이다. 겸암의 임좌병향을 읽었던 어떤 후세의 인물이 학동 연못 바위에다가 '鶴洞壬(학동임)'이라는 글자를 새겼을 가능성이 높다. 이 세석이 바로 겸암이 말한 청학동이라는 의도에서다. 산 밑의 악양이 겸암이 찍은 청학동이었다면, 이 세석평전도 그에 못지않은 청학동이라는 의미에서다. 그래서 연못 이름을 근자에 청학연으로 붙인 것으로 보인다. 그러나 따지고 보면 진주 민란의 피란민 이전으로 훨씬 거슬러 올라가서 가야 시대부터 세석은 목숨을 부지하는 요충지, 즉 군사적 요새로서의 청학동으로 기능했던 것으로 보고 싶다.

앞서 밝혔듯, 현대에 청학동에 들어와 자기 생을 마감했던 인물이 바로 우천 허만수다. 지리산의 전설이다. 허만수는 진주 부잣집 아들로 일제 강점기 때 일본 유학도 갔다 온 인텔리였고 부르주아였다. 시대와 불화했고 삶의 의미를 못 느낀 허만수는 40세 무렵에 지리산에 들어와 살았다. 그때가 1956년쯤이다. 빨치산의 해골들이 아직 지리산 여기저기에 굴러다니던 시절이었다. 그 허만수가 살았던 토담집이 세석에 있다. 화전민들 몇 가구가 살았던 구역에 그 역시 머물렀다. 세속을 떠나 지리산에서 도사처럼 살다가 생을 마감한 허만수의 거처가 세석에 있었다는 점도 여러 가지 생각을 하게 한다.

이곳에서 기도하면 신통력이?

설악산

계조암

불교는 바위 동굴을 좋아했다. 인도의 아잔타 석굴, 중국의 둔황 석굴, 중국 산시성의 윈강 석굴 그리고 경주의 석굴암이 모두 불교 승려들이 거처했던 석굴들이다. 불교 승려들이 석굴을 선호했던 이유는 우선 다른 사람들과 격리된 장소를 원했기 때문이다. 수도는 혼자 있는 연습이다. 홀로 있을 수 있는 힘을 기르는 것이 도 닦는 일이다. 그러려면 외로움을 자처해야 한다. 도시와 시장(市場) 그리고 사람 사는 마을과 떨어져 있어야 하는 것이다. 고독을 보장할 수 있는 공간, 산속의 동굴이 여기에 적격이다.

또 하나는 비를 피하고 추위와 더위를 피할 수 있어야 한다. 구석기 시대부터 동굴은 추위와 더위를 피할 수 있는 조건 때문에 인간의 거처로 이용되었다. 또 다른 이유는 기운이다. 석굴은 압력밥솥과 같은 기능을 한다. 바위 동굴은 바위 속에 함유되어 있는 각종 금속 물질에서 기가 뿜어져 나온다. 인체의 혈액 속에도 미네랄이 있으므로, 바위 동굴에 있으면 암석에서 나오는 암기(岩氣)를 인체 속으로 흡수할 수 있다. 암기가 몸 안에 들어가야 깨달음이 온다. 깨달음을 얻기 위해서는 몸 안에 가능한 한 기를 축적해놓아야 한다. 마치 자전거 튜브에 팽팽하게 바람을 넣어두는 것처럼 말이다. 터질 것처럼 팽팽하게 기운이 축적되어 있다가 물소리와 돌이 나무에 부딪치는 소리를 듣다가, 해가 지는 모습을 보면서, 경전의 어떤 한 구절을 읽다가 빅뱅이 온다. 이 빅뱅이 깨달음이다. 자연 석굴이 경쟁력이 있는 이유가 여기에 있다.

울산바위의 기운이 뻗쳐 내려간 명당

설악산 울산바위 밑에 있는 계조암(繼祖庵)은 자연 석굴이 지닌 장점을 모두 갖춘 수행 터다. 계조(繼祖)라는 이름도 그렇다. 역대 내로라하는 조사(祖師)들이 이 터에서 계속 수도를 했다는 뜻 아닌가. 652년 자장 율사(慈藏律師, 590~658)를 비롯해 동산, 각지, 봉정, 의상, 원효 대사와 같은 수많은 고승이 이곳 계조암에서 수도했다.

설악산 신흥사에서 40분 정도 산길을 걸어가면 거대한 울산바위가 나온다. 우리나라 단일 바위 중에서 가장 장엄한 느낌을 주는 바위다. 멀리서 보면 흰색으로 보이는 울산바위는 신령스러움을 느끼게 한다. 바위를

설악산의 울산바위. 거대한 화강암 덩어리로 크고 작은 30개의 봉우리가 솟아 있다.

좋아하는 나의 관점에서 보면 울산바위는 성지에 가깝다. 범속의 세계를 벗어나 4차원의 초월 세계로 안내해주는 비밀스러운 문이라고나 할까. 설악산 전체가 바위로 이루어진 암산이다. 설악산 중에서도 울산바위는 암중암(巖中巖)이다. 울산바위의 맥이 아래로 내려온 끄트머리쯤의 지점이 목탁바위다. 그 목탁바위 위에 바로 계조암이 있다.

계조암이 돋보이는 이유는 바위의 퀄리티 때문이다. 바위에도 퀄리티가 있다. 계조암이 깔고 앉은 바위는 고퀄리티다. 왜? 단단하기 때문이다. 아주 단단한 차돌 같은 바위로 이루어져 있다. 이렇게 단단한 차돌바위는 뿜어져 나오는 기운이 뼛속까지 들어온다. 바위 기운이 피부에까지만 들어오는 경우도 있다. 계조암 바위는 뼛속까지 찌르듯이 들어온다. 이게 문제다. 뼛속까지 들어오므로 뇌세포를 자극한다. 전생의 모든 기억을 저장하고 있다는 뇌 속의 송과체를 자극한다고 본다. 송과체를 마치 레이저로 쏘듯이 자극하면 이 송과체에 저장되어 있는 수만 년 진화의 정보가 풀린다. 자기 전생도 보인다. 그리고 앞일도 보인다. 도가 터지는 셈이다. 현대 과학이 아직 못 풀고 있는 부분이 이 송과체와 전생 정보의 비밀이다. 이것을 연구한 과학자는 대과학자가 될 것이다.

굴 입구에 현판이 붙어 있다. 神通第一羅漢石窟(신통제일나한석굴). 신통 제일이란 여기에서 수행을 하면 여러 가지 신통력이 발생한다는 뜻이다. 불가에서는 신통력이 많이 발생하는 도량이 따로 있다. 이러한 신통력 강한 도량을 나한도량이라고도 부른다. 대개 암반 위에 있다. 신통력이란 무엇인가? 숙명통, 천안통, 천이통, 신족통과 같은 초능력 아니겠는가. 보통 범부는 신통력을 보여주지 않으면 도력을 믿지 않는다. 예수는 오병이어의 기적을 일으키고, 물로 포도주를 만들고, 불치병 환자들을 고쳐주었다. 이러한 신통력이 없었으면 예수를 메시아라고 믿었을까? 눈앞에서 기적을 보여주지 않았으면 예수를 따랐을까? 이런 신통력 없이 말로만 진리를 설파한다고 해서 되는 게 아니다. 눈으로 보여주는 신통력, 이 신통력을 얻는 데 제일 효험이 있다는 간판 내용이 '신통제일나한도량'이다.

불기운 강한 이에게 효험이 있는 곳

:

계조암의 장점을 또 살펴보자. 굴 입구가 뻥 뚫려 있으면 효험이 없다. 기운이 다 새어나가기 때문이다. 굴 입구 쪽에 몇 개의 바위가 서 있다. 이가 없으면 발음이 샌다. 입구의 바위들이 이 역할을 해 발음이 새는 것을 막아준다.

시골 동네 입구에도 커다란 느티나무가 있기 마련이다. 이건 일부러 심어놓았다. 외부인이 동네 앞을 지나가다가 동네가 훤히 보이면 좋지 않다. 아울러 동네 기운도 이런 느티나무가 없으면 새어나간다. 그래서 기운 빠지는 것을 막아주려고 느티나무를 일부러 심어놓았다. 이걸 '수구(水口)막이'라고 부른다. 계조암 동굴은 자연 바위 몇 개의 덩어리가 수구막이 역할을 하고 있다. 외부에서 볼 때 동굴이 훤히 보이지 않게 가려주는 기능이라 하겠다.

계조암 입구. 굴에 접근하는 길에 바위 덩어리들이 진을 치고 있어 기운이 빠져나가는 것을 막아준다.

계조암 앞으로 보이는 산을 보자. 그 터의 앞에 보이는 산을 풍수에서는 '조안(朝案)'이라고 한다. 터 바로 눈앞 가까이 보이는 산은 안산(案山)이다. 안산 뒤로 멀리 보이는 산은 조산(朝山)이다. 터에 안산이 없으면 턱이 없는 셈이다. '어림 턱도 없다'는 말이 있다. 안산이 없으면 턱이 없는 것이다.

계조암의 조산은 권금성(權金城)이다. 권금성은 날카로운 바위가 불꽃처럼 보인다. 권금성은 화체(火體)에 해당하는 봉우리다. 불꽃처럼 뾰쪽뾰쪽하게 보이는 화체 봉우리는 기도발을 상징한다. 앞에 이런 화체 봉우리가 있으면 그 터는 기도하기에 적합하다.

불은 영발을 상징한다. 사주팔자에 불이 많은 사람이 기도를 하면 효험을 빨리 본다. 다른 사람이 백일 걸리는 기간을 보름만 해도 효험을 보는 수가 있다. 불이다. 권금성이 계조암 터에서 보면 조산에 해당하고, 조산이 기도발을 주는 기능을 한다. 그래서 계조암 터가 조건을 갖추었다고 본다. 계조암 터에서 보기에 권금성 우측으로는 대청봉, 중청봉, 소청봉이 연이어 있다. 권금성 왼쪽 끄트머리에는 하얀색 암봉이 소뿔처럼 솟아 있는 달마봉이 자리 잡고 있다. 이 달마봉 역시 물건이다.

계조암의 한 가지 약점은 너무 관광지가 되었다는 점이다. 계조암 바로 앞에 흔들바위가 있다. 수학여행 가서 흔들바위 흔들어보는 게 한때 유행이었다. 관광객이 너무 많이 들락거린다는 점이 성스러운 수행 터의 기운을 탁하게 만들고 있다.

열 받았을 땐
물가의 거북바위에게 물으라

경 남 거 창
수 승 대 거 북 바 위

 산과 물이 인간을 달래준다. 그래서 동양의 그림은 산수화가 주종을 이
룬다. 동양의 산수화는 종교적인 그림이다. 동양적인 해탈, 도통, 구원의 경
지를 그린 그림이 산수화다. 요산요수(樂山樂水)다. 산과 수를 나눠보자. 산
은 인자요산(仁者樂山)이라고 한다. 왜 어진 사람은 산을 좋아한다고 했을
까? 산에 가면 바위에서 올라오는 정기를 받는다. 이 정기가 사람을 관대
하고 인자하게 만든다.

 등산을 하고 난 다음에 오는 특유의 충만함이 있다. 뭔지 모르게 꽉 차
는 느낌이랄까. 이 꽉 차는 듯한 에너지가 산에서 받은 정기이자 지기다.
에너지가 충만해지면 사람은 넉넉해지고 관대해진다. 에너지가 없으면 짜
증이 나고 각박해진다. 짜증을 많이 내면 그 사람은 '배터리가 떨어졌다'

조용헌의 봄여름가을겨울

고 보아야 한다. 이런 사람들이 산에 자주 가면 마음 씀씀이가 넉넉해지는데, 이것을 '인자요산'으로 표현한 것이라고 생각한다.

산속의 계곡물을 즐기는 구곡 문화

:

요수(樂水)는 어떻게 하는 것인가? 등산을 다니면서 요산의 개념은 파악이 되지만 요수는 잘 파악되지 않는다. 도대체 물을 어떻게 좋아하고 즐긴단 말인가? 이걸 알려주는 책도 없는 것 같다.

지자요수(知者樂水)는 무슨 말인가? 물을 바라보면 머리로 상기되었던 기운이 내려가는 효과가 있다. 물은 아래로 내려가는 속성이 있기 때문이다. 한국 사람은 매일 뚜껑이 열리는 삶을 살고 있다. 열 받을 일이 부지기수다. 이 열을 어떻게 내릴 수 있겠는가. 물을 많이 보는 것이 한 방법이다. 고스톱을 칠 때도 열을 내서 '열고'를 하면 돈을 잃기 마련이다. 성질내는 사람이 진다. 차분해지면 판단이 정확해진다. 지혜가 생긴다. 지자요수는 이런 상태를 말하는 것이라고 여겨진다. 물을 좋아하면 성격이 차분해져서 그른 판단을 하지 않는다. 오버하지 않는 게 지혜 아닌가.

서양의 휴양 시설은 주로 바닷가에 있다. 바다가 보이는 해변에서 쉬는 게 서양 사람들의 휴가다. 동양은 산속의 계곡수(溪谷水)를 좋아했다. 바위로 이루어진 계곡, 여기로 흐르는 계곡수를 즐기는 게 '요수'의 핵심이었다. 계곡의 바위 틈새로 흐르는 물을 바라보면서 마음을 가라앉히고 세상을 관조하는 지혜를 얻기 위한 장치가 '구곡(九曲)'이었다. 중국 주자가 무이산(武夷山, 중국 남동부를 대표하는 산)의 계곡을 아홉 단계로 나누고 그 단계마다 이름을 붙이고 의미를 부여하면서 도의 경지를 표현한 무이구곡(武夷九曲)이 대표적이다.

계곡수를 즐기는 구곡 문화는 조선에도 영향을 미쳤다. 우암(尤菴) 송시열(宋時烈, 1607~1689)이 이름 붙인 화양구곡(華陽九曲)도 있고, 안동의 퇴계학파 사람들이 집중적으로 거주하는 낙동강 상류, 즉 청량산에서부터 예안, 안동에 이르는 지역을 도산구곡(陶山九曲)이라고 한다. 그 외에도 전국 수십 군데에 구곡이 있다. 정권 실세 집안인 장동 김씨 김수증이 은둔하면서 성리학을 연마한 강원도 화천의 곡운구곡(谷雲九曲), 전북 변산의 봉래구곡(蓬萊九曲), 경북 성주군 수륜면의 한강 정구 선생이 설정한 무흘구곡(武屹九曲) 등등.

조선조에서 구곡을 많이 가진 학파는 서인에서 노론으로 내려오는 계통이었다. 이른바 기호학파들이다. 기(氣)를 중시하는 주기파(主氣派)들이 구곡 문화를 특히 좋아했다. 산수 자연의 계곡에서 기를 느낀다고 보았던 것이다.

물론 동인에서 남인들에 이르는 주리파(主理派)도 구곡을 좋아했지만 주기파보다 그 비중은 덜하다고 보인다. '이(理)'는 자연에도 있지만 자기 마음속에 더 있다고 여겼던 듯하다. '이'는 형이상학적인 측면이 강하기 때문에 눈에 보이는 계곡보다는 항상 자신의 마음을 비춰보면서 경공부(敬工夫)를 취하는 노선이다. 그러나 경치 좋은 계곡수를 좋아하는 성향은

조용헌의 봄여름가을겨울

당파에 상관없이 보편적인 취향이었다고 보아야 한다.

편안한 에너지를 주는 세 개의 계곡, 안의삼동
:

삼남 지역의 계곡수 가운데 최고로 치는 풍광이 현재의 경남 거창 지역 원학동(猿鶴洞)이다. 화림동(花林洞), 심진동(尋眞洞)과 함께 안의삼동(安義三洞)이라 일컬어진다. 백두대간의 동남쪽 경사면 자락이다. 영호남 최고의 경치라고 일컬어지는 곳이다. 지역명이 현재는 안의(安義)이지만 조선시대에는 안음(安陰)이었다. '편안한 음'이라는 뜻이다. 양(陽)만 좋은 게 아니다. 음(陰)도 필요하다. 음에서 휴식을 얻고 충전을 한다. 지명을 안음이라고 했던 것은 이 세 개의 계곡이 편안한 휴식을 주고 에너지를 주었기 때문에 붙여진 이름이라고 추측된다.

안의의 3개 동(洞) 가운데 원학동에는 수승대(搜勝臺)가 있다. 이 수승대의 압권은 계곡 중간에 있는 거북바위다. 학교 교실만 한 커다란 거북 형상의 바위가 놓여 있다. 거북바위 정상은 어느 정도 평평하여 삼국 시대 신라·백제 사신이 여기서 만났다고 한다. 백제·신라의 경계 지역이었던 것이다.

바위 중에서도 거북바위는 고대로부터 중시되었다. 거북이는 영물이다. 거북의 등껍데기가 갑골(甲骨) 아닌가. 골 중에서도 최고로 치는 갑이다. 거북 등뼈를 모든 뼈 중에서 으뜸으로 친 이유는 거기에서 점괘를 읽을

경남 거창 수승대의 거북바위. 이곳을 찾은 문사들이 새겨놓은 이름들이 바위 사방에 가득하다.

수 있었기 때문이다. 미래의 행동 지침을 알려주는 점괘가 거북이의 등뼈에서 나타났다. 한자 문화권의 우주론을 담고 있는 하도(河圖)와 낙서(洛書)도 거북과 용이 상징한다. 거북이는 그만큼 영물이다. 불교 고승들의 비석이나 유교 학자들의 신도비를 보아도 아랫돌은 거북이가 받치고 있다.

거북이는 지상의 에너지를 상징하고 용은 하늘로 승천하는 에너지를 상징한다. 이런 거북이를 빼닮은 커다란 바위가 수승대에 점잖게 앉아 있다. 그 거북바위 옆에는 적당하게 평평한 암반들이 펼쳐져 있다. 그리고

　　　　　　　　　　조용헌의 봄여름가을겨울

그 암반 주위를 계곡물이 흐르고, 계곡 옆으로는 푸른 소나무들이 받쳐주고 있다.

조선 중종 때의 학자 신권(愼權, 1501~1573)은 호가 요수(樂水)다. 거북이와 계곡을 그만큼 사랑했던 것이다. 거북바위 옆에다가 구연서당(龜淵書堂)을 지어놓고 공부했다. 조선 시대에는 수승대 일대가 깊은 오지였다. 은둔지였다고 보면 된다. 그러나 경치가 워낙 아름답고 물을 즐길 만한 입지 조건을 갖춘 곳이다 보니 수많은 문사들이 이곳을 찾아왔다. 그 문사들은 거북바위 사방에다가 자기의 이름을 새겨놓았다. 바위에 글씨를 새기는 각수(刻手)들을 데리고 왔을 것이다. 그 이름들이 거북이 주변에 덕지덕지 새겨져 있다. 그야말로 '명함'으로 범벅이 되어 있다.

수승대 거북바위는 물소리를 들을 수 있다는 장점이 있다. 계곡에 흐르는 물소리에 집중하다 보면 잡념을 잊을 수 있다. 그리고 계곡물이 열 받은 머리를 식혀준다. 머리 쓰는 사람은 하여튼 물을 많이 봐야 한다.

그리고 계곡 바닥과 주변이 온통 단단한 화강암으로 되어 있다. 화강암에서 올라오는 강력한 지기가 있다. 이 암반의 지기와 계곡의 수기운과 물소리 그리고 장엄한 거북이의 형상이 있으니 시청각을 다 만족시켜주는 영지임이 분명하다.

철의 손가락이 지키는 요새

지리산
의신마을과 원통암

당취는 '땡추'의 어원이라고도 한다. 조선 시대 승려들의 지하 비밀 조직을 가리킨다. 왜 머리 깎은 불교의 승려들이 비밀 조직을 만들었나? 조선조의 유교 체제에 승복할 수 없었기 때문이다.

고려 시대에는 승려가 브라만 계급, 즉 성직자 계급으로 대접받다가 조선에 들어와서 하층민 신분으로 전락했다. 푸대접을 견디지 못한 승려들은 금강산으로 들어갔다. 가장 강성 승려들이 결성한 단체가 금강산 당취다. 그로부터 100년 정도 더 조선 유교 체제가 돌아가는 것을 보고 있다가 안 되겠다 싶어서 결성한 당취가 지리산 당취다. 그리고 묘향산 당취가 있다. 이북 지역의 승려 그룹이 결성한 것이 묘향산 당취다. 당취는 육식도 하고 때로는 머리도 기르고 다녔다. 악질로 소문난 양반이나 부자는 산으로 데리고 가서 혼쭐을 내기도 했다. '참회'라는 방식이었다. 죄질이 아주 안 좋으면 잡아서 죽였고, 죄질이 덜하면 팔이나 다리를 부러뜨리는 참회를 시켰다.

비밀 결사 조직의 핵심은 보안 유지였다. 어떠한 상황이 오더라도 조직의 실체를 발설하지 않는 맹세를 했다. 심산유곡의 암자나 토굴에서 살았고, 활동할 때만 산 밖으로 나왔다. 당취의 필수 능력이 무술이었다. 산속의 암자에서 무술을 연마하는 것이 중요한 일과였다. 유사시에는 주먹과 힘으로 상대방을 제압할 수 있어야만 했다. 당취는 깊은 산속의 협곡이나 암자, 사찰에 근거지를 두고 있었으므로 밖에서 이들의 동향을 파악하기는 매우 어려웠을 것으로 보인다.

지리산 당취의 본거지였던 의신사
:

지리산 당취의 본거지는 의신사였다. 사찰의 이름에 옳을 의(義) 자가 들어가는 점도 예사롭지 않다. 그 터에 잠재되어 있는 땅의 기운이 사회 정의를 실천한다는 의미로도 풀이된다. 의로운 혼령이 깃들어 있는 사찰이 의신사였다. 화개 골짜기에서 계곡 옆의 길을 약 삼십 리 정도 거슬러 올라가면 나타나는 절이었다. 조선 시대 지리산은 계곡을 거슬러 올라가야만 하는 길이 많았다. 계곡은 험난했다. 바위와 물이 어우러진 계곡의 옆길은 우마차로 갈 수가 없는 길이었고, 대규모 토벌대가 쉽게 들어가기 어려운 지형이었다. 지금은 자동차 길이 뚫려 있지만, 조선 시대의 지리산은 호리병처럼 좁은 계곡을 통과해서 들어가야만 그 모습이 나타나는 특수한 지형이었다고 생각해야 한다.

남쪽으로는 화개 골짜기가 가로막고 있고, 북쪽으로는 1,300미터 높이의 벽소령이 가로막고 있었다. 1,300미터 고개 넘기도 쉬운 일이 아니다. 서쪽으로는 '안당재'와 '바깥당재'가 이중으로 의신사를 방어해주고 있는 형국이다. 안당재라는 고개는 의신사를 방어하는 내성(內城)의 개념이고, 바깥당재는 외성(外城)의 개념으로 보면 된다. 바깥당재 넘어서 가면 연곡사가 나타나고, 연곡사에서 다시 고개를 넘어가면 화엄사가 나타난다. 화엄사, 연곡사, 의신사는 당취의 중요 거점 사찰이었다고 필자는 보고 있다.

동쪽은 어떤가? 의신사가 자리 잡은 형국으로 보면 절의 뒤쪽이 된다. 후방이다. 앞에서 관군의 공격을 받아 밀리게 되면 뒤로 후퇴해야 한다. 이 후퇴하는 루트는 어떻게 되는가? 이것이 나의 관심사였다. 동서남북이 모두 요새 지형으로 둘러싸여야만 의신사가 지리산 당취의 본부 사찰로서 자격이 있는 셈이다. 요새가 아니면 외부 공격에 쉽게 뚫릴 수밖에 없다. 의신사 뒤편이 동쪽에 해당한다. 남북과 서쪽은 파악이 되었지만 동쪽에 대한 지형지물 파악이 되지 않았는데 근래에 지리산 전문가인 민병태 선생과 바위에 새겨진 금석문을 연구하는 도솔산인 그리고 지리산의 가축 이동 통로에 대해서 전문가의 내공을 지닌 경상대학교 조모 교수님을 통해서 이 뒤쪽의 동쪽 루트를 알게 되었다. 지리산은 동서로 40킬로미터, 남북으로 30킬로미터의 넓은 구역이다. 쉽게 파악이 안 되는 산의 구조다. 수백 번 지리산을 답사한 선수들의 도움 없이 문필가 혼자서 감을 잡기 어려운 산이다.

의신사는 현재 폐사된 상태다. 1600년대 초반에 폐사된 이후로 이상하게도 복구가 안 되었다. 현재는 그 자리에 민간인들이 들어와 동네를 이루어 의신마을이 자리 잡고 있다. 의신마을에서 1시간 정도 도덕봉 쪽으로 산길을 올라가면 중간에 원통암이 자리 잡고 있다. 의신사 주변에 대략 서른

개의 산내 암자가 있었다고 하는데, 다 없어지고 겨우 남아 있는 몇 개 터 가운데 하나가 원통암이다.

조선 시대 원통암에 있던 숭인 장로(崇仁長老, 생몰 연대 미상)가 열여섯 살짜리 서산을 발탁해서 고승으로 키웠다. 지리산 당취의 당시 두목이 숭인 장로가 아니었나 싶다. 따라서 의신사를 중심으로 반경 십 리 구역 내의 사찰과 암자는 서산 대사가 수도하고 내공을 닦고 당취 조직을 관리한 영역으로 본다. 한마디로 지리산 의신사 일대는 서산의 구역이었다.

서산 대사 영정

반사회 세력인 당취가 호국 불교를 실현하다
:

내가 보기에 서산은 숭인 장로의 뒤를 이은 지리산 당취의 최고 책임 자였을 가능성이 높다. 물론 이에 관한 증거 기록은 없지만, 당시의 상황을 보면 그럴 가능성이 충분하다. 청소년기의 서산이 숭인 장로에게 발탁되어 머리를 깎은 곳이 여기이고, 수도한 곳도 여기이며, 한 소식을 성취한 곳도 여기다. 시간으로 봐서 서울에 올라가 승과에 합격하고 30대 중반에 서울 봉은사 주지를 하기 전까지의 기간을 이 지리산에서 보냈다. 지리산파를 대표하는 인물이 서산 대사인 것이다.

임진왜란이 일어나자 서산이 평소에 훈련시켜놓았던 당취 조직이 승군으로 변했다. 임란은 승군이 최전선에 섰던 전쟁이다. 불살생을 내세우는 승려가 어떻게 전쟁에 앞장선단 말인가. 사전 조직과 훈련 없이 피가 튀고 목이 날아가는 전쟁터에서 전투를 할 수 있겠는가? 자기 살려고 다 도망가지 왜 전쟁터까지 끌려간단 말인가. 더군다나 승려는 사회 보장을 전혀 받지 못하는 천민 계급이었다. 천민이 무슨 책임감이 있다고. 그리고 평소에 조직이 없는데 서산이 무슨 수로 승군을 지휘할 수 있단 말인가. 인터넷도 전화도 없던 세상에 무슨 수로 전국 산골짜기에 숨어 사는 승려들을 불러내어 승병을 규합할 수 있단 말인가. 조선의 당취 조직을 승병으로 전환하여 임진왜란에서 싸우도록 한 인물이 바로 서산 대사다. 그러니까 의신사 주변은 승병의 훈련소였다고 생각해볼 수 있다.

의신사 터에서 주변 산세를 바라다보면 2개의 봉우리가 눈에 들어온다.

지리산 원통암. 사진에 마주 보이는 선바위를 불자들은 '부처님 손바닥'이라고 부른다.

하나는 유두봉(乳頭峰)이다. 산꾼들은 이 봉우리를 '단천독바위'라고 부르지만 내 눈에는 젖꼭지 모습과 흡사한 모양을 가졌으므로 당연히 유두봉이라고 해야 한다. 이 봉우리가 아주 아름답다. 훌륭한 문필봉(文筆峰, 붓 끝에 먹물을 찍어놓은 것처럼 생긴 봉우리)이기도 하다. 이 유두봉의 상서로운 기운 때문에 의신사 터를 잡았을 가능성이 높다. 내가 전국에서 본 문필봉 가운데 상위 랭킹 3위 안에 드는 급수를 가진 문필봉이다. 또 하나의 봉우리는 의신사 뒷산에 서 있는 바위 절벽이자 봉우리들이다. 원통암 터를 청학포란(靑鶴抱卵)이라고도 부른다. 청학이 알을 품는 자리다. 그 뒷산의 바위 봉우리는 청학의 벼슬에 해당한다. 학은 덩치가 있는 새이므로 닭 버슬보다는 큰 벼슬이 있어야 한다. 이것이 도덕봉이다. 도덕봉은 청학포란의 벼슬 역할을 하고 있다.

도적봉에서 도덕봉으로

:

의신에 사는 토박이 주민에게 도덕봉을 물어보니 의외의 답변이 왔다.

"그 봉우리는 원래 도적봉입니다. 도적봉이 변해서 도덕봉이 된 것입니다."

아, 그렇구나! 이 '도적봉'이라는 말 한마디가 나의 모든 의문을 풀어주었다. 반체제 승려들인 당취들이 은신하기에 좋은 봉우리였다. 그러다가 전쟁이 끝나고 나서는 서산 대사도 죽고 지리산 당취들도 그 세력이 차츰 약해져갔을 것이다. 그 뒤에는 일반 도적떼들이 이 도적봉에 은신했을 가능성이 충분하다. 도적들이 사니까 당연히 현지 사람들은 그런 이름을 붙였을 수밖에 없다. 지명은 거짓이 없다. 사실을 전해준다. 도적봉. 당취의 후예들이 도적으로 변했던 것이다. 그러다가 근래에 들어와 '도적'이라는 어감이 안 좋으니 '도덕'으로 바꾼 셈이다. 도덕봉이 훨씬 근사하지 않은가.

도덕봉 정도의 칭호에 합당하려면 산봉우리 모습이 테이블처럼 평평해야 한다. 풍수가에서는 이런 봉우리를 토체(土體)라고 부른다. 토체 봉우리 밑에서는 성인군자, 제왕이 태어난다. 남아프리카공화국의 테이블마운틴. 아주 평평하다. 만델라가 약 30년간 감옥살이를 했는데, 만델라가 갇혀 있던 감옥에서 바라다보면 이 테이블마운틴 봉우리가 정면으로 보인다. 아프리카가 배출한 성인군자는 만델라였다고 보아야 한다. 무슨 추장이나 축구 선수가 아니다.

조선 시대 화담 서경덕 학파의 멤버였던 유몽인은 이 도적봉을 '검각 (劍閣)'이라고 이름 지었다. 삼국지 촉나라로 들어가는 요새로, 백 명이 능히 천 명을 막아낼 수 있는 곳이 검각이다. 유몽인이 이 도적봉을 검각이라고 이름 붙였다는 것은 그만큼 지형이 험하다는 것을 의미한다. 도적봉에 올라가서 바라다보니 세 개의 칼 같은 바위 봉우리가 삼지창처럼 서 있다. 해발 1,200미터. 주변이 모두 눈에 들어온다. 아래는 거의 절벽 비스듬한 지형이다. 외부의 적을 방어하기에는 최적의 산세다.

나는 이 도적봉 정상, 그러니까 검각에서 원통암, 철굴암 쪽을 바라다보면서 풍수지명이 생각났다. 철수검각(鐵手劍閣)이 그것이다. 쇠로 된 다섯 개의 손가락이 검각과 그 일대를 감싸는 형국이다. 오른손을 바닥에 짚었을 때 엄지에 해당하는 자리가 원통암 자리이고, 집게손가락이 검각이다. 중지와 약지, 새끼손가락에 각각 상철굴암(上鐵窟庵), 중철굴암, 하철굴암이 배치되어 있다. 즉 의신사 뒤쪽의 삼십여 개 암자가 모두 이 철수검각의 보호망 아래에 배치되어 있다. 특히 검각에서 오른쪽 편의 세 개 철굴암. 이름에도 '철(鐵)' 자가 들어간다. 전투 시에 일종의 참호이자 진지 개념의 암자라는 점이 '철굴암' 이름에 함축되어 있다.

세 개의 철굴암은 모두 서산이 공부했던 암자들이다. 철의 손가락이 지키고 있는 요새 지형. 여기가 지리산 당취의 헤드쿼터였던 것이다. 당사자들은 모두 죽었고, 기록은 남겨지지 않았고, 그 터만 남아서 사백 년 만에 나의 해석을 기다리고 있었다.

도덕봉에서 내려다본 풍경. 발아래 운해가 깔려 있어 신령스러운 분위기를 풍긴다.

도 닦는 이와
혁명 거사들의 아지트

지리산
연곡사

조선 시대 승려들은 묘한 위치였다. 삼국 시대 이래 고려 시대까지만 하더라도 승려는 학자 계급이자 브라만 계급이었다. 성직자로 대접받던 계급 아닌가. 그런데 조선 시대로 들어와서 갑자기 천민으로 강등되었다. 팔천(八賤) 중의 하나였다. 기생, 상여꾼, 백정, 노비와 같은 여덟 가지 천민 중 하나에 속했다. 이런 대접이 있나!

그런데 임진왜란과 같은 커다란 전쟁이 일어나자 최일선에서 나라를 지키는 정규군으로 활약했다. 핍박받던 천민이 무슨 지킬 나라가 있다고 전쟁터에 나가서 자기 목숨을 바치나? 국방의 의무는 그 체제에서 가장 혜택 받던 계급이 앞장서는 게 세계사적인 상식이다. 더군다나 불교는 불살생의 계율을 중시하는 종교 집단 아닌가. 승병은 이 불살생의 계율을 완전히 무시하는 전쟁터에 나가서 살육을 겪어야만 했다. 이건 엄청난 모순이다. 평소에 승려들을 부려먹고 천대하던 양반들은 전쟁터를 피해 도망만 다녔는데 말이다. 중들은 오기도 없고 배알도 없었나? 그렇게 무시당하면서도 양반의 나라를 지킨다고 목숨까지 바치고……. 이런 의문을 해소해주는 단초들이 있다.

반체제 혁명의 배후
:

조선 시대에 발생했던 각종 반란 사건의 배후에 승려들이 가담했다는 흔적이 발견된다. 반체제 혁명에 불교 승려들의 적극적인 개입이 있었다는 얘기다. 예를 들면 1589년의 정여립 모반 사건이 그렇다. 여기에 가담했다는 혐의를 받고 서산 대사, 사명 대사가 취조를 받았다. 다수의 승려가 정여립의 무장 단체인 대동계 멤버였다고 나온다.

1728년에 발생한 무신란(戊申亂)도 그렇다. 영조를 떠받치고 있는 노론 정권에 대항해 남인과 소론이 연합하여 체제 전복을 시도한 사건이 '무신란'이다. 이 사건은 경기·충청·경상·전라도의 양반 계급 후손들이 대거 가담했다는 점에서 성격이 독특하다. 명문가 집안들도 반란 사건에 적극적으로 가담했다. 규모도 전국적이었다. 흔히 생각하듯 사회에서 소외된 하층 계급이 들고일어난 사건이 아니었다.

이 무신란 사건에서도 주목되는 대목이 불교 승려들이 여기에 적극 개

입했다는 점이다. 승려 대유(大有)라는 인물이 이 반란군 내지는 혁명군의 한 축을 담당하고 있었다. 무신란에는 변산반도에 거점을 가지고 있었던 노비 도적 집단과 지리산의 연곡사를 중심으로 한 승려 세력이 가담하고 있었다. 변산의 노비 도적은 정팔용(鄭八龍)이라는 노비 출신 인물이 이끌고 있었고, 지리산의 승려 세력을 대표하던 지도자는 대유라고 공초(供招, 수사 기록) 기록에 나온다. 이인좌, 정희량, 박필현, 조성좌와 같은 양반 계급이 전면에 나서고 배후의 무력을 행사하는 행동 부대는 하층 계급인 정팔용과 대유가 한몫을 담당하는 구조였다는 점이 발견된 것이다. '무신역옥추안(戊申逆獄推案)' 같은 사건 기록에는 '대유'라는 승려가 지리산 연곡사를 거점으로 가담했다고만 짤막하게 나온다. 더 이상의 상세한 정보는 찾아볼 수 없다.

한두 줄짜리 정보이지만 나는 이걸 보고 여러 가지 상황과 배경을 추측해볼 수 있다. 우선 연곡사(鷰谷寺)라는 절이 어떤 절이고, 지리산에서 차지하는 비중이 어떤 정도인지를 물어야 한다.

제비가 날개를 펴고 내려앉은 형상
:

연곡사의 '鷰'은 제비 '연' 자다. 구례 쪽에서 지리산 남쪽의 화개를 향하는 도로를 따라가다 보면 화개 도착하기 전에 피아골이라는 골짜기가 있다. 이 골짜기 길이는 대략 이십 리 정도 된다. 이 골짜기에서 5킬로미터

조용헌의 봄여름가을겨울

연곡사 법당 뒷산이 제비가 날개를 편 형상의 머리 부분에 해당한다.

정도 들어가다 보면 연곡사가 자리 잡고 있다. 계곡 옆으로 난 도로의 오른쪽에 연곡사가 있다.

제비 '연' 자가 암시하듯이 대웅전 법당 뒤로 자리 잡은 봉우리가 제비처럼 생겼다. 둥그런 봉우리이면서도 그 봉우리가 그리 크지 않아야 제비의 머리 부분에 해당한다. 둥그런 봉우리가 아주 크면 그건 봉황의 머리로 간주한다. 아담하게 둥그러면서도 양쪽 날개 부위에 해당하는 봉우리들이 받쳐주고 있다. 양쪽에 날개가 있어야 한다. 조류의 형상에 비유되는 봉우리들은 대개 세 개의 봉우리들이 횡대로 늘어서 있는 경우가 대부분이다. 가운데 봉우리가 둥그러면 새의 머리 부위로 간주한다. 머리 부위에

연곡사 경내 풍경

해당하는 봉우리가 암벽으로 날카롭게 돌출되어 있으면 매나 독수리 머리로 본다. 영취(靈鷲) 또는 응봉(鷹峯)이 그것이다. 봉우리에 바위가 없으면 기러기 또는 제비로 본다.

연곡사를 둘러싼 풍광은 흡사 제비가 날개를 펴고 내려앉은 형태다. 그 머리 부위 아래로 법당과 대웅전이 들어서 있다. 그다음에 살펴봐야 하는 것이 앞산의 높이와 형태다. 앞산에서 그 터의 묘용이 나오기 때문이다. 연곡사는 앞산도 너무 높지 않아서 좋다. 앞산이 너무 높으면 터를 눌러서 인물 나오기가 어렵다. 앞산이 너무 낮아서 휑하면 기운이 모아지지

조용헌의 봄여름가을겨울

않는다고 본다. 김이 좀 빠지는 셈이다. 법당을 등지고 정면을 바라다보면 좌측으로 수구(水口)가 있다. 수구가 너무 벌어져 있으면 이 또한 김이 빠진다고 보는데, 연곡사는 좌측의 수구도 잘 막아져 있는 형태다. 이만하면 절터로서 좋은 조건을 갖춘 격이다.

뼛속까지 기운이 느껴지는 터
:

또한 연곡사는 소요 태능(逍遙太能, 1562~1649) 선사가 주석했던 명당이다. 이름도 묘하다. 소요는 한가롭게 소요한다는 뜻이다. 태능(太能)은 그러면서도 못하는 것이 없다는 말이다. 그가 남긴 선시들을 보면 확실하게 한 소식한 선사임을 짐작할 수 있다. 제목은 '종소리를 듣고'이다.

耳裏明明聽者誰 無聲無臭卒難知 收來放去任舒卷 在凡在聖長相隨
이리명명청자수 무성무취졸난지 수래방거임서권 재범재성장상수

귀 안에서 딩딩 하고 듣는 자 이 누구인고. 그자가 누구인지 소리도 없고 냄새도 없어서 알기 어렵구나. 소리가 들어왔다가 나가고 옆으로 퍼졌다가 다시 모아들고. 범인에게도 있다가 성인에게도 있다가 하면서 계속 이어지는구나.

이는 『능엄경』에서 말하는 이근원통(耳根圓通)의 경지에 소요 태능이

소요 태능 선사 탑

들어가 있었음이 확연히 느껴지는 시구다. 소리에 집중해서 도 닦는 방법이다. 소리를 듣는 자 누구인가? 화두 중에서 '이 뭐꼬?' 화두의 유래도 따지고 보면 '듣는 자 이 누구인가?'로 거슬러 올라간다. 소리를 듣는 자는 문성(聞性)이다. 우리 안에 있는 이 듣는 성품은 영원하다는 의미다. 듣는 성품은 범인에게도 있고 성인에게도 모두 갖추어져 있다. 이걸 깨닫느냐 못 깨닫느냐의 차이만 있다는 말이다. 「종소리를 듣고」는 그 경지를 문득 종소리를 듣다가 영감이 떠올라 지은 시로 보인다.

소요 태능 같은 고단자가 오랫동안 머물렀던 절은 무언가 기운이 다르기 마련이다. 어리바리한 터에서 오래 있지 않는다. 한 소식한 도인은 그 터의 기운을 뼛속으로까지 느끼기 때문이다. 기운을 뼛속으로까지 느껴야만 산에서 도 닦는 맛이 난다. 이 맛을 알면 밖을 나가지 않는다. 근래에 도가의 기공 수련을 깊이 해서 기감이 뛰어난 내 주변의 인물들도 연곡사 터가 좋다고 말한다. 무엇이 좋냐? 무엇보다 기운이 좋다. 짜릿한 기운이 샘솟는다는 것이다.

반체제 승려들의 주요 거점

:

무신란이 벌어졌던 때가 1728년이다. 이때는 소요 태능 같은 고단자들이 이미 세상을 떠난 후다. 절터는 정신계의 고단자가 머무르기도 하지만 시절 인연에 따라 혁명군의 승려 세력이 머물기도 한다. 정신세계와 혁명 거사는 동전의 양면이다. 도 닦다가 갑자기 칼 들고 뛰어나갈 수도 있는 것이다.

연곡사는 무신란 당시에는 지리산 반체제 승려들의 중요 거점이 되었음을 짐작할 수 있다. 왜 연곡사가 반란 사건의 중요 아지트가 되었을까를 묻지 않을 수 없다. 연곡사가 당시 교통과 물류의 요지였다는 점을 꼽을 수 있다. 물류가 있는 곳에 돈이 돌고, 돈이 돌아야 많은 사람이 먹고살면서 머무를 수 있기 때문이다.

우선 지리산 피아골은 섬진강을 거슬러왔던 선박들이 짐을 풀던 강가의 나루터가 가까웠다. 소금과 건어물이 이 피아골 입구에까지 도달할 수 있었다. 물론 화개 나루터에도 왔겠지만 도보로 걸어 다니던 조선 시대 물류 이동 방식으로 볼 때 피아골이 더 유리했다. 피아골의 이십 리 계곡을 올라가서 용수암(龍首巖)골을 넘어 고갯길을 넘으면 뱀사골 상류와 남원으로 갈 수 있다. 즉 섬진강 물류가 지리산을 넘어 북쪽의 남원으로 가는 최단 길은 이 피아골을 거쳐야만 했던 것이다. 용수암골 근처에는 산꾼들이 말하는 반야오거리가 있고, 이 반야오거리 근처에 속칭 소금 장수 무덤도 있다. 소금 장수들이 그만큼 이 길을 많이 넘어갔다는 증거다.

뿐만 아니라 피아골 계곡의 상류에 현재는 반야산장이 있고, 이 반야산장 밑의 계곡 쪽 바위에는 '眞木封界(진목봉계)' '栗木界(율목계)'와 같은 글씨가 새겨져 있다. 이는 참나무와 밤나무를 보호하기 위한 금표(禁標)다. '여기는 입산 금지'라는 뜻이다. 참나무나 밤나무를 허가 없이 채취하면 엄벌로 다스린다는 의미다. 왜 이런 표시를? 그만큼 이 길을 왕래하는 통행인이 많았다는 뜻 아닐까. 지나다니다가 참나무, 밤나무를 무단 벌목하는 사람이 많았으니까 이런 금표를 새겨놓았을 것이다.

연곡사가 지닌 물류상의 이점은 칠불사, 의신사 그리고 화엄사와 최단 거리 산길로 연결되는 지점에 있었다는 점이다. 무신란과 같은 전국적 규모의 거사에 참여할 정도의 승려들이라면 자체 무장 조직이 있었다고 간주해야 한다. 빈손으로 거사에 참여하겠는가. 아울러 인원도 최소한 몇 백명은 되었다고 추측된다.

그리고 유사시 관군과 전투가 붙었을 때의 전략적 불리함과 유리함도 충분히 검토되었을 것이다. 전략적 유리함은 연곡사 주변의 산길을 통해 당취 거점 사찰들과 유기적인 협조 시스템을 구축하는 일이었다고 보인다. 서산 대사가 조선 시대 반체제 승려 집단인 당취의 보이지 않는 총대장이었다고 가정한다면, 이 지리산 당취 세력의 본부 사찰이 의신사였다. 의신사 뒤로는 검각이라는 요새 지형이 있고, 벽소령이라는 1,300미터급의 높은 고개가 외부 공격을 막아준다. 그리고 화엄사는 구례의 넓은 평야 지대를 굽어다보는 위치에 있어서 식량과 물자를 공급받기가 수월한 지점이었다. 그러니까 당취 본부 의신사의 최전방 사찰이 화엄사였고, 연

조용헌의 봄여름가을겨울

곡사는 그 중간에 자리 잡고 있었던 것이다.

연곡사에서 외당재를 넘고 농평마을을 지나서 칠불사에 도착하고, 칠불사에서 내당재를 넘으면 의신사에 도착한다. 또한 연곡사에서 늦은목 고개를 넘고 밤재를 넘으면 곧바로 화엄사에 도착한다. 이러한 고갯길과 산길이 당시 도보 이동에 있어서는 최단 거리였다. 연곡사는 지리산 당취 세력의 물류 거점 중심에 자리 잡고 있었던 것으로 보인다. 그래서 무신란의 지리산 당취 세력을 대표하는 대유의 거점이 될 수 있었던 것이다.

1,700년 전 뻘에 묻혀 있던
나무가 부처로 거듭난 곳

전남 완도
고금도 수효사

이란의 호메이니는 생전에 특이한 취향이 하나 있었다고 알려져 있다. 냄새와 관련 있다. 호메이니는 향수광이었다. 여섯 개의 감각 기관 중에서 냄새에 아주 민감한 체질이었던 것 같다. 퀴퀴한 고린내를 못 참는 기질이어서 이를 막기 위해 향수를 뿌렸다는 추론이 가능하다.

사막과 광야가 많은 중동은 물이 귀하므로 잘 씻지 못한다. 먹는 물도 귀한데 샤워는 언감생심이다. 땀 냄새는 나고 목욕할 환경은 안 되다 보니 몸이나 텐트에서 냄새가 진동하고, 이 불쾌한 냄새를 잡기 위한 과격한 방법은 향수를 뿌리는 일이었다. 현재도 중동 지역이 최대의 향수 소비국으로 알려져 있다.

중동의 왕족들이 가장 중요하게 생각하는 향은 침향(沈香)이다. 베트남과 동남아시아 밀림에서 나오는 침향의 가장 큰 수요는 중동의 왕족들이다. 고대부터 최상품의 향은 세 가지가 있었다. 침향, 용연향(龍涎香), 사향(麝香)이다. 침향은 베트남의 밀림 지대에서 서식하는 침향나무에서 채취한다. 소나무의 송진처럼 침향나무도 거무스름한 수지(樹脂)가 나오는데, 이 수지가 나무속에 스며들면 침향이 되는 것이다. 용연향은 무엇인가? 연(涎)이라는 글자는 침(타액)이라는 뜻이다. '용연(龍涎)'은 '용의 침'이 된다. 용은 고래를 뜻하기도 한다. 바다의 향고래가 먹이를 먹고 가끔 밖으로 토해낸다고 한다. 주로 임신 기간일 때 삼켰던 먹이들을 토해내는데, 이 토사물이 바다에 둥둥 떠다니면서 햇볕을 받고 적당히 발효되면서 응고가 되면 이것이 용연향이 된다고 알려져 있다. 사향은 사향노루의 배꼽에서 채취한다.

용연향, 사향, 침향

:

용연향과 사향은 동물로부터 채취하는 반면 침향은 나무에서 채취한다. 그래서 살생을 꺼리는 불가에서 이 침향을 특히 선호했다. 침향이 좋은 점은 이 향을 맡으면 상기되었던 기운이 아래로 가라앉는다는 점이다. 마음이 착 내려가고 스트레스가 풀린다. 가라앉을 '침(沈)' 자를 쓴다는 대목이 이를 암시한다. 보약의 대명사인 공진단(供辰丹)에도 침향이 들어간다. 냄새뿐만 아니라 약리 작용도 있는 것이다.

조선 시대 부산에 있었던 동래 부사(東萊府使)의 주요한 임무 가운데 하나가 바로 침향 구입이었다. 당시 일본 상인들은 베트남에서 수입한 침향을 동래에 가지고 와서 팔았다. 동래 부사는 일본 상인들로부터 베트남 침향을 구입해서 서울의 궁궐로 올려 보내는 일이 주요한 업무였다. 조선 시대 궁궐에서 왕과 왕비를 비롯한 최상류층은 이 침향을 사용했다. 원체 고가이니 지금의 특별시장 격인 동래 부사가 이를 직접 구매했던 것이다. 왕실에서 보약으로도 이용했을 것으로 추측된다.

조선 시대에는 침향을 보약으로 많이 사용했지만, 그 이전 고려나 삼국 시대에는 부처님에게 바치는 공양용으로 사용했다. 태울 때 연기가 나면서 냄새가 좋은 향은 불교가 전래되면서 일반에 알려지게 되었다. 향은 불교가 가지고 들어왔다는 말이다.

불교는 부처님에게 바친다는 공양(供養)이라는 개념이 있다. 공양에는 세 가지가 있다. 몸을 바치는 것이 사신 공양(捨身供養)이다. 몸을 바친다는 것은 목숨을 바친다는 의미다. 돈으로 바치는 재물 공양도 있다. 재보시(財布施)라고도 한다. 그다음에는 향을 바치는 향 공양이 있다. 이 향 공양 중에서 최고의 수준이 침향이다. 불교가 전래되던 삼국 시대부터 침향은 최고의 귀중품으로 간주되었다. 신라 기록을 보면 일반인은 침향을 사용하지 못하도록 법으로 금했다. 오직 왕실에서만 쓸 수 있었다. 그만큼 귀하게 여겼다. 값이 비싸 엄청난 사치품이기도 했다.

미당의 시에도 침향의 기록이

:

침향이 은은하게 퍼져 있는 불교의 법당에 가면 들어서는 순간 그 향이 머릿속과 심장으로 파고들어오는 것만 같다. 마음이 녹아내리는 느낌이다. 마음이 편안해지면서 극락에 온 것 같은 생각이 든다. 별다른 설법이나 염불, 기도가 필요 없다. 침향 그 자체가 사람을 이완시키고 편안하게 만들어준다. 그러니 침향을 얼마나 귀하게 여겼겠는가!

문제는 이 침향이 베트남, 캄보디아를 비롯한 동남아시아에서만 생산된다는 점이었다. 우리나라에서 자체 생산하는 방법은 없을까? 나무를 뻘속에 집어넣어두는 방법이 있다. 어떤 나무를 집어넣을까? 침향이 되는 나무의 종류가 무척 궁금했는데 알아보니 국산 향나무와 참나무였다. 이 분야에 대한 기존 연구가 없어서 현장의 노인들에게 물어보았다. 전북 고창의 선운사 앞을 흐르는 인천강도 오래전부터 침향을 묻어놓았던 장소로 주목되었다. 미당 서정주의 시에도 장마가 나면 인천강에 묻어놓았던 침향이 떠오른다는 시구가 있다. 미당이 어렸을 때부터 직접 현장을 목격하고 시를 썼을 가능성이 높다. 미당은 돌아가시고 미당의 바로 밑 친동생이 근래까지도 생존해 있었다. 5년 전쯤에 구십 세가 넘은 고령의 미당 동생(서정태 시인)을 찾아가서 침향에 대해서 물어본 적이 있다.

"참나무여. 선운사 주변과 소금을 굽던 이 동네 주위에 참나무가 많이 있었지. 뻘밭에서 소금을 구우려면 먼저 바닷물을 염정(鹽井)에 가둬놓아야 하는데, 염정 내부에는 격자 형태로 나무를 넣어서 내부를 지탱했지.

2011년 전남 완도 녹진리 뻘에서 떠오른 매향을 찍은 사진과 현재 수효사에서 보관하고 있는 그 일부.
탄소 연대 측정 결과 1,700년 전에 뻘에 묻은 것으로 밝혀졌다.

그래야 뻘이 안으로 무너지지 않으니까. 그런데 그 격자 형태로 염정 내부를 지탱했던 나무는 참나무를 썼어. 참나무가 단단하니까. 수십 년 만에 한 번씩 그 참나무를 교체해야 하는데, 교체한 참나무를 태워보니까 냄새가 아주 좋더란 말이지. 염정 속에 있던 참나무를 태우면서 알게 된 거라고 봐. 참나무를 뻘 속에 집어넣어놓으면 침향이 된다는 사실을. 선운사 건너편 바닷가 뻘밭에서 참나무가 침향이 된다는 원리를 발견한 것이지."

국산 침향의 원료가 되는 나무는 참나무도 있지만, 일부에서는 향나무를 뻘밭에 묻어둔다는 설도 있었다. 생각해보면 향나무를 묻어두는 것이 더 효과가 있을 것 같기도 하다. 아무튼 향나무든 참나무든 뻘 속에 묻어두면 향이 더 진해져서 수백 년 후에 꺼내면 침향이 된다. 이 침향은 특히 미륵불에게 바친다는 의미가 강했다. 미륵불이 세상에 출현할 때 축하하고 경배하는 의미로 침향을 공양하는 것이다.

조용헌의 봄여름가을겨울

미륵불은 기독교의 메시아와 유사한 존재다. 메시아가 세상에 나타나기를 고대한다는 것은 뒤집어보면 현세가 그만큼 살기 어려운 말세라고 생각하기 때문이다. 따라서 미륵불을 고대하는 미륵 신앙이 유행하던 시기는 아주 살기 어려운 때이거나, 왕조가 교체되는 혼란기였다. 석가불은 이미 죽었다. 죽은 부처 자꾸 믿어봐야 뭔 효과가 있나? 앞으로 다가올 미래불이 더 중요하지. 그 미래불이 미륵불이었다. 한반도에서 미륵 신앙의 민중적 심취는 주로 해변가의 민중들에게서 그러한 징표가 드러난다. 매향비(埋香碑)의 존재다. 바닷가의 뻘밭에다가 나무를 묻어놓고 침향으로 변화하기를 기원하는 매향(埋香) 의식을 치렀던 지점임을 표시하는 비석이다.

전국 열다섯 곳에 미륵불 염원한 매향비

:

전국에서 발견된 매향비는 대략 열다섯 군데쯤 된다. 그중에 열 군데가 전라남도 해변에 있다. 전남 지역에 뻘이 많으므로 매향을 할 수 있는 지형적 조건에 부합된다. 뻘이 없는 동해안은 매향이 상대적으로 어렵다. 전남 신안군 팔금도 매향비(1002년), 영암군 구림 신흥동의 정원명석비(786년), 암태도 매향비(1405년), 해남 맹진 암각매향비(1406년), 법성포 영락 매향비(1410년), 장흥 덕암리 매향비(1436년) 등이다. 강원도 삼일포에도 매향비가 한 군데 있고, 충남 홍성 어사리에 한 곳, 경남에는 사천 등에 두 곳,

경남 사천 흥사리에서 발견된 매향비

평안북도 정주에 한 곳이 있다.

이들 매향비들의 글자를 보면 암각인데, 대부분 글자가 삐뚤빼뚤하게 새겨져 있다. 정자체로 방정하게 새긴 글씨들이 아니다. 밑바닥 민초들이 썼다는 냄새가 확 나는 글씨체다. 당나라 시대 중국에서 온 노예 상인들이 한반도 해안가로 몰려와 어촌 마을 사람들을 납치하고 왜구들이 몰려와 약탈하던 시대 상황과 맞물려 있는 게 아닌가 싶다.

나는 20년 넘게 침향에 관심을 가져왔지만 뻘밭에서 꺼낸 매향을 눈으로 목격한 적은 한 번도 없었다. 오직 구전과 일부 자료만을 봤을 뿐이다. 눈으로 보지 못하면 목마름의 갈증이 있기 마련이다. 그러다가 전남 완도군 고금면의 수효사(修孝寺)라는 절에 침향으로 조성한 삼존불이 있다는 이야기를 농협캐피탈 대표로 있는 박태선(59) 씨로부터 듣게 되었다.

수효사는 고찰은 아니었다. 그러나 앞에 안산이 적당한 높이로 놓여 있어서 터가 괜찮았다. 법당에 가보니 과연 침향으로 만든 세 구의 불상이 모셔져 있었다. 가까이 가서 맡아보니 냄새가 독특했다. 은은하면서도 과일 향 같은 냄새가 났다. 주지인 성일(70) 스님은 비구니 스님인데, 근처에 가축 축사가 있어서 분뇨 냄새 때문에 시달렸다고 한다. 그래서 '부처님이 냄새 좀 해결해주세요!' 하고 항상 기도를 했더니 어느 날 이 침향이 절에 오게 되었다는 것이다.

이 침향은 2011년 8월 2일에 전남 진도군 군내면 녹진리에서 왔다. 진도에 사는 정용운이라는 사람이 양식장을 만들기 위하여 뻘을 퍼내고 있었는데, 그 뻘밭 속에서 길이 960센티미터, 둘레 540센티미터나 되는 커다란 나무를 발견했다. 이상하게도 나무에서는 향기가 진동했다. 불교 신심이 있었던 정용운은 이 침향을 수효사에 기증했다.

조사해보니 녹나무로 밝혀졌다. 장뇌목(樟腦木)이라고 해서 제주도를 비롯한 남해안 지방에서 자란다. 탄소 연대 측정을 해보니까 서기 300년 대까지 자랐던 나무였다. 당시 수령은 200년 정도. 그러니까 서기 300년 대 후반쯤에 이 나무를 뻘 속에 묻었다는 추정이 가능하다. 마한(馬韓) 시대에 벌써 미륵불을 고대하는 매향 풍습이 존재했던 것일까? 대략 1,700년간 바닷가 뻘 속에 묻혀 있다가 세상에 나온 것이었다. 이 침향으로 불상을 세 구 조성해서(2017년) 법당에 모셔놓은 절이 고금면의 수효사다. 1,700년간 뻘 속에 묻혀 있었던 녹나무 침향을 불상으로 조성한 사례는 수효사가 세계 최초일 것이다.

녹나무 침향에 숨은 역사

:

녹나무라는 사실이 여러 가지를 시사한다. 우선 기존에 매향을 할 때

전남 완도군 고금도의 수효사에 있는, 매향 나무로 만든 불상들. 아직까지도 향이 진하다.

조용헌의 봄여름가을겨울

향나무나 참나무를 묻었다고 알려져 있었는데 녹
나무도 묻었다는 사실이 새롭게 밝혀진 것이다. 이
녹나무는 저절로 뻘 속에 묻힌 것이 아니라, 여러
사람이 운반을 해서 일부러 매향을 한 자국들이
나무에 남아 있었다. 녹나무에 쇠못이 박혀 있었
던 점이 그 증거다. 녹나무는 향이 좋다. 이 1,700년
된 녹나무도 은은하면서도 강렬한 향이 있었다. 코
로 맡으니 대번에 위장 속에까지 향이 들어온다. 녹
나무는 장뇌목이다. 장뇌목에서 나는 향을 장향(樟
香)이라고 부른다. 이 장향은 보이차 가운데서 맡을
수 있는 향이기도 하다.

　보이차 산지인 중국 윈난성에서는 녹나무가 많
이 자란다. 야생 보이차 밭에서도 많이 자란다. 나
무가 크게 자라고 잎이 무성하기 때문에 그 밑에
서 보이차가 자라기 좋은 조건이다. 보이차는 햇볕
이 너무 많은 곳보다는 적당하게 쪼이는 곳이 성장
하기 좋다. 약간 그늘이 지는 곳이다. 이 조건을 반
음반양(半陰半陽)이라고도 한다. 한국에서는 야생
녹차가 대나무 밭에서 성장한 것을 상품으로 친다.
윈난성은 녹나무다. 즉 장뇌목이다.

　장뇌목의 그늘 밑에서 자란 보이차는 자연스럽

게 장향을 품게 된다. 녹나무의 잎이 땅에 떨어지면 그 잎이 보이차의 자양분이 되기도 하고, 땅속에서 녹나무 뿌리와 보이차 뿌리가 엉키게 되면 서로 영향을 주고받는다. 이런 과정에서 장향이 보이차 잎에 스며들게 된다. 이런 녹나무가 자란 곳에서 수확한 보이차는 은은하게 장향이 우러나온다. 또한 녹나무로 만든 목제 차통도 있다. 녹나무 재질로 된 차통에 보이차를 오랫동안 보관하면 역시 장향이 스며들기도 한다. 보이차 중에서 장향이 우러나오는 보이차는 상급 보이차로 친다.

녹나무는 향이 나는 나무이므로 고대부터 사람들이 중요하게 여겼다. 그런데 이 녹나무는 주로 따뜻한 기후대에서 자란다. 제주도와 남해안을 비롯한 한반도의 남부 지역에서 자라고 중부에서는 자라지 못한다. 전남의 진도(珍島)에서 발견된 것으로 보아 녹나무가 자랄 수 있는 기후 조건인 것이다. 일본의 호류지(法隆寺, 법륭사)에 있는 그 유명한 '백제 관음'도 녹나무로 만든 것으로 알려져 있다. 재질이 녹나무이기 때문에 한반도가 아니라 일본에서 조성된 것이라는 주장이 1970년대부터 제기되었다.

그러나 진도에서 1,700년 전에 묻어놓은 녹나무 침향이 발견된 것을 보면 한반도, 백제 지역 또는 마한 지역에서 일찍부터 녹나무가 불상의 재료나 침향으로 사용되었음을 증명한다. 일본에 있는 백제 관음이나 진도의 침향이 같은 녹나무 재질이라는 점을 주목해야 한다. 또 한 가지는 백제 지역에 매향비가 집중되어 있다는 사실이다. 신라에도 미륵 신앙이 있었지만 신라는 미륵 상생 신앙 쪽으로 발전되었다. 죽어서 하늘나라 가운데 하나인 도솔천에 태어난다는 믿음이 상생 신앙이다. 백제의 미륵 하생 신

　　　　　　　　　　　　조용헌의 봄여름가을겨울

앙은 미륵이 이 세상에 육신을 가지고 나타난다는 믿음이다. 하생 신앙은 메시아 대망론과도 같다.

　메시아, 즉 미륵이 나타날 때 쓰려고 뻘밭에 묻어놓은 것이 침향이다. 수백 년 또는 수천 년 후에라도 나타날 미륵불을 축하하기 위한 용도였다. 그 침향으로 만든 부처님이 수효사에 있으니 신화와 역사가 만나는 현장이 아닐 수 없다.

봄 여름 가을

겨울

눈 내리는
어느 날
그대를
만나고 싶다

지리산 최고의 뷰포인트

지리산
금대암

지리산에는 여러 개의 대(臺)가 있다. 대는 어떤 곳인가? 땅의 정기가 뭉친 곳이다. 정기가 뭉친 곳에서 도를 닦아야 효과가 있다. 쓰레기나 매립해서 다져진 곳에서는 도통(道通)하기 어렵다.

대는 보통 바닥이 바위 암반으로 되어 있고 뒤쪽에도 커다란 바위나 절벽이 있기 마련이다. 그리고 앞에는 전망이 좋다. 뷰가 탁 트인 곳이 많다. 지리산에는 보는 관점에 따라 8대(臺)를 꼽기도 하고 10대를 꼽기도 한다. "금대, 무주대, 도솔대가 함양군 마천 일대에서 꼽는 3대다."라는 말이 있다. 금대에는 금대암(金臺庵)이 있고, 무주대에는 상무주암이 있고, 도솔대에는 청매 인오(靑梅印悟, 1548~1623) 선사가 수도했던 도솔암이 자리 잡고 있다. 이 3대는 지리산권에서 손꼽히는 수행 터들이다. 이 3대 중에서도 금대를 가장 먼저 꼽는 수행자들이 많다.

지리산 영봉들이 도열한 광경을 볼 수 있는 곳
:

금대암은 지리산 주 능선에 자리 잡은 암자가 아니다. 다른 맥에 자리 잡고 있다. 삼봉산 자락에서 흘러온 맥이 임천강 앞에서 멈춘 것이 바로 금대산이다. 이 금대산을 멀리서 보면 말의 안장 모습이다. 특히 마적 도사(馬跡道士)가 수도했던 마적대(馬迹臺) 쪽에서 이 금대를 바라다보면 한 마리의 장대한 말에 얹힌 안장의 모습이 더욱 뚜렷해진다. 마체(馬體)다. 산은 어떤 각도에서 보느냐에 따라 모양이 다르고 상징이 바뀐다.

풍수에서 말안장은 가운데가 움푹 들어간 형상을 말한다. 이런 산이 앞에 보이면 귀인이 배출된다고 믿었다. 말을 탄 귀인이 나온다고 여겼던 것이다. 금대산은 이런 말(안장)의 모습이다. 이 금마는 임천강의 물을 먹기 위하여 강 쪽으로 약간 머리를 숙이고 있다. 금마음수(金馬飮水)의 형국인 것이다. 금색의 말이 물을 마시는 형국이다.

마천(馬川)이라는 지명도 이 금대산의 모습에서 유래한 것이 아닌가 싶다. '마천'은 말이 먹는 냇물이라는 뜻이 된다. 구례의 사성암처럼 이 마천의 금대암도 지리산을 마주 보고 있는 위치다. 마주 보고 있을 때 '맞다이'를 놓은 형국이 된다. 맞다이를 놓을 때 그만큼 에너지가 강하게 들어온다는 의미가 함축되어 있다. 에너지는 자기 발밑에서 들어오는 에너지도 있지만 맞다이를 놓은 상대편 쪽에서 들어오는 에너지가 중요하다. 상대편 쪽에서 들어오는 에너지가 묘용(妙用)을 부리기 때문이다. 묘용이란 부귀영화도 해당되고 수행자에게는 총체적인 에너지에 해당한다.

금대가 역대 수행자들에게 주목을 받은 이유는 그 전망이다. 금대에 서면 지리산 1,000미터가 넘는 영봉들이 눈앞에 도열해 있는 광경이 연출된다. 거의 150도 각도로 지리산의 내로라하는 봉우리들이 금대암 앞에 도열해 있다. 지리산을 이처럼 전체적으로 볼 수 있는 위치로는 금대가 단연 압권이다. 앞으로 도열해 있는 지리산 20여 개의 봉우리로부터 에너지가 쏟아진다. 지리산 영봉들의 에너지가 금대암으로 뻗치는 것이고, 몸과 마음이 열린 고단자는 이 에너지를 그대로 다 받아들인다. 그 결과가 '한 소식'이다. 역대 내로라하는 기라성 같은 도인들이 금대에서 한철 또는 몇 년간 머무르면서 그 에너지를 소화했다. 단백질, 콜라겐, 키토산, 비타민 D 같은 영양소를 흡수하지 않았나 싶다. 다른 데서 미처 섭취하지 못한 영양소를 여기에서 충분히 섭취한다. 마치 볼록렌즈처럼 금대암을 향해 레이저를 쏘는 형국이다. 레이저를 쏘는 그 지리산 영봉들을 열거하면 이렇다.

금대암의 맨 오른쪽에서부터 그 봉우리 이름이다. 덕평봉(1,522미터), 칠선봉(1,558미터), 영신봉(1,652미터), 세석산장(1,560미터), 촛대봉(1,703미터), 연하봉(1,730미터), 장터목(1,653미터), 제석봉(1,808미터), 천왕봉(1,915미터), 중봉(1,874미터), 하봉(1,781미터)이다. 더 왼쪽으로 가면 영랑대도 있고, 독바위도 있다. 오른쪽으로 시야를 더 넓히면 형제봉도 있고, 더 오른쪽으로

금대암에서 바라본 지리산 조망 안내입니다.

하봉 (1781)　　중봉 (1874)　천왕봉 (1915)　　제석봉 (1808)　　장터목 (1653)　연하봉 (1730)　촛대봉 (1703)　　세석산장 (1560)　영신봉 (1652)　　칠선봉 (1558)　덕평봉 (1522)

1967년 12월 27일 첫 국립공원으로 지정돼 보호되고 있는 지리산은 주봉 천왕봉(1,915m)에서 중봉(1,874m), 하봉(1,781m)을 잇는 능선과 반야봉, 제석봉, 촛대봉 등 해발 1,500m를 넘는 거봉이 구름위에 솟아있고 이들을 호위하듯 해발 1,000m를 넘는 20여개의 높은 봉우리들과 85개의 크고 작은 봉우리들이 서로 어우러져 있다.

금대에 세워놓은 안내판(위)과 금태에서 바라본 풍경(아래).
안내판에 표시된 봉우리들을 아래의 사진에서 찾아보자.

삼정산도 있다.

금대암에서 형제봉을 보면 마치 도깨비의 뿔처럼 형제봉 좌우에 두 개의 바위가 뿔처럼 솟아 있는 모습이 보인다. 형제봉이라는 이름이 비로소 이해가 간다. 금대암에서 봐야만 형제봉 좌우에 솟은 두 개의 바위 뿔이 보인다. 왼쪽 바위 뿔이 부자바위다.

금대암에서 약간 오른쪽으로 보이는 영신봉도 볼 만하다. 지리산에서 무속 신앙을 추구하는 무당들이 가장 선호하는 바위가 영신봉과 영신대(靈神臺) 아니던가. 그 봉우리를 금대에서는 느긋하게 감상할 수가 있는 것이다.

그 영신봉 옆으로는 좌고대(坐高臺) 바위가 보인다. 서너 개의 톱니가 솟아 있는, 마치 왕관의 맨 윗부분처럼 보이는 바위가 좌고대다. 나는 아직 이 좌고대까지 올라가보지는 못했다. 마음속으로 '언제 저기를 한번 올라가봐야 하는데!' 하는 바람만 갖고 있다. 비록 올라가보지는 못했지만 금대에서 바라다보니까 귀엽기 그지없다.

천왕봉이 한눈에

:

지리산 최고봉인 천왕봉은 말해서 무엇 하겠는가! 천왕봉을 이처럼 온전하게 볼 수 있는 포인트도 지리산 전체에서 아주 드물다. 지리산에서 천왕봉을 보는 지점은 땅값도 다르다. 천왕봉이 보이는 집터는 더 비싸다. 대개 천왕봉을 보더라도 아주 옹색하게 살짝 보이는 지점이 대부분인데, 금대에서 보면 아주 여유롭게 그리고 전면을 느긋하게 감상할 수 있다.

영랑대를 살짝 보는 것도 좋다. 신라의 영랑 선인이 화랑들을 이끌고 이 봉우리에 올라가서 호연지기를 기르고 무술 훈련을 했던 장소가 아니던가. 몇 년 전에 영랑대 꼭대기에서 텐트를 치고 하룻밤을 자면서 지기를 흠뻑 받았던 기억이 생생하다. 그런가 하면 천왕봉에서 중봉, 하봉으로 이어지는 능선을 바라다보는 것도 즐겁다. 이 맥의 한 가닥이 내려와 결국 벽송사 그리고 의중마을까지 이르는 것 아닌가. 벽송 능선이라고 부르는 맥이다.

의중마을에는 구한말에 탄수(灘叟) 이종식(李鐘植, 1871~1945) 도사가 태어났고 일본 토벌대로부터 간신히 목숨을 구해서 이 금대로 들어와 10년간 도를 닦았다. 그리고 일본이 망해 광복이 되는 날짜를 정확하게 예언했다. 자신은 이 금대암 밑자락에 금계(金鷄)마을을 일구었다. 말하자면 금마의 자식이 금계인 셈이다. 말이 닭을 낳는 것이 신화와 풍수의 세계다.

금대가 명당일 수 있는 조건을 또 하나 따져보면 금대 바로 앞에서 받치고 있는 창암산이다. 이 창암산이 바로 금대 앞에 자리 잡고 있다. 여기에서 또 에너지가 온다. 그러면서도 멀리 지리산 주 능선을 시야에서 가리지 않고 있다. 이 창암산이 있어서 금대의 에너지를 또 한 겹 이중으로 보호하는 셈이다.

조용헌의 봄여름가을겨울

금대암 나한전(왼쪽)과 그 뒤에 자리 잡은 바위(오른쪽)

　그리고 금대의 나한전(羅漢殿) 뒤로 솟은 바위를 지나칠 수 없다. 커다란 바위가 이 터에 에너지를 주입(in put)하고 있다. 터가 형성되려면 이처럼 법당 뒤로 커다란 바위나 절벽이 떠받치고 있어야 한다. 과연 금대는 지리산에서 손꼽히는 영지가 될 만한 입지 조건을 제대로 갖추고 있다.

암태도 민초들의
강인함을 잉태한 땅

그리스에 가보니까 섬나라였다. 볼 만한 것은 섬에 있었다. 산토리니는 푸른색과 흰색의 페인트로 지붕들을 발라놓아서 볼 만했지만 사실은 아주 황량한 섬이었다. 크레타는 이집트의 고대 문화가 그리스로 건너가는 중간 기착지로서의 의미가 있는 섬이었다. 미코노스는 가게의 기념품이 다 고급스럽고 쓸 만한 물건들이어서 약간 의외였는데 알고 보니 게이(gay)들이 선호하는 섬이었다. 동성애자들이 자식도 없고 딱히 돈 쓸 데가 없으니 비싼 물건을 많이 사기 때문이란다.

그리스는 육지보다 바다에서 돈이 나왔고 정보가 나왔다. 그러니 뱃사람이 잘사는 나라였다. 리더십도 '십(ship)'이다. 앞장서는 배가 리더십이다. 선장이라는 뜻의 캡틴도 큰 벼슬이었다. 바다와 뱃사람이 사회의 상층부를 형성한 것이다.

고대 그리스는 선자천하지대본(船者天下之大本)이라! 뱃사람이 천하의 근본이다. 이 전통이 15~16세기 대항해 시대까지 서양에서 주류적 가치로 이어져온 문화다. 현재 미국이 10만 톤급 항공 모함을 앞세워 세계의 바다를 지배하는 것도 이 전통에 서 있는 것이다.

조선은 어땠나? '농자천하지대본'이었다. 농사가 중요하고 배를 타는 사람은 '뱃놈'이라고 부르며 아주 천시했다. 농사짓는 농자는 정권의 세금 착취와 통제가 용이하지만 바다의 뱃놈은 통제가 어려웠던 탓이다. 그 결과는 해상 무역의 실종이었다. 무역은 곧 해상에서 이루어지는 법인데, 해상을 봉쇄하고 천시하니까 돈이 생길 리가 없었다. 농사지어 가지고는 보릿고개를 넘어갈 수 없었다. 후기의 조선은 최악의 빈곤 국가였다. 섬은 죄인들이나 보내는 유배지였다.

한국도 따지고 보면 섬이 많은 나라다. 해상 무역이 어느 정도 발달할 수 있는 소지가 있었다. 제주도를 포함해서 서남해안에 널려 있는 수천 개의 섬은 빛을 보지 못했다. 유일하게 신라 말기의 장보고가 바다와 섬을 근거지로 삼아 해상 무역을 작동시켰지만 반란 사건에 연루되어 이것이 이어지지 못했다.

21세기에 들어와서 섬이 주목받기 시작했다. 토목 기술의 발달로 육지와 연결하는 다리가 생겼기 때문이다. 섬은 이제 고립의 공간이 아니다. 자연 풍광이 좋은 휴양지로 변모하고 있다. 다리의 연결로 섬과 육지의 장점이 결합된 셈이다. 그런 대표적인 지역이 전남 신안군이 아닌가 싶다. 일명 천사의 섬이다. 여기서 천사는 '1004'를 가리킨다. 섬이 1,000개가 넘는다. 사람이 사는 유인도는 수십 군데다.

고립의 섬에서 휴양지 섬으로

:

목포가 1970~80년대 야당 지도자 김대중의 정치적 근거지였기 때문에 정권의 차별을 받았지만 굶어 죽지 않고 버틸 수 있었던 이유는 이 신안군의 섬들이 뒷받침을 해주었기 때문이다. 신안군의 수십 군데 유인도에서 학생들이 목포로 유학 와서 학용품도 사고, 수업료도 내고, 어부들이 목포의 가게와 시장에서 물건들을 구입해준 덕택이다. 목포가 암탉이라면 신안군 수십 개의 유인도는 병아리였다고나 할까. 사실 따지고 보면 신안군의 섬 주민들은 고려 시대 이래로 조선조에 이르기까지 한양 정권으로부터 큰 혜택을 받은 것이 없었다. 착취를 당했으면 당했다.

그러나 21세기의 다리가 모든 상황을 바꾸었다. 땅을 보는 데 있어서 놀라운 예지력을 지니고 있었던 통일교의 문선명은 이미 1980년대에 "앞으로 서남해안의 섬들이 후천개벽을 이끌어간다."는 예언을 한 바 있다. 참모들에게 "섬들을 주목해야 한다."고 수시로 강조했다는 말을 들었다.

목포 바로 앞에 있는 섬이 압해도(壓海島)다. '바다를 제압한다'는 뜻의 이름으로 보아서 이 섬은 조선조까지 남해안에서 서해안으로 돌아서 꺾어지는 지점의 바다를 통제했던 수군 지휘부가 상주했던 섬이다. 서남해

압해도와 암태도를 연결하는 천사대교.
영종대교, 인천대교, 서해대교에 이어 우리나라에서 네 번째로 긴 다리다.

안 코너 지역을 조망하기에 좋은 지점이다. 압해도까지는 이미 십여 년 전에 다리가 놓인 상태였다. 근래에 이 압해도에서 다시 암태도(巖泰島)까지 다리가 완공되었다. 길이가 7.2킬로미터에 달한다. 옛날 같으면 돛단배를 타고 들어가야 할 암태도를 자동차로 들어간다. 이런 상전벽해가 없다.

나는 십 몇 년 전부터 암태도를 한번 가보고 싶었다. 이름이 바위가 크다[巖泰]는 뜻 아닌가. 바위가 크다는 뜻의 지명은 그만큼 기가 세다는 의미도 담고 있다. 더군다나 바다의 섬이면 고립된 곳이고, 고립된 곳은 도 닦기에 좋은 곳이다. 도는 고립과 고독 그리고 가난을 동행한다. 그런데 막상 암태도에 가보니까 의외였던 부분이 논밭이 많다는 점이었다. 전답이 아주 넓었다. 섬인데도 불구하고 고기를 잡는 어업보다는 농사가 주업이었다. 진도(珍島)도 1년 농사지으면 3년을 먹고산다는 말이 있을 만큼 농토가 넓은 지역이었는데, 암태도에 가서 보니까 진도 못지않게 농토가 많다는 점이 인상적이었다.

농토가 넓은 지역은 사회적 전환기에 반드시 투쟁이 있었다. 암태도의 소작 쟁의는 1924년에 일어났다. 당시 소작인들이 지주에게 내야 할 소작료는 거의 7할에 가까웠다. 생산량의 7할을 지주에게 바치고 소작인은 나머지 3할만 가지고 살아야 했던 것이다. 너무 과도한 소작료였다. 이러한 소작료는 암태도뿐만 아니라 전국적인 현상이었

암태도. 섬인데도 평야와 농지가 발달해 있다.

조용헌의 봄여름가을겨울

다. 조선 후기부터 일제 강점기에 이르는 동안 우리 농민들이 얼마나 어렵게 살았는지를 보여주는 대목이다.

암태도의 소작인들은 소작료를 낮춰달라고 항의했다. 논은 4할, 밭은 3할이었다. 소작 쟁의 지도부가 목포 경찰서에 구금이 되자 암태도 소작인들은 목포에 배를 타고 건너가서 투쟁했다. 당시 배들은 노를 젓고 바람을 타고 가는 풍선(風船)이었는데, 목포까지는 6시간이 걸렸다고 한다. 물론 이는 정상적으로 순풍을 탔을 경우였다. 바람이 예상대로 불지 않으면 1박 2일도 걸렸다.

암태도 농민들의 아사동맹

:

암태도 사람들은 목포 경찰서 앞에서 데모를 했다. 첫 번째 데모는 빔선 일곱 척에 나누어 타고 온 400명이 주도했다. 그러다가 암태도로 돌아왔지만 소작 쟁의 주동 간부들이 풀려나지 않자 두 번째로 다시 600명이 목포로 갔다. 이때 암태도 사람들은 아사동맹(餓死同盟)을 맺었다. 데모를 하다가 굶어 죽더라도 중도에 포기하지 말자는 각오였다. 결국 목숨을 건 소작 투쟁의 결과로 소작료는 4할로 낮추어졌다. 이게 일제 강점기 전국 소작 쟁의의 모델이 된 것이다. 암태도 사건이 신문 보도를 통해 전국에 널리 알려진 결과였다. 동학 농민 혁명의 실패 이후로 거의 30년 만에 농민들이 자발적으로 다시 일어나 투쟁에 성공한 결과였다.

암태도의 치열한 소작 투쟁의 배경에는 암태도의 지세도 관련 있다. 바위가 많은 지형에서 배출되는 강인한 기질이다. 바위가 많으면 기질도 강하기 마련이다. 아사동맹은 아무나 맺는 게 아니다.

바위가 많은 지형인 암태도에서 가장 높은 산이 승봉산이다. 해발 356미터. 승봉산의 7부 능선쯤에 노만사(露滿寺)가 있다. 이슬이 가득 차 있다[露滿]는 의미다. 절은 바위 절벽이 움푹 들어간 지점에 자리 잡고 있었다. 이러한 바위 절벽의 터를 보면 불교 사찰이 세워지기 이전에 이미 토착민들이 기도를 드리던 터가 대부분이다. 토착민들이 기도를 드려서 영험하다고 알려진 터에 불교 사찰이 자리 잡는 경우가 많다.

법당 뒤로 움푹 들어간 바위 틈 사이에 푸른 이끼가 끼어 있었다. 그 이끼 사이로 바위 틈새에서 새어나온 물이 한 방울씩 바닥으로 떨어지고 있었다. 절을 지키고 있는 70대 중반의 노스님 이야기로는 그 한 방울씩 떨어지는 물이 이슬에 해당한다고 한다. '이슬이 가득 찬 절'이라는 말은 이 이끼 틈새에서 떨어지는 물 때문이었다. 예전에는 위장병에 특효가 있다고 해서 섬의 주민들이 노만사에 와서 이 물을 많이 먹었다고 한다.

절벽에 붙어사는 '송악'의 메시지
:

노만사는 터의 바닥도 암반이고, 법당 왼쪽을 바위 절벽이 둘러싸고 있는 형국이다. 법당 뒤도 물론 바위 암반이다. 이렇게 되면 터가 아주 세다.

노만사 대웅전과 노만사 주변 풍경. 바위와 넝쿨, 나무가 뒤엉킨 모습이 마치 앙코르와트를 연상케 한다.

터가 세다는 것은 두 가지 의미를 갖는다. 일반인에게는 감당하기 어려운 터라는 의미가 된다. 220V 가전 기구를 500V에 꽂으면 제품이 상한다. 일반인은 에너지를 소비하는 용량이 작다는 의미다. 그러나 도를 닦는 수행자에게는 터가 셀수록 좋다. 로켓의 발사 추진 화력이 되기 때문이다. 주지 스님 말로는 젊은 스님들이 기도한다면서 노만사에 머무르지만 일 년을 버티지 못하고 떠나는 수가 많다고 한다. 터가 세서 버티지를 못한다는 말이다. 그러나 한편으로 뒤집어 보면 그만큼 경제적 궁핍이 심해서 버티기 어렵다는 뜻이기도 하다.

1960~70년대까지만 하더라도 암태도에는 지금보다 주민이 훨씬 많이 살았다. 하지만 지금 노만사는 잘해봐야 신도가 열 명 남짓이다. 바닷가 어촌의 나이 먹은 신도 십여 명이 절 살림을 지탱해주는 단월(檀越, 절이나 승려에게 물질적 지원을 하는 일 또는 그런 사람)이다. 그만큼 힘들다는 말이다. 너무 춥고 배가 고프면 버티기가 힘든 법이다. 노만사 앞으로 펼쳐지는 풍광은 지중해의 어느 섬 풍광 못지않다. 절 앞으로 여러 개의 섬이 잔잔하게 서 있다. 풍광은 참 그림 같다. 그러나 배가 고픈 절이다.

노만사에는 '송악'이라 불리는 희귀한 나무가 자란다. 법당의 좌청룡 자락 바위 암벽에 서식하는 나무다. 보통 10미터 정도 높이로 자라는 상록 활엽성 만경목이라고 한다. 노만사 법당 앞의 송악은 수백 년 자란 수종이다. 나무 높이 16미터, 굵기 50센티미터다. 암벽에 찰싹 붙어서 산다. 어떻게 저리 바위 암벽에 힘들게 붙어서 살까 걱정이 될 정도로 강한 생명력을 보여주는 나무다.

조용헌의 봄여름가을겨울

노만사 왼쪽 바위 암벽에 붙어서 서식하는 나무. 수령이 100년을 넘었다.

잎과 줄기는 지혈과 경련을 멈추게 하는 작용이 있다고 한다. 한방에서 약재로 사용하는 나무인 것이다. 이 송악은 신안군에서 자생하는 송악 중에서 가장 큰 나무라고 한다. 남해안 따뜻한 지역에서 많이 자라는 덩굴 식물이다. 바위 절벽에 바짝 붙어서 수백 년 동안 그 생명력을 유지해 온 송악이라는 나무를 노만사에서 처음 보았다. 송악이 인간에게 많은 메시지를 준다.

설악산 늑대 소년 통해
속세로 나온
삼천 년 무술의 정체

계룡산
기천문 본문

기(氣). 이것이 도대체 무엇이기에 수천 년 동안 이 땅에서 그 맥이 이어져오고 있을까? 끊어질 듯 끊어질 듯하면서도 끊어지지 않았는가!

보이지도 잡히지도 아니하고 무게도 형체도 이름도 없으니 이를 이름하여 기천(氣天)이라 하느니라. 말이나 글에 집착하지 말고 몸으로만 수행하라. 바람은 눈에 보이지 않나니 스쳐보아야 그 위력을 아느니라.

단군 이래 내려오는 전통 무술을 연마하는 단체인 '기천문(氣天門)'에서 내건 캐치프레이즈다. 단군 이래라고 한다면 적어도 3,000년 넘게 거슬러 올라가는 역사다. 고조선 시대 이래로 고구려의 조의선인(皂衣仙人, 고구려

계룡산에 위치한 기천문 본문

때의 벼슬이자 특별히 무예가 뛰어난 무사 집단을 일컫는다)을 거쳐 고려·조선 때
도 끊어지지 않고 현재까지 전해져오고 있다는 얘기다. 그 끊어지지 않는
전통이 뭉쳐 있는 장소가 충남 공주시 계룡면 하대리에 있다. 계룡산 연
천봉 바위 맥이 갈지자(之)로 내려오다가 끝자락에 국을 이룬 자리다. 여
기에 한옥 두 채가 있고 그 한 채에 기천문의 2대 문주(門主)인 박사규(73)
선생이 머무르고 있다. '기천문 계룡본산'이라고 새긴 돌비석도 서 있다.
그런가 하면 주변에는 여기저기 깃발을 꽂아놓은 무속인의 집들도 포진
하고 있다.

원래 세상은 용사혼잡(龍蛇混雜, 옥과 돌이 섞여 있듯이 성인과 범인이 한데 어우러져 있다는 뜻)인 법이다. 주변에 무속인들이 포진하고 있으니까 잘 드러나지 않는다는 장점도 있다. 무은(巫隱), 즉 무속에 숨는다. 이 동네의 무속인들이 가끔 이 터를 지나가다가 "학 수십 마리가 떼로 모여 있는 모습이 보입니다.""곰들이 이 터에서 우글거리네요."라는 이야기를 해주고 간다고 한다.

연개소문의 필살기와 평양의 박치기

:

20년 전 박사규 선생을 만나 기천이라는 생소한 무술 문파 이야기에 흥미를 느끼게 된 계기는 연개소문 때문이었다. 고구려의 연개소문이 기천의 고단자였다는 이야기다. 어느 정도 고단자였나? 상박권(上膊拳)을 구사하는 단계까지 올라갔던 무술 고단자가 연개소문이었다고 주장한다. 박(膊)은 '팔뚝 박' 자이다. 상박권은 호랑이가 엎드려 있다가 갑자기 솟구치는 자세에 해당한다. 솟구치면서 이마와 팔꿈치를 사용하여 상대의 관자놀이나 턱을 강타해버린다. 파괴력이 살인적이라고 한다. 타격을 받은 상대는 턱이 나가버리는 중상을 입거나 사망에까지 이른다.

원래 이북에서는 평안도 박치기가 유명했다. 3~4미터 거리에서도 상대방을 박치기로 가격하는 실전 무술이다. 3~4미터를 점프하는 탄력과 상대방의 부위를 정확하게 겨냥해서 타격하는 기술이 연마되면 실전에서 아주 무섭다고 한다. 지금 UFC에서도 박치기는 사용하지 못하게 한다. 반칙이다. 그러나 평안도 박치기 전문가들은 실전에서 박치기로 어지간한 상대 서너 명을 기절시켜버렸다는 무용담을 들었다고 한다. 레슬링으로 서로 엉클어진 자세에서 굳이 손으로 파운딩할 것 없이 박치기로 상대를 갈겨버리면 간단하다.

이 평안도 박치기도 지금 생각하니 상박권의 파생 기술이 아니었나 싶다. 아무튼 기천에서도 이 상박권은 아주 고급 자세에 속한다. 그만큼 배우기 어렵다는 말이다. 뭘 제대로 배우려면 피, 땀, 눈물이라는 세 가지 액체를 바가지로 흘려야 한다. 공짜가 어디 있겠는가. 그만큼 험난한 육체적 고행을 거쳐야 도달하는 단계다.

기천의 구전에 의하면 강인한 기질의 소유자였던 연개소문도 상박권을 완전히 마스터하는 데는 실패했다고 한다. 중간에 포기했다. 하지만 중간 정도의 실력만 가지고 산에서 내려왔어도 강호 어디다 내놔도 꿀리지 않았다. 연개소문은 보따리 하나 들고 천하를 떠돌아다녔다. 중국에 들어가서 중원 천지의 내로라하는 고수들과도 붙어봤던 모양이다.

중국 두광정의 소설로 알려진 『규염객전』의 규염객은 모델이 연개소문이라고 추정된다. 규염객은 '용의 수염을 기른 사내'라는 뜻인데, 연개소문이 중국 천지를 돌아다니며 각 문파의 고수들과 겨뤘던 이야기가 세간에 떠돌아다니면서 소설의 소재가 되지 않았나 싶다. 중국 소설의 주요 인물로 등장할 만큼 당시 연개소문의 무공은 소문이 나 있었던 것이다. 그 무공의 밑바탕이 상박권으로 상징되는 기천의 무예였다.

기천문 2대 문주 박사규

현대에 들어와 2대 계승자이자 장문인 박사규는 70대 노인임에도 불구하고 손을 보면 손이 부들부들하다. 사람이 나이가 들면 손에서 나타난다. 손이 굳는 것이다. 손이 부드럽다는 것은 아직 오장육부와 근육이 부드럽다는 사실을 의미한다. 부드럽다는 것은 탄력이 있다는 것이고 아직 기가 충만하다는 증거다. 70대에 부드러운 손을 가지고 있음은 수십 년 동안 축적해온 무공의 증거이리라.

현재의 기천문 본산 터에서 계룡산 연천봉까지는 1킬로미터 정도 거리다. 바위 암벽이 험해서 일반 등산객 발걸음으로는 1시간 반 정도 걸리는데, 박 문주는 매일 아침 연천봉 정상까지 올라갔다 내려오는 일과를 진행한다. 60대까지는 발목에 모래주머니를 차고 달리다시피 해서 산을 오르내렸다. 이렇게 몸을 단련했다. 70인데도 아직 현역이다. 주말에는 전국 각지에서 찾아오는 제자들을 지도한다.

"UFC에서 뛰는 코너 맥그리거 같은 선수가 만약 기천을 배우면 어떻겠습니까?"

조용헌의 봄여름가을겨울

"아주 좋죠. 가만히 보니까 맥그리거는 타고난 선수 같아요. 우선 리치가 길어요. 이것도 장점이죠. 다음에는 반사 신경인데, 대부분의 선수들이 자기가 상대를 공격해 들어갈 때는 허점이 노출되죠. 근데 맥그리거는 공격하면서도 허점을 잘 노출시키지 않아요. 언제 상대방을 공격해야 하는지 타이밍을 본능적으로 캐치하는 능력이 있어요. 이 정도 되면 타고난 자질이죠. 맥그리거가 만약 기천 같은 무술을 연마했으면 상당한 경지까지 갔을 것입니다. 물론 기천의 목표가 싸움을 잘하는 데 있는 것은 아니죠. '천부경'에 나온 것처럼 천지인(天地人) 삼재를 회통하여 홍익인간이 되는 것이지만요."

"1대 문주인 대양 진인(大洋眞人) 일화 좀 소개해주시죠?"

"어렸을 때 조사부(祖師傅)님인 원혜 상인(元慧上人, '上人'과 '眞人'은 기천문의 수련 정도에 따른 등급이다. 상인이 가장 높고 그 아래가 진인이다)과의 인연으로 일찍부터 스승(원혜 상인)의 손에 이끌려 설악산에서 수련을 했습니다."

늑대 소년의 '도장 깨기'
:

대양 진인은 5세 때부터 설악산에서 원혜 상인과 함께 살았다고 한다. 심산유곡에서 현대 문명과 차단된 채 거의 구석기 시대 사람처럼 자란 것이다. 그야말로 스승과의 철저한 일 대 일 지도 체제였던 셈. 원시적으로 살면서 사람들과 차단된 상태로 십 몇 년을 설악산의 자연 동굴에서 살

왔다고 한다. 생식을 하고 나무뿌리, 약초, 산나무 과일을 먹었다. 가끔 원혜 상인이 민가에 내려가 양식을 구해오면 쌀, 보리, 콩을 먹기도 했다.

옷은 어떻게 입었나? 광목을 구해 얼기설기 대강 엮어서 입었다고 한다. 누더기 비슷한 옷을 걸쳤다는 이야기다. 20세가 될 무렵인 1970년에 설악산에서 내려와 서울로 갔다. 산에서 서울로 갈 때도 차를 타지 않고 걸어서 갔다고 한다. 처음 서울에 도착했을 때 대양 진인은 '늑대 소년'으로 알려졌다. 행색이 영락없는 늑대 소년이었다.

서울에 처음 가서는 태권도 도장에서 청소를 해주면서 먹고 자는 생활을 했다. 신발 공장에 가서 잡일을 하거나 청소를 하기도 했다. 무술은 고단자였지만 세간 사회를 전혀 모르는 늑대 소년이 할 일은 청소나 하는 잡역이었을 수밖에 없다.

더군다나 대양 진인은 키가 작았다. 160센티미터가 안 되는 키였다. 자그마한 중학생 정도였던 것이다. 그러던 도중에 부산에서 합기도 도장을 운영하는 어떤 관장을 만나서 부산으로 가게 되었다. 당시는 부산에서 합기도 도장끼리 실력 대결을 해서 이긴 쪽이 지는 쪽 도장을 접수하는 '도장 깨기' 풍습이 유행할 때였다. 지는 쪽은 도장을 내줘야만 했다.

대양 진인이 이 도장 깨기의 선수로 활약하게 되었다. 그를 데리고 간 합기도 관장이 사회 물정을 모르는 대양 진인을 도장 깨기 선수로 앞세웠던 것이다. 부산 합기도 도장을 여기저기 깨고 다니는 대양 진인을 바라만 봐야 했던 쪽에서는 분이 쌓일 수밖에 없었다. 그대로 보고만 있을 수 없었던 쪽에서 대책을 강구했다. 대책이란 조폭 동원이었다. 부산의 조폭 조직인 칠성파에서 나서게 되었다. 정체불명의 이 조그만 무술 고수를 제압하기 위해서였다.

해운대 모래사장에서 칠성파 행동대원 7~8명과 대양 진인이 붙게 되었다고 한다. 혼자서 칼과 야구방망이를 든 조직원 7~8명과 대결을 한 것이다. 칠성파 쪽에서도 대양의 실력을 어느 정도 파악하고 있었기 때문에 맨손으로 나오지 않았다. 칼과 몽둥이까지 들고 나왔던 것 같다. 비겁한 짓이었다. 맨손의 한 명을 상대로 여러 명이 무기로 공격한다는 것은 살상의 의도였다. 모래사장에서 칠성파와 맞붙은 대양 진인. 그는 순식간에 권법과 발차기를 통해서 서너 명을 쓰러뜨렸다고 한다. 상대측에서는 칼을 휘둘렀다. 몇 대씩 쥐어박아도 계속 칼을 들고 공격해오니 대양 진인으로서는 더 이상 싸우는 게 의미가 없다는 생각을 했던 것 같다. 더 이상 공격하면 살생이 발생한다. 살생까지 가면서 싸울 필요가 뭐 있는가. "나 더 이상 안 할란다." 하고 대양 진인이 현장을 피했다.

그런데 피하는 동작이 당시 조폭들의 혼을 뺐다. 대양 진인이 날아가면서 스치듯이 모래사장을 떠나갔기 때문이다. 모래밭에 사람 발자국이 거의 남지 않은 상태로 날듯이 현장을 떠났다. 어떻게 사람이 모래밭에 발자국을 남기지 않고 지나갈 수 있단 말인가! 당시 현장에 있었던 조폭 중간 간부 한 명은 십 몇 년쯤 지나 서울 장충동 앰배서더 호텔 커피숍에서 대양 진인과 우연히 마주쳤다. 그가 발자국도 남기지 않고 사라진 이야기를 박사규 문주의 친구에게 고백한 적이 있었는데, 마침 그 친구가 대양 진인과 동행이었다.

"해운대 모래사장에서 발자국을 남기지 않는 행법은 기천에서 무엇이라 합니까?"

"그건 비마축지(飛馬縮地)라고 합니다. 보법(步法) 중의 하나죠. 나는 말이 달리는 보법이라는 것이죠."

이렇듯 부산에서 도장 깨기 선수로 동원되던 대양 진인이었지만, 세상 물정은 전혀 몰랐다. 화장실의 양변기도 부산에서 처음 봤을 정도였다. 세숫대야인 줄 알고 변기통에서 세수를 했다고 한다.

간첩으로 오인받은 대양 진인
:

대양 진인은 부산 생활을 끝내고 23~24세 무렵에 계룡산으로 들어와 살게 되었다. 신흥암 근처의 어느 허름한 암자였다. 대양은 매일 새벽마다 수련을 했다. 소나무 사이를 붕붕 날아다니다시피 하면서 발차기를 연습했다. 이 소나무에 왼발을 찍고 날아서 다음 소나무에 오른발을 찍는 식이다. 새벽마다 산에 올라가 숲속에서 수련을 하던 대양은 간첩으로 오인을 받기도 했다.

공주 경찰서에 간첩 신고가 접수되었다. 1970년대 초반은 학교에서 간첩 신고하라는 교육을 받을 때였다. 공주 경찰서에 연행되어 간 대양은 주민등록증도 없고, 거주지나 주소도 없고, 졸업한 초등학교도 없었다. 신분을 확인할 방법이 없었다. 공주 경찰서 무술 경관과 무술 대결도 했다.

태권도, 유도, 합기도의 초식을 쓰면 어느 정도 알리바이가 입증될 수도 있었다. 하지만 대양이 보여주는 초식은 듣도 보도 못한 동작들이었다. 도대체 계보를 알 수 없는 무술이었다. 이게 혹시 북한의 특수 부대원들이 쓰는 무술 아닌가? 간첩이 아니라는 증거를 대려면 주변에 누구 아는 사람을 데려와야만 했다. 유일한 동거인은 암자에서 밥해주던 나이 든 보살님밖에 없었다. 양어머니처럼 이 보살을 모시고 살던 때였다. 하지만 나이 든 할머니 보살도 호적상으로는 아무 상관이 없는 그냥 동거인일 뿐이었다. 어떻게 증명을 해야 하나? 그때 약간 신기가 있었던 양어머니 보살님 꿈에 원혜 상인이 나타났다. 꿈에 나타난 원혜 상인이 '설악산 죽음의 계곡으로 가면 어떤 바위 뒤에 소나무가 있다. 거기로 대양을 데리고 와라' 라는 메시지를 주었다. 깨고 나니 아주 선명한 꿈이었다.

경관 두 명과 함께 설악산 계곡에 올라갔다. 삼복 여름이었다. 계곡을 올라가다가 땀을 씻으려고 일행이 계곡물에 세수를 하고 있는데 양어머니의 뒷덜미가 쭈뼛해졌다. 갑자기 원혜 상인이 나타나 일행들 뒤에 서 있었던 것이다. 원혜 상인의 모습은 거의 걸레같이 해진 남루한 옷을 입고 팔뚝과 몸에 털이 수북하게 난 상태였다고 한다. 생식을 하고 원시적인 생활을 하면 털이 많아진다. "이 애를 내가 가르쳤습니다." 옆에서 원혜 상인의 차림새를 본 경관들은 바로 납득이 되었다.

하지만 또 하나의 관문이 남았다. 신원 보증인이 필요했다. 그 신원 보증을 오대산 월정사에 계시던 탄허 스님이 해주었다. 원혜 상인이 산을 내려갈 때 대양에게 했던 "무슨 일이 생기면 탄허 스님을 찾거라."는 당부가 생각났기 때문이다. 탄허 스님과 원혜 상인은 서로 친분이 있었다. 경찰에서 탄허 스님에게 대양의 신원을 물으니 탄허 스님이 "그 애는 내가 안다. 내가 보증하겠다."고 한 것이다.

이렇게 설악산의 원혜 상인이 다섯 살짜리 대양을 데려다가 키우면서 가르쳤고, 다시 대양 진인이 박사규에게 전수한 무술이 기천문이다. 실로 아슬아슬하다. 숙생의 인연이 아니었으면 전해질 수 없었던 수련법이다.

기천의 사상적 배경은 '천부경'이다. 천부경의 골자인 천지인 삼박자를 중시한다. 천부경을 소의경전(所依經典, 한 종교와 문파가 근본적인 가르침으로 삼는 경전)으로 한 심신수련법 기천이 단군 때부터 시작하여 연개소문을 거쳐 여기 계룡산까지 이어지고 있다. 끊어질 듯하면서도 어려운 상황에서 사람을 만나 전수가 된다. 어찌 놀랍지 아니한가!

조용헌의 봄여름가을겨울

대양 진인이 수련한 계룡산. 계룡산은 공주시, 계룡시, 논산시, 대전광역시에 걸쳐 있는 큰 산이다.
풍수지리에서는 우리나라의 4대 명산 중 하나로 꼽고 있고, 『정감록』에서도 그 가치를 높게 여겼다.
한때 무속인뿐 아니라 신흥 종교와 유사 종교에 관련한 이들이 모여들었다.

서른 개의 굴을 거느린 '늙은 장수'

지 리 산
노 장 대

결국(結局)이란 단어가 있다. '마지막에 이르러'라는 뜻이다. 이건 원래 풍수 용어다. 산줄기의 마지막 부분에 정기가 뭉쳐서 국(局)을 만든다는 것이다. 마지막 부분에 에너지가 집결되어서 자리 또는 명당을 만든다. 그러니까 산꼭대기에는 명당이 드물다는 이야기다. 호박이 가지 끝에 열매를 맺듯이 풍수에서는 산줄기의 아래쪽 끝자락에 제대로 된 터가 형성된다고 본다. 이런 '결국'의 관점에서 산을 바라다보면 산의 정상보다는 낮은 쪽의 끝자락을 유심히 보게 된다. 일반 등산객과 풍수가의 산을 보는 관점이 다른 것이다.

결국의 관점에서 지리산 끝자락을 보면 눈에 들어오는 암봉이 있다. 바로 노장대(老將臺)다. 커다란 바위군이 마치 늙은 장수처럼 서 있다고 해서 붙여진 이름 같다.

경남 함양군 마천면에서 지리산 줄기를 바라다보면 천왕봉에서부터 중봉, 미타봉을 거쳐 그 끝자락에 이 노장대가 있다. 해발 1,200미터 높이쯤 된다. 멀리서 보면 약간 뾰쪽하게 생긴 바위 봉우리가 마지막 자락에 높이 솟아 있다. 도로 옆을 지나가다 보면 이 바위 봉우리가 눈을 잡아끈다.

'아! 저 봉우리에 기운이 뭉쳐 있겠구나!'

지리산의 영랑대(永郎臺)를 광적으로 좋아하는 산꾼 이영규(63) 선생에게 도로를 오가면서 눈여겨보았던 저 봉우리에 한번 가보고 싶다고 부탁했다.

"저기 가면 주변에 바위굴이 많습니다. 송대마을에서 한 두 시간 반이면 올라갈 수 있습니다."

송대마을은 함양군 휴천면이다. 노장대에 올라가기 위해 먼저 송대마을부터 들렀다. 그런데 이 마을도 물건이다. 지리산 동북쪽 해발 500미터가 넘는 위치에 자리 잡고 있는데, 옆으로는 계곡을 끼고 있고 동네 뒷산으로는 부처님이 누워 있는 모습을 한 와불산이 굽어보고 있는 형세다.

송대마을의 여걸 산꾼과 마지막 여자 빨치산 정순덕

:

지리산은 동북쪽에서 향이 좋은 나물이 많이 나온다고 한다. 반음반양(半陰半陽)의 기후 조건이라서 그렇다. 나물은 너무 햇볕이 강해도 안 되고 노장대. 바위군을 형성하는 바위들이 화강암의 매끈한 느낌보다는 쭈글쭈글한 느낌을 준다.
그래서 이름에 늙을 로(老)가 들어갔나 보다.

그렇다고 너무 응달이 져도 적합하지 않다. 적당히 햇볕이 들고 적당히 그늘이 져야 한다. 사람 성격도 반음반양이 좋겠다는 생각이 든다. 그래서 송대마을 쪽에서 나오는 나물은 가격이 비싸다.

봄이 오면 이 나물 생각이 난다. 두릅, 곰취 등등이다. 송대마을에는 60년 넘게 지리산 동북쪽에서 나물을 뜯으며 살아온 박영남(84) 할머니가 민박집을 하며 살고 있다. 60년이 넘게 온 산을 뒤지고 다녔으니 자연히 지리산 박사가 되었다. 어느 골짜기에 어떤 나물이 나는지 훤히 꿰고 있다. 생김새도 여걸같이 생겼고 기억력도 좋다.

"나물만 뜯어서 먹고살았다는 말입니까?"

"약초도 캐고 벌꿀도 하고 그랬지요. 한때는 산청 대원사까지 따놓은 산초 자루를 메고 왔다 갔다 하기도 했지요. 대원사 여자 스님들이 산초를 좋아했어요. 산초로 만든 장아찌를 즐겨 먹었거든요. 나한테 산초를 공급해달라고 부탁했어요. 우리 집에서 대원사까지는 산길로 20킬로미터쯤 됩니다. 아침 7시에 산초 자루를 메고 고개를 넘어 산을 타다 보면 오후 6시 무렵에 대원사에 도착해요. 그러면 그날은 거기서 자고 다음 날 집에 오죠. 산초 나올 때는 서너 번씩 대원사까지 왕복했죠. 산초를 가져다주면 여스님들이 알아서 돈을 줬어요. 내 쪽에서 얼마 달라고 말은 못하고 스님들이 그때그때 형편대로 돈을 줬어요."

"마지막 여자 빨치산이라는 정순덕도 만났다면서요?"

"그때가 1963년 4월쯤 되었을 겁니다. 4월이면 나물이 가장 많이 나올 때거든요. 집 뒤로 올라가면 선녀굴이 있어요. 커다란 바위가 병풍처럼 서

선녀굴 주변 풍경과 입구. 좁은 입구를 들어서면 'ㄷ'자 형태로 굴이 꺾여져 있어서 방어에 용이하다.

있고 그 바위 사이로 굴이 있고 조그만 샘물이 있죠. 선녀굴 쪽으로 올라
가는데 어떤 여자가 바위 밑의 샘물에서 뭐를 씻고 있다가 나물 캐러 올라
오던 저를 봤죠. 저도 정순덕과 눈이 마주쳤습니다. 그 순간 저는 '큰일 났
다'고 생각하고 줄행랑을 쳐서 산을 내려와버렸습니다. 여자 빨치산 정순덕
도 놀랐을 겁니다. 만약 제가 동작이 느렸다면 정순덕이 굴에다 놓은 총을
뽑았을 수도 있죠. 선녀굴은 'ㄷ'자 형태로 굽어져서 그 안에 들어가면 빛

이 안 보이고 밖에서 총을 쏘기도 어렵죠. 그래서 아마 정순덕이 거기 숨어 있었을 겁니다."

정순덕은 몇 달 후인 1963년 11월쯤에 경찰과 총격전 끝에 생포된다. 아마 박영남 할머니와 마주친 후에 은신하던 아지트를 옮겼을 가능성도 높다. 선녀굴은 노장대 주변에 있는 30여 군데의 암자터 가운데 하나다. 그만큼 노장대 주변으로 도를 닦던 터가 많다. 노장대가 '결국'이란 이야기다. 에너지가 뭉쳐 있는 것을 옛날부터 알고 수행자들이 노장대 주변에 와서 포진했던 것이다.

수행 터이자 은신처
:

노장대 밑에 있는 선녀굴부터 먼저 보기로 했다. 해발 1,000미터 정도 높이다. 과연 병풍처럼 터 뒤로 커다란 바위들이 서 있다. 그리고 앞으로는 평평한 터가 자리 잡고 있다. 뒤에는 바위고, 바닥이 평평한 데다 좌향도 남향이다. 따뜻한 햇볕이 들어오는 양지바른 곳이다. 거기에다가 바위 틈새 사이로 굴이 있다. 중간에 막혀서 들어갈 수는 없지만 'ㄷ'자 형태였다고 하니 숨어 있기에는 더없이 좋은 조건이었을 것이다. 정순덕을 잡기 위해 굴 앞에서 총을 쏘아도 총알이 직진하지 못하니까 말이다.

지리산을 다녀보면 빨치산이 은거했던 터가 동학 때에는 일본군의 토벌을 피해 지리산에 숨어든 동학군이 숨었던 곳이란 걸 알 수 있다. 한말의 의병들도 역시 여기에 숨었고, 더 소급해 올라가면 당취들도 이용했던 터가 많다.

선녀굴 바위 앞에 샘물이 있다. 물이 있으면 사람이 살기에 더없이 적당한 조건이다. 선녀굴은 고대부터 수행 터였다. 지리산 이쪽 일대는 가야의 마지막 왕이었던 구형왕이 성을 쌓고 머물렀던 추성(樞城)과 대궐 터에 인접한 지역이다. 추론해보자면 6세기의 가야 시대부터 승려들이 공부하던 터가 아니었을까 하는 생각이 든다. 시대를 후대로 잡더라도 고려 시대에는 이 일대가 암자 터로 북적거렸을 것이다.

선녀굴은 터가 넓어서 상당한 규모의 절이나 암자가 있었을 법한 공간이다. 도 닦기에 아주 좋은 조건을 갖추고 있다. 특히 미타봉의 바위 틈새에 있었던 소림굴(少林窟)과도 직선거리로 가깝다. 그러나 조선 시대에 들어와 폐사가 되었고, 여자 빨치산 정순덕이 몸을 숨기고 살았던 아지트 역할을 하기도 했던 것이다.

선녀굴 주변에는 고혈암(古穴庵)과 신혈암(新穴庵) 터도 남아 있다. 역시

선녀굴 바위 앞에 있는 샘물. 이 일대에서 수도하고 기도하던 이에게는 생명수였을 것이다.

바위 틈새에 있는 암자 터라고 볼 수 있다. 주변의 서른 군데 암자 터를 총괄하는 바위는 역시 노장대. 가까이 가서 노장대를 살펴보니 바위는 약간 쭈글쭈글한 느낌을 준다. 그래서 명칭에 '老(늙을 로)' 자를 쓴 것 같다. 그러나 그 기상은 믿음직하다. 저 아래 인간세상을 지켜보면서 몰락한 가야의 피란 정부 격이었던 추성과 대궐 터를 외곽에서 지키던 늙은 장수였을 것이다.

바위 절벽의 조선 최강 요새,
경상우도민의 피가 뭉친 곳

경남 함양
황석산성

우리 민족이 임진왜란을 겪으면서 깨달은 사실이 있다. 그것은 왜군과 전투를 벌일 때는 평지보다는 산성에서 싸워야 유리하다는 점이었다. 이유는 왜군의 신무기였던 조총 때문이다. 전투는 일차적으로 무기 싸움이기도 하다. 화살보다는 조총이 훨씬 파괴력이 강한 신무기였다. 사거리와 적중도 그리고 집중 사격에서 오는 화력이 활보다 훨씬 강했다. 그러나 지형이 험한 조선의 산성(山城)에서 싸움이 붙으면 조총이 가진 장점이 반감된다. 가파른 산악 지형에서 붙으면 오히려 불리할 수도 있다.

정유재란 때 경남 함양군 안의면의 황석산성 전투를 이십여 년간 연구해서 『백성의 전쟁』이란 책을 쓴 박선호(74) 선생에 의하면 조총보다 화살이 우세한 경우도 있었다고 한다. 왜냐하면 조총은 총알 한 발을 쏘고 나서 다시 총알을 장전하기까지 1분의 시간이 걸렸다고 한다. 이에 비해 화살은 한 발을 쏘고 나서 다시 한 발 쏘는 데 걸리는 시간이 10초도 안 걸린다. 빠른 사람은 5초 정도면 다시 화살 한 발을 쏠 수 있다. 조총을 장전하는 도중에 화살은 여섯 발 정도를 발사할 수 있다는 계산이 나온다. 화살 쏘기에 능한 사람은 분당 열두 발도 쏠 수 있다는 산술적 계산이 나온다. 그러나 화살을 쏘는 데는 힘이 든다. 활시위를 당기는 데 힘이 들기 때문이다.

조총이 가진 또 하나의 단점은 열을 지어 쏴야 한다는 점이다. 1열이 쏘고 나서 그다음에 2열이 발사하고 그다음에 다시 3열이 발사하는 식이다. 서로 돌아가면서 쏴야 한다. 이렇게 1·2·3열이 돌아가면서 쏘려면 전투 지형이 평지여야 한다. 평지가 아니고 산악의 가파른 지형에서는 열을 지어 조총을 발사하기가 어렵다. 이러한 두 가지 이유 때문에 산성에서 화살과 조총이 붙으면 화살이 우위에 서게 된다. 통념상으로는 조총이 화살에 비해 절대적 우위에 있다고 생각하기 쉽지만 아주 가파른 요새 지형의 산성 전투에서는 화살이 조총보다 월등하게 우세할 수 있다. 이것이 황석산성 연구에 집중한 박선호 선생의 지적이다.

천혜의 요새, 황석산
:

정유재란 때는 곡창 지대인 호남을 점령하는 것이 왜군의 목표였다. 임진왜란 때 호남의 곡창을 점령하지 못해서 고전했다고 보고 왜군은 이번에는 호남을 직접 타격하기 위해서 움직였다. 정유재란 때 들어온 왜군의 규모는 14만여 명이었다. 12만 명이 전투 부대원이었고 나머지 2만 명은 해안가에 잔류하고 있었다. 12만 명이 좌군, 우군으로 나뉘었다. 좌군은 4만 5,000명이었고, 우군은 7만 5,000명 정도였다. 수군은 7,200명. 이 가운데 1,000명은 광양에 남아서 배를 지켰다.

좌군은 사천, 하동, 구례를 거쳐 남원성을 공격했다. 우군은 기장에서부터 양산, 밀양, 창녕, 합천, 거창을 거쳐 당시 안음현의 황석산성을 공격했다. 황석산성에 오기 전에 왜군(우군)들은 곽재우 장군이 지키던 창녕의 화왕산성 밑에까지 가서 정찰했다. 그러나 이 화왕산성 공격이 쉽지 않겠다고 판단하고 그냥 지나쳤다. 그리고 황석산성에 온 것이었다.

황석산은 온통 바위 절벽으로 이루어진 암산이다. 높이는 1,190미터. 그리 낮은 산도 아니다. 황석산은 정상의 돌출된 암벽을 포함하여 2.9킬로미터의 산성이 쌓여 있었다. 삼국 시대부터 요새로서 주목받아온 산성이었다. 포곡식(抱谷式, 계곡을 둘러싸는 형태) 산성에 해당한다. 가운데 골짜기를 양쪽 산등성이가 보듬고 있는 형국이고 이 산등성이를 따라서 돌로 산성을 쌓아놓은 것이다.

돌로 쌓은 산성의 평균 높이는 3미터. 문제는 황석산의 험준함이다. 남쪽 사면을 빼고는 3면이 거의 절벽으로 이루어져 있다. 자연적인 지형 요건이 요새다. 바위 절벽을 올라가기는 어렵다. 절벽이 아닌 남쪽 지형도 간단하지 않다. 경사가 아주 심하고 능선을 타고 올라가는 길이 좁을뿐더러

황석산은 비교적 완만한 남쪽을 제외한 동·북·서쪽이 바위 절벽으로 이루어져 있어
접근이 용이하지 않은 천혜의 요새다.

중간중간에 바위들이 돌출되어 있다. 보통 힘든 산길을 '깔딱고개'라고 부른다. 남쪽 사면의 올라가는 길이 깔딱고개에 해당한다. 그러나 이 남쪽의 깔딱고개는 동·북·서쪽의 깎아지른 바위 절벽에 비하면 그나마 접근이 가능하다.

황석산성은 우리나라 산성 가운데서도 가장 험준한 산세에 자리 잡고 있다. 『백성의 전쟁』 저자인 박선호는 '이스라엘의 마사다에 비견할 수 있는 요새'라고 설명한다. 조선 최강의 요새 지형인 것이다.

황석산성 측에서는 일본군의 공격에 대비했다. 경남 거창 좌수(座首)였던 유명개(劉名蓋). 당시 영남 지역에서 좌수는 그 지역에서 신망받는 인사들이 맡았던 직책이었다. 서애 류성룡도 정승 그만두면 안동에 가서 좌수를 하겠다고 하니까 선조가 "그 안동 좌수가 그렇게 좋은 자리냐?"고 물어본 적도 있었다.

좌수는 조정에서 내리는 벼슬이 아니고 지방에서 지방민들의 천거로 올라가는 자리이지만, 그 지역의 신망받는 어른이 맡는 자리이기도 했다. 학문도 있고, 리더십도 있고, 재력도 있는 인사가 맡는 경우가 많았다. 유명개는 1만 석의 부자였고, 남명학파의 좌장이었던 정인홍의 제자였다. 남명학파는 의(義)를 중시하면서 임진왜란·정유재란 때 목숨을 바친 인물들이 많다. 북풍한설에 가지가 꺾일 수는 있지만 휘어지지는 않는 기질들이다. 평소에 죽을 연습을 많이 한 학파가 남명학파라고 할 수 있다.

조용헌의 봄여름가을겨울

죽음을 각오하고 모인 사람들

:

유명개는 29세 때부터 좌수가 되어 지역민들에게 충의를 교육했고, 자기 재산을 털어 화살과 군량미를 비롯한 전투 장비를 마련했다. 거창에 아홉 개의 서당, 안음현에 일곱 개의 서당 등 총 열여섯 개의 사설 교육 기관을 만들어놓고 백성들에게 충절을 교육했다. 물론 여기에는 자기 사재가 들어갔다. 약 이십 년간 거창, 안음현 사람들에게 의식화 교육을 한 것이다. 그만큼 지역 사회의 신망을 얻은 인사였다.

왜군이 올라오고 있다는 정보를 입수하고 유명개는 격문을 썼다. '왜군이 올 것이다. 나가서 싸우자. 농사는 노약자와 부녀자들에게 맡기고 청장년들은 다 나가서 싸우자.' 이 격문을 띄우자 며칠 만에 청장년 500명이 모였다. 목숨을 바쳐서 싸우겠다는 전투 요원이 500명 확보되었다는 사실은 결코 간단한 일이 아니다.

그리고 안음현감 곽준, 함양군수 조종도가 황석산성으로 올라갔다. 이 두 사람도 역시 남명학파였다. 곽준은 한강 정구로부터 학문을 익혔고, 조종도는 남명 조식 누님의 사위였다. 남명의 조카사위였던 셈이다. 그러니까 조종도는 남명으로부터 직접 훈도를 받았다고 볼 수 있다. 난리가 나니까 남명학파의 사회 지도층 인사들이 죽음을 자처한 것이다. 산성으로 올라가서 왜군과 싸운다는 것은 죽음을 각오하는 행위였다.

유명개가 이십 년간 좌수를 하면서 다져놓은 정신적·물질적 기반과 조종도, 곽준을 비롯한 지도층 인사들의 솔선수범이 결합됐고 거창, 안음,

함양의 주민들이 주축이 되었다. 여기에다 합천, 초개, 삼가, 산음의 피란
민들도 모두 황석산성으로 모여들었다. 이때 황석산성에 모여든 백성들은
7,000~1만 명 정도로 추산된다. 유명개의 연보에 의하면 '당시 전투를 하
겠다고 모인 사람들이 산성 안에 가득 차 있었다'고 나온다. 황석산성은
좁은 산성이 아니다. 여기에 가득 찰 정도면 거의 1만 명에 육박했다고 보
아야 한다.

전투는 1597년 8월 14일부터 18일까지 5일 동안 있었다. 왜병 우군의

조용헌의 봄여름가을겨울

황석산성. 황석산 정상에서 뻗어 내린 산마루를 따라 조성되어 있다.
삼국 시대에 축조되어 고려와 조선을 거치면서 수축되었나.

대장인 모리 데루모도(毛利輝元)는 히로시마(廣島)의 성주였다. 125만 석의
연수입이 있었던 부자 성주였고, 히데요시 다음으로 권력을 쥐고 있었던
5대로(大老)의 한 명이었다.

황석산성의 동서남북 중에서 가장 치열한 전투는 남쪽 문에서 이루어
졌다. 남쪽의 방어는 안음현감이었던 곽준과 안음현 사람들이 맡았다. 남
쪽을 공격하던 왜군 측은 모리 데루모도와 고지(高知) 성주였던 조소카베
모토지카(長曾我部元親)였다. 총 7만 5,300명이 황석산성을 동서남북에서

포위하고 공격했는데, 남쪽을 담당했던 왜군의 숫자는 4만 3,300명이었다. 모리 데루모도가 3만 명, 조소카베가 1만 3,300명의 병력을 거느리고 있었다. 병력을 남쪽에 집중 배치를 한 것이다.

왜군 4만 8,300명을 잃다

:

남쪽의 왜군들은 조총을 효율적으로 발사할 수 없는 불리한 지형에서 싸워야만 했다. 우리 쪽에서는 부녀자들도 돌을 던지고 뜨거운 물을 성 밑으로 들이붓고, 남자들은 화살을 쏘아댔다. 화살이 갑옷을 뚫고 왜군을 타격할 수 있는 사거리는 50미터였다고 전해진다. 황석산성의 전투 현장이 이 50미터 사거리에 해당하는 지형이었다. 위에서 내려다보고 백성들이 싸울 수 있는 지형이었다. 조총을 쏠 때도 1열 쏴, 2열 쏴가 안 되는 지형이었다.

첫날 전투는 공포였다. 총소리가 나고 피를 흘리면서 죽어가니까 전투 경험이 없었던 일반 백성들은 곡소리를 내고 울면서 공포에 시달렸다. 유명개를 비롯한 장교들이 "운다고 사는 것이 아니다. 어차피 죽기 살기로 싸워야 한다."고 백성들을 독려했다. 이튿날부터 본격 전투가 시작되었고 일본군에서도 많은 사상자가 나왔다. 특히 화살이 위력을 발휘했다고 박선호는 주장한다. 전투 경험이 거의 없는 의병을 쉽게 본 왜군이 무작정 덤벼들었다가 황석산성의 험악한 지형에서 낭패를 보았다는 것이 박선호 선생의 주장이다.

황석산성 전투에 참여했던 왜군 7만 5,300명 가운데 전투가 끝나서 전주성에 집결했던 전투 가능 병력은 2만 7,000명이었다고 한다. 나머지 4만 8,300명의 숫자가 사라졌다. 이 숫자가 줄어든 이유는 무엇인가? 그만큼 황석산성 전투에서 사망자와 부상자가 많았다는 사실을 암시한다.

황석산성에서 예기치 못한 병력 손실을 당한 일본군이 전라도 장악에 실패했고, 그 틈새에 이순신 장군이 조선 수군을 재무장할 수 있는 시간을 벌었다는 것이 박선호의 주장이다. 그러니까 황석산성 전투 때문에 이순신 장군이 전라도에서 수군을 재조직할 수 있는 시간을 벌었고 물자를 보충할 수 있었던 셈이다. 물론 황석산성에서 싸우던 조선 지휘부와 백성들은 다 죽었지만 왜군들도 피해가 심각했던 것으로 보인다.

황석산은 온통 바위 절벽으로 이루어진 악산(岳山)이다. 바위가 많으면 기도발이 좋으므로 사찰이 많이 있어야 맞다. 그런데 이상하게도 황석산은 사찰이 많지 않다. 일제 강점기 때 보천교 교주 차경석이 일본 경찰의 추적을 받던 1927년에 이 황석산에 숨어들어서 하늘에 천제를 올렸다고 한다. 왜 황석산에서 차경석이 천제를 올렸을까 하고 이상하게 생각했는데 드디어 산에 올라가보니까 알겠다. 험준한 요새 지형인 것이다. 고향과 가족 그리고 국토를 지키기 위해서 싸웠던 경상우도 사람들의 전투혼이 뭉쳐 있는 산이다. 이런 장소를 안 가보고 어디를 가겠는가!

안동 고택 충효당 부엌
8각 기둥에 숨은 비밀

경 북 안 동 시
풍 산 읍 충 효 당

한자 문화권에는 상수학(象數學)이라고 하는, 거의 3,000년 넘어 이어 온 오랜 전통이 있다. 상(象)은 형상을 가리키고, 수(數)는 글자 그대로 숫자다. 상과 수가 중요한 이유는 하늘의 뜻을 전달해주기 때문이다. 하늘의 뜻이 무엇이냐? 서양식으로 물으면 '신의 뜻이 무엇이냐?'다. 이 근원적 물음에 대한 하늘의 답변이 상과 수로 나타난다고 믿었다. 상과 수를 보면, 지금 정치가 제대로 가고 있다, 이번 전쟁은 하면 진다, 다음에 흉년이 닥친다 등등을 예측할 수 있었다.

하늘의 뜻은 사태가 오기 전에 미리 조짐을 보여주는 하나의 징조로 받아들여졌다. 말하자면 상과 수는 고대 제사장의 전공이었던 셈이다. 상은 형상인데, 형상도 가지가지다. 어떤 형상인가? 이 세상에는 온갖 동물,

식물, 물건, 땅의 모습 등이 존재한다. 이들이 모두 형상이다. 너무 복잡하다. 그래서 다섯 가지로 압축했다. 오행이 그것이다. 수·화·목·금·토다. 여기에다가 음과 양이 따라 붙는다. 이리하여 음양오행이 세상의 모든 형상을 대표하는 상징 또는 사상 체계가 되었다.

오행에 배당된 각각의 숫자들
:

이 오행은 다시 숫자와 연결된다. 숫자의 기본은 10진법이다. 오행의 수(水)는 1과 6에 배당했다. 화(火)는 2와 7에 배당했다. 목(木)은 3과 8, 금(金)은 4와 9, 토(土)는 5와 10이다. 예를 들어 사주팔자에 수(水)가 부족하면 어떻게 보강해야 하는가? 자동차 번호판이나 휴대폰 번호에 1과 6을 집어넣는다. 1과 6은 수를 상징하는 숫자이므로 이를 평소 생활에서 많이 쓰면 수가 보강된다는 의미다. 현대인들에게는 주술적 방법으로 보인다.

『사주첩경』 여섯 권을 저술한 저자 이석영은 자신의 역작을 출판하면서 6이라는 숫자를 뺐다. 1·2·3·4·5권 다음에 6권이 없고 바로 7권으로 되어 있다. 보통 사람이 보기에는 참 이상한 넘버링이 아닐 수 없다. 왜 6권이 없나? 내가 보기에는 이석영 선생 사주팔자에 물이 많기 때문이 아닌가 싶다. 1과 6은 상수학에서 물을 상징한다. 자기 팔자에 물이 많은데 책의 권수에도 6이 들어가면 물이 범람한다고 판단하지 않았을까? 1과 6 중에서 하나를 뺀다면 1권을 뺄 수는 없고, 6권을 빼는 수밖에 없다. 예를 들어 팔자에 금이 부족하면 금을 보강해야 한다. 숫자로는 4와 9다. 이 숫자를 많이 쓰면 보강이 된다고 믿는다. 복권을 사더라도 기왕이면 4와 9가 들어간 복권을 산다. 이런 맥락에서 보자면 숫자는 주술적 파워를 지니고 있다. 한자 문화권의 고대 사유 체계에서는 숫자에 신기(神氣)가 있다고 보았던 것이다.

중국 송나라 때의 상수학자이자 예언자였던 소강절은 '수즉신(數則神)'이라고 압축했다. 숫자가 곧 신이다. 주식 시세, 달러 환율, 여론 조사, 대출 이자가 모두 숫자로 나타난다. 이 숫자가 우리의 삶을 지배한다. 숫자에 따라 희비가 엇갈린다. 삶을 지배하는 것은 신의 뜻이다. 뒤집어 보면 신의 뜻은 숫자로도 나타난다는 뜻이다. 상(象)은 수(數)로 나타나고 수는 상으로 나타난다. 둘은 서로 호환되기도 한다.

안동 고택 충효당에 적용한 상수학
:

자, 이 정도의 상수학에 대한 사전 지식을 깔고 경북 안동 풍산의 예안 이씨 충효당 고택을 살펴보자. 풍은(豊隱) 이홍인(李洪仁, 1528~1594) 선생의 종택이다. 1561년쯤에 건축된 한옥이다. 임진왜란 한참 전이다. 상수철학(象數哲學)과 음양오행의 우주관을 건축에 반영하려고 노력했다. 조선 시대 한옥은 겉으로 볼 때는 이 집이나 저 집이나 거의 똑같다. 그러나 상수철학의 입장에서 보면 집집마다 다 다르다. 아주 오묘하다. 음양오행이

라는 당대의 우주관을 한옥에 최대한 반영했기 때문이다.

내가 충효당에 숨어 있는 상수학을 알게 된 계기는 3년 전쯤 안동문화원장 이동수(71) 신생이 일려준 덕택이다. 이동수 원장은 주역과 상수학에 해박한 인물이다.

"한옥 기둥에 3과 8이 있고, 4와 9가 들어 있어요."

"아, 그래요? 그렇다면 꼭 한번 가보고 싶네요."

이 집안 선조는 세종 대왕으로부터 친필로 '家傳忠孝 世守仁敬(가전충효 세수인경)'이라는 여덟 글자를 받았다. '집안에는 대대로 충효가 전해지고 인과 경을 지켜라'라는 뜻이다. 전의 이씨 문중에서도 역시 이 여덟 글자가 내려온다. 윗대로 올라가면 같은 뿌리이기 때문이다. 문제는 임금으로부터 하사받은 이 충효와 인경(仁敬)을 후손들이 망각하지 않고 어떻게 대대로 유지할 것인가이다. 집을 지을 때부터 아예 이 의미를 박아놓자!

충효당은 크게 보면 'ㅁ'자 본채와 쌍수당(雙修堂) 현판이 걸린 별채로 구분된다. 'ㅁ'자 본채 안에는 여자들이 거주하는 안채가 들어가 있다. 안채의 마루가 있는데, 이 마루의 목재 기둥 숫자가 세 개다. 보통 안채의 기둥에는 네모진 기둥을 쓰는데 이 집에는 둥근 도리기둥을 썼다는 점도 흥미롭다. 안채 마루의 둥근 도리기둥이 세 개다. 3은 목(木)을 상징하는 숫자다.

목은 인의예지신(仁義禮智信) 가운데 인(仁)에 해당한다. 목의 숫자는 3과 8이다. 안채에서 8은 어디 있는가? 부엌에 있었다. 부엌에는 기둥이 하나 있는데, 이 기둥이 하필 8각으로 다듬어져 있다. 부엌에 8각으로 다듬어진 기둥을 쓰는 경우는 거의 없다. 이 8각 기둥은 집을 지을 때부터 특

충효당 부엌에 있는 팔각 기둥

별한 의미를 부여하고 일부러 설치한 경우다. 안채 마루의 3과 여자들의 공간인 부엌의 8이 완성된 셈이다.

왜 안채에다 3과 8의 의미를 부여하려고 노력했을까? 바로 '世守仁敬(세수인경)'의 '仁敬(인경)'을 상징하는 숫자이기 때문이다. 3과 8도 양과 음의 관계다. 같은 목을 상징하는 숫자이지만 3은 양목(陽

충효당의 별채인 백원당과 쌍수당. 두 개의 별당이 한 지붕 아래에 벽으로 나누어져 있다.

ⓒ문화재청

木)의 숫자이고, 8은 음목(陰木)의 숫자다. 부엌은 어두컴컴한 공간이니까 음목 숫자인 8을 사용하고, 마루는 터진 공간이니까 양목 숫자인 3을 사용한 것이다. 이 대목에서 감탄한 부분은 8각 기둥이다. 8을 나타내기 위해서 부엌 안에다 기둥을 여덟 개나 세울 수는 없는 노릇 아닌가.

'세수인경'을 안채에서 3과 8로 나타냈다면 '가전충효'는 어디에다 설치했는가? 별채인 쌍수당이다. 쌍수당은 남자들이 머무르는 공간이다. 雙修(쌍수)의 雙은 충과 효다. 여자들이 인과 경이라면 남자들은 충과 효다. 나라에 충을 하려면 굳센 기운인 금기(金氣)가 필요하다. 국가가 위기에 처했을 때 외적과 싸우려면 금기가 필요하다.

쇠붙이 기운인 금은 상수학에서 4와 9다. 9는 9개의 기둥으로 나타냈다. 쌍수당의 기둥이 아홉 개다. 땅바닥에서 건물 위까지 뻗은 기둥 숫자를 세어보면 아홉 개다. 둥근 기둥이다. 4는? 쌍수당의 돌계단을 대여섯 개 올라가면 2층의 방이 나온다. 이 방의 기둥이 네 개다. 네 개 기둥의 모양도 4각으로 되어 있다. 4는 짝수다. 짝수는 음이다. 4는 음수이니까 기둥의 모양도 둥그렇지 않고 4각으로 만들었다. 건물의 기초를 받치는 아홉 개 기둥은 둥그렇다. 9는 홀수이고 양수다. 그러니까 둥그렇다.

충효당 건물들이 바라보는 풍경의 의미

:

안채가 포함된 본채의 건물 방향도 살펴보아야 한다. 안채는 풍산 들판

검무산에서 내려다본 풍경. 경북도청이 보인다.

을 바라보고 있다. 들판 뒤로 서 있는 안산은 검무산이다. 현재 경북 도청의 뒷산이다. 검무산은 이 터에서 보면 그리 높지도 않고, 험하지도 않은 편안한 산이다. 들판은 평화로운 풍경을 연출한다. 여름에는 푸른 벼이삭이 자라고 가을에는 누렇게 익은 나락이 들판에 가득 차 있는 풍경이다. 안채를 포함한 본채가 바라보는 풍경은 이처럼 무난한 풍광이다.

그렇다면 별당채인 쌍수당이 바라보는 풍경은? 학가산(鶴駕山)이다. 높이는 870미터다. 작은 산이 아니다. 쌍수당에서 바라다보면 학가산이 정면에 들어온다. 학가산은 군데군데 바위가 돌출되어 있어서 무난한 육산

안동 하회마을. 예안 이씨 충효당에서 직선거리로 6.5킬로미터 정도 떨어져 있다.

만은 아니다. 금기가 들어 있는 산이라고 보아야 한다. 더불어서 이쪽에서 학가산을 볼 때는 모양이 오행 중에서 금체(金體)로 보인다. 금체는 바가지처럼 약간 둥그런 모습이다. 4와 9를 배치한 남자들의 공간 쌍수당에서는 이 금기가 들어 있는 학가산을 보게 건물을 배치했다.

이건 모두 계산된 배치라고 보아야 한다. 그냥 생각 없이 건물의 좌향을 잡은 것이 아니다. 금체형의 산인 학가산을 바라봄으로써 이 산에서 나오는 에너지를 받는다는 의미가 내포되어 있다. 동시에 쌍수당 건물이 학가산에서 뿜어져 나오는 강한 금기의 에너지를 안채까지는 들어오지 못하도록 막아준다는 의미도 품고 있다. 한편으로는 에너지를 받아들이면서도 다른 한편으로는 차단하는 기능을 동시에 한다. 이것도 절묘한 배치다.

이 고택에서 또 하나 눈여겨볼 부분은 안채로 향하는 바위의 맥이다. 집 뒤가 야트막한 야산으로 되어 있다. 학가산에서 내려온 맥이 하지산(下枝山)으로 내려왔고, 다시 하지산에서 뻗은 맥이 와우산(臥牛山)과 옥녀봉(玉女峰)으로 내려왔다. 이 옥녀봉의 맥이 다시 내려와 현재 고택이 자리 잡은 우렁골까지 내려왔다.

풍수의 물형으로 보자면 고택은 옥녀직금(玉女織錦)의 형국으로 본다. 머리에 비녀를 꽂은 옥녀가 비단을 짜고 있는 모습이라는 것이다. 이 터에 고택이 자리 잡고 있는데, 안채의 방바닥으로 바위 맥이 들어온다는 점이 또한 범상치 않다. 바위 맥이 들어오는 자리는 기가 세다고 본다. 바위는 기운이 들어오는 고압선과 같다. 그래서 집터에서 바위가 깔려 있는 지점이 가장 기가 세다고 본다. 이 집에서는 기가 센 지점에 안방 자리를 앉혔다. 이건 무슨 의미인가? 안방에서 자손이 태어난다. 자손이 태어나거나 임신이 될 때 기를 받으라는 의미가 아니고 무엇인가. 기를 받고 태어난 자손이 나와야만 집안을 일으킨다. 그런 의미에서 뒷산의 바위 맥이 내려오는 입수(入首) 지점에 안방을 배치한 것이다.

조선 유교는 상수학의 세계관이었다. 장날을 잡을 때에도 고을의 주산이 어떤 모습이냐에 따라 1·6일 장날이 되기도 하고, 2·7일이 장날이 되기도 했다. 주산이 수체의 형국이면 1·6일이 장날이 되는 것이고, 주산이 화체의 형국이라면 2·7일이 장날이었다.

족보의 항렬을 정할 때에도 오행의 상생 순으로 항렬을 정했다. 할아버지가 목의 항렬이면 글자에 나무 목(木) 변이 들어간 글자를 잡는다. 예를 들면 植(식)이다. 식 다음 항렬은 목생화의 법칙이니까 火(화)가 들어간 榮(영) 자를 삽을 수 있다. 영 자 다음에는 화생토이니까 흙 토(土)가 들어간 基(기) 자가 항렬자가 된다. 이러한 음양오행 사상과 상수학이 대표적으로 숨어 있는 집이 안동 우렁골의 충효당 고택이다.

조용헌의 봄여름가을겨울

초판 1쇄 인쇄일 2023년 2월 27일
초판 1쇄 발행일 2023년 3월 13일

지은이 조용헌

발행인 윤호권
사업총괄 정유한

편집 이양훈
디자인 정연화
발행처 ㈜시공사 **주소** 서울시 성동구 상원1길 22, 6-8층(우편번호 04779)
대표전화 02 - 3486 - 6877 **팩스**(주문) 02 - 585 - 1755
홈페이지 www.sigongsa.com / www.sigongjunior.com

글 ⓒ 조용헌, 2023

ISBN 979-11-6925-603-2 03810

*시공사는 시공간을 넘는 무한한 콘텐츠 세상을 만듭니다.
*시공사는 더 나은 내일을 함께 만들 여러분의 소중한 의견을 기다립니다.
*잘못 만들어진 책은 구입하신 곳에서 바꾸어 드립니다.